君心凝结成字
唯愿清风拂来

陈莹

QING YI

青衣

陈莹 著

中国书籍出版社
China Book Press

图书在版编目(CIP)数据

青衣 / 陈莹著. -- 北京：中国书籍出版社，
2021.10

ISBN 978-7-5068-8702-1

Ⅰ.①青… Ⅱ.①陈… Ⅲ.①散文集-中国-当代
Ⅳ.①I267

中国版本图书馆 CIP 数据核字(2021)第 186729 号

青　衣

陈　莹　著

责任编辑	李国永	
装帧设计	马　力	
责任印制	孙马飞　马　芝	
出版发行	中国书籍出版社	
地　　址	北京市丰台区三路居路 97 号(邮编：100073)	
电　　话	(010)52257143(总编室)(010)52257140(发行部)	
电子邮箱	eo@chinabp.com.cn	
经　　销	全国新华书店	
印　　刷	成都兴怡包装装潢有限公司	
开　　本	710 毫米×1000 毫米　1/16	
字　　数	245 千字	
印　　张	20	
版　　次	2021 年 11 月第 1 版	
印　　次	2022 年 2 月第 1 次印刷	
书　　号	ISBN 978-7-5068-8702-1	
定　　价	69.00 元	

在精美的文字中品味青衣的优雅

——读陈莹散文集随感

胡成彪

古往今来人间有多少故事，没人能说得完全。特别精彩感人、被一代一代流传下来的，不是正史就是野史。能够在老百姓中经久流传的无外两个渠道，一是书，一是戏。

相比较而言，书的局限性就大一些，毕竟读书需要识字和文字理解的能力。而戏则是直来直去的声音道白和动作形象，看戏听戏不仅比读书轻松，而且是一种享受，当然具有普及性。更重要的是，舞台的艺术效果是综合的，除了台词的微妙，更有唱腔、场景和乐器诸多因素的结合。于是戏剧从街头、堂会到舞台、剧院，从娱乐表演到艺术形态，一路升华，终成了一种高品位、有内涵的学问。

帝王将相、才子佳人、恩怨情仇是戏剧的主题，诸多的剧目和剧种将千奇百怪的世态演绎得活生生、真切切，直让观众心动、心仪、心酸、心痒，以致变成心病。那个冤屈得让夏天飞雪的窦娥，那个骂街却让人同感的苏三、那个拿着铡刀杀人却让人叫好的包黑子，总叫观众听众心里打着滚儿、梦里泛着花地不能释怀。

戏曲欣赏是优雅人的事，也是闲散人的事。因而戏曲拥有社会最大的受众群体。有人看戏，有人听戏，但二者是有层次区别的。我给他们分成六个段位。

第一个段位是最低层次。可以看做是蹭场子，多数是年轻人。他们更喜欢流行音乐的重金属节奏，对于舞台上拿腔拿调，扭扭捏捏跟着乐器板眼转圈子的过场多数不感兴趣。他们看张生和莺莺，要翻墙头你就麻利点，想干啥赶紧干，哼哼呀呀磨叽半天不见结果，便不耐烦。因此他们的注意力不在台上，更不在戏上，而是在台下。借着人多，拿眼滴溜溜地横瞅，心里也滴溜溜地乱转，幻想着比台上更有戏。第二个段位是凑场子，闲着也是闲着，随大溜偎在台下打发时间，时不时就打起盹儿来，散场跟着一起走。第三个段位是衬场子，戏词儿没听懂，生旦丑末看不出门道儿，听鼓掌就鼓掌，听起哄就起哄，却是很好的消遣。我就在这个段位。这三个段位属于看戏。后面三个段位，才是听戏的层次。

那就说到第四个段位。这个段位是捧角儿，属于粉丝序列，专为喜欢的角儿喝彩造势，有时弄得满场子找不着分寸。第五个段位是追剧。算是与戏有缘分的人。这些人酷爱戏剧，懂得细细品味舞台上的一些细节，常常沉醉在舞台氛围里，随哭随笑，喜怒哀乐跟着剧情走，但仍有些知其然不知所以然的成分。第六个段位是票友，不仅喜欢追剧追角儿，而且喜欢模仿表演，常常家都不顾，相邀成群，有拉有敲，有弹有唱，在公园、河岸聚集，有腔无腔地呐喊。

而真正懂戏，能把戏剧当成学问的，则是超越六段之上的更高层次。他们研究戏剧，不仅会听能唱，对舞台、角色、曲目、戏种都能说出子丑寅卯，而且能把研究成果写成了文章，结成了书籍，甚至成了戏中的角色。陈莹就在这个层次。

去年陈莹的第一本文集出版，我曾写了读后的一点浅见。这是一本关于戏曲感想感悟的文集，写得很有内涵、很有心情、很有味道。不想，一年未过，她又拿出一个二十多万字的稿子，有点出我意料。恰逢防疫在家，便把这二十多万字读了一遍，感觉比第一本更精致、更有亮点。特别关于青衣角色的文字，构成了一道独特的人文风景。我的思维被悄然牵动，不知不觉就遭了陈莹文字的鬼打墙，随着她的笔触形成了一些新的认知，又写出一点感想来。

在戏剧角色中，陈莹偏爱青衣。因而整个文集里都洋溢着青衣的优雅气息，包括她说戏、说风景、说心情。因而她的文字首先提到的是青衣。

她认为，京剧里扮相最美的就是青衣。认为青衣是最具民间烟火气的女子。看戏也是看人生，青衣是京剧旦角塑造的端庄、贤淑、善良、稳重的女性人物形象。作者列举了《贵妃醉酒》《凤还巢》《锁麟囊》《春闺梦》《铡美案》《状元媒》《昭君出塞》等数十个剧目和各门各派的唱腔表演，在对角色门派一一点评后，从风格不同的形象中提炼出青衣的共性和个性。说"她们是从《诗经》里走来，历经了烁烁桃色的花样年华以及坎坷沧桑后，才看得风轻云淡，最能诠释一个女人成长成熟的经历。"青衣实际上也是中国传统文化对女性形象审美的要求和沉淀，其实就是作者的自我感觉和思想定位。陈莹的文字认为："男人看青衣，看的风月美貌；女人看青衣，却能实实在在地看清楚一辈子的风霜悲苦。青衣没有三月扬花的烂漫，也不占着闺门旦的年轻，却是浓妆淡抹总相宜，更具有一种淡然的优雅魅力。乍看她如冰如雪，凛然不可侵犯，却道是那一份隐藏的妩媚不可轻易示人，那一种幽深静美的内涵经得起细细推敲品味。"因而她对青衣的描述占据了本书的近半篇幅，等于是给本书的基调作了定位。

陈莹同时格外喜欢戏楼戏台。看戏看戏台，是她出行在外一个极大的乐趣。但凡看到大小不一的戏楼戏台，人就进了角色。她说："喜欢戏曲，尤其喜欢京剧、越剧、昆曲，听戏、看戏、唱戏，自然喜欢一个个形色各异的戏台，特别是那些连着'之乎者也'的古戏台，很适合我这个怀旧古典的性格。每到一处，台上台下研究徜徉半天，总是流连忘返、意犹未尽。"这段话，我是亲自印证的。前年沛县文学创作团组织到贾汪去采风，偏偏就遇见个戏台子，陈莹按捺不住登台便唱了一段京剧选段，有板有眼，非常投入。那是我初次知道她有如此的雅好和水平。此后在多个聚会的场合，都可以看她即兴表演，于是便把她和票友的概念连在了一起。待进一步看她写下的文字，便对她有了更高层面的认识。从闽南的海边戏台、惠安崇武古城的石头戏台，到上党王报村二郎庙的木质戏台，全国各地东西南北的古戏台都曾是陈莹追逐的目标。因此她的文字用了很大篇幅写戏楼戏台，并单独成篇叙述北京正乙祠古戏楼，说它不仅是京剧辉煌的源头，而且是多种戏曲的荟萃之地。带着对戏楼戏台的情钟，陈莹曾流连于正乙祠古戏楼，得以欣赏昆曲《如花美眷》系列演出及其《浣纱记》等留下的优美曲音，"感受让历史与现实的光影在古老的正乙祠戏楼里斑驳交错，搬演着水磨腔韵的篆廊勾栏、曼妙音律，沉浸在丝竹管弦里那些生生死死的至情风月中，在浓郁的古典文化中感怀今古。"

接下来听陈莹说杜丽娘"游园惊梦",重温汤显祖的名作《牡丹亭》的悲喜曲折,欣赏名角名流的超级表现。《牡丹亭》这部剧作我曾在文学史里涉猎。"原来姹紫嫣红开遍,似这般都付与断井颓垣。良辰美景奈何天,赏心乐事谁家院?朝飞暮卷,云霞翠轩。雨丝风片,烟波画船。锦屏人忒看得这韶光贱!"绝美的台词加上名角儿精彩的演绎,更被陈莹的文字渲染,便更有了渗透心扉的感觉。再读,是陈莹以玉兰花引申出的《玉堂春色》诸多人间故事和舞台风景。她用文字引我们一起找到玉堂春色"一往无前的冷傲、孤寒和决绝的孤勇"。"在春风拂面的夜晚,淡淡的月辉中,那玉兰更显得静谧圣洁、婆娑清雅,看她着丹霞羽衣、持诗书素笺,深情地吟道:多情不改年年色,千古芳心持赠君。人生有磨难才圆满。也是历经了层层蜕变再现绝世姿容,个中滋味亦是五味杂陈的吧。"

京剧、昆曲、越剧是陈莹钟情的剧种。她认为,"昆曲之复归,概以正本清源之法,以史观之,以实按之。今时今日,古今中外戏剧,未有如昆曲之诸般皆备,如万物相生者"。她要"从中接受远方归来的古典之美,了解古代社会的现状和古典文化的今昔,带着现代的观念,以一个崭新的姿态,看昆曲舞台异彩绽放"。因而她能"让自己毫不犹豫地杀到北京,静心坐在正乙祠古戏楼里,听丝竹管弦弹奏古时风月,看着那些从古代轻盈走出的美人儿,且吟且舞,活色生香"。寻找"艺术形象内在的美好和光芒"。于是我们跟着她的述说,也一起走进北京的正乙祠戏楼,看一出《怜香伴》。"忘记了一切烦恼,只沉浸在抑扬顿挫的曲音里,和舞台上的七彩戏子交流穿越,随喜随乐、随忧随愤、随情入境,在滚滚红尘中,感觉得一知己的欣慰和高山流水遇知音的和谐。"

在众多角色中，陈莹特别描写了梅角儿。评价梅角儿演绎杨贵妃："微醺薄醉是一种带有无限风韵的情态，是恰到好处的风情流露，不是失了态的酩酊大醉，也不似有点酒意斑斓的浅斟小醉。因此也随梅角儿薄醉一回。"京剧《贵妃醉酒》是梅兰芳大师倾尽毕生心血精雕细琢、加工点缀而成的经典作品。作为立于六个段位之上的戏曲欣赏者，陈莹自然有着比我们更深刻的研究和品味，更能感悟出梅派的唯美真髓。

由于对青衣的钟情和痴迷，陈莹在每一个派别里都能找到喜欢的唱腔。除了梅角儿，又对各领风骚的张派、程派、荀派等门派作了分述比较。认为张君秋先生所创立的门派，是继梅尚程荀四大名旦之后，最有影响力的京剧青衣流派：侠骨柔情，华丽优美的唱腔，诱人到影响睡眠的程度。同时介绍，京剧四大名旦之一的程派青衣，以擅演悲剧著称，其幽咽的风格被人们接受和追逐。认为它的艳是来自底层最深沉的，有着乌金般的光芒。陈莹曾与荀派名家孙毓敏老人交流，听她热情解说荀派表演的点点滴滴，介绍荀派的唱腔表演。在总结《红娘》《游龙戏凤》《春草闯堂》等诸般丫鬟戏的基础上，陈莹道出自己对青衣旦角之外的另一个观点：当人们厌倦了尔虞我诈、看腻了勾心斗角，面对清凌凌动人的花旦表演，则顿感人性回归，如找到质朴的源泉一般心情大悦。

徽州文化是独具一格的江南文化。我和沛县文学创作团的同仁曾多次走近徽州文化，诞生了许多散文和诗歌作品。陈莹的注意力与我们不同，她更在意徽州的地方戏曲文化，用戏文的风格、散文诗的语言去描绘徽州烟雨。到了那里，她耳边萦绕的总是徽剧跌宕起伏的声腔。在宏村，联想起黄梅戏名家韩再芬领衔主演的《徽州女人》，把它作为徽州烟霞中的一笔墨香，用心体味韩再芬温婉甜美的唱腔、曼妙柔美的动作，感受国家级非物质文化遗产——黄梅戏艺术的独特魅力。她比喻婺源：如果说春天的婺源是一个妙龄花旦，那么秋天的婺源定是一个成熟的青衣，风霜过后，依然散发着端庄沉稳的气质。她把西递比作一个儒雅俊朗的少年、一阕清扬的词。说它不但有江南水乡的柔美，更多了一层挺拔锐气的伟岸气质。"一生痴绝处，无梦到徽州。"便立时想起来明代戏曲家汤显祖。在屯溪老街"静坐在杏花春雨的清明，品一杯心仪的茶，安静地与自己对话，听雨听禅，看花开花落，这时的心是最最慈悲的。"陈莹浑然成了舞台的主角。她在徽州的行程中谈赛金花、谈太平猴魁、谈石碑牌坊、谈呈坎古村、谈风土人情，更把徽剧表述得细致入微。加上对安庆古城黄梅小调的追溯，便在书中形成了一个大篇章，一个系统性的文化大餐。

这本集子第三个篇章是陈莹的漫游散记。其中包括《成都漫游记》《蓉城·绿苔之恋》《锦城·花心嫣然》。写历史则线索分明、文字精准、寓意悠长，写风土则特色鲜明、语言生动、别具一格，写山川则情景交融、语丰意满、引人入胜。我们可以在陈莹的笔下坐听花蕊夫人浪漫的爱情故事，感受陶渊明"采菊东篱下，悠然见南山"的田园之美，品尝川菜风味、"三国美食"，欣赏天府千姿百态的美丽风景。其后写江南的园林，便又飘落在昆曲越剧的柔风细雨里，自有一番美妙涤荡在心间。

往下的文字，陈莹自己则成了青衣的角色，俨然青衣的思维，冷静、深沉而不失优雅和才情。无论写风景还是写心情，皆如青衣的道白和演唱，字字句句从心扉深处流淌出来。她欣赏胡杨，联想起白娘子的千年修行，感慨胡杨林三千年的等待，肃然起敬于胡杨林那一身的沧桑：阅历金戈铁马、如血残阳，听尽丝绸路上驼铃声声，望尽孤烟远直的漫漫长路，终修得不老不腐之躯。同时感慨："胡杨的万丈英雄豪情，也更能衬托出与红柳相依的一腔柔情，此时的我，红衣红巾裹身，亦做了一回胡杨林的红颜知己，守候了不远千里寻觅的胡杨情怀。"她解读草原，认为"具有草原情怀，是需要相当的魄力"。她在马头琴的悠扬里追溯草原的前世今生，深深地感到这里的"一切都是浑然天成，没有任何雕琢的痕迹，没有尔虞我诈的狡猾"。更设想"带回去一缕草原的清风，抚慰千疮百孔的心容"。她走进召庙，感到"意外的沾染了一身祥瑞之气"，直把一颗虔诚之心留在了广阔草原上那些斑驳陈旧、色彩暗淡、而又神采飞扬的浮雕之上。在承德避暑山庄，当听导游说到观世音及两旁的善才龙女，立时想到《天女散花》中著名的唱段"云外的须弥山色空四显"，而兴趣大增，随后留下一篇《须弥山》，顺手又把李胜素的唱腔拿出来体味一番，从心头再现梅派艺术经典。更重要的文字看点是她借《须弥山》表达的心境："随着年岁渐长，越来越迷恋那些干净纯粹的东西，比如看一朵花开，晶莹清透，阳光般的美好。再如渴望一场雪落，拂去所有的灰尘和心灵的阴霾，让身心重回人生之初见，阅尽世景万物亦为之清宁而灿烂，行走吾国须弥之境界，当是最最温暖舍怡的穿越。"陈莹把烟花三月的杭州，比作二八少女，"美的不可方物，美的惊人惊天"。但"相比苏州小家碧玉般的清美，杭州却显得大气昂扬"。随景入戏，便更加眷怜深锁春闺的杜丽娘，感怀太守之女萌动的一片芳心春情。

最能体现陈莹青衣情怀的，是本书的第四、第五部分。这两部分文字多是作者生活的感悟和心境的道白。她在书房里找到难得的心灵家园，自娱自乐，安然度日。不刻意展示自己，却愿"吾心凝结成字，只要有清风拂来就好"。她引用越剧《红楼梦》

里"焚稿"一折林黛玉唱词:"我一生与诗书做了闺中伴,与笔墨结成骨肉亲。这诗书不想玉堂金马登高第,只望它高山流水遇知音。"她在小满的季节里消受初夏夜阑人静的舒适惬意。认为小满是最具中国文化智慧的节气,"月满则亏,物极必反,所谓花未全开月未圆,是一个美好的希望"。又把小满形容为九分的京剧唱腔,更想起一大堆折子戏,总结小满含蓄内敛,不损、不盈、不溢,是充满人生哲理的节气。她在立春的日子想起《红楼梦》中那个叫探春的姑娘,发出可否有"人生若只如初见"的感慨。把立春比作一曲美妙华丽的《梨花颂》,醉了君王、醉了苍生、醉了京剧人的挚爱情怀。她在小寒季节寻觅冷艳独有的清香,把蜡梅花开看作寒冬深处一个明媚的缘分,从而酝酿出《风》《雅》《颂》的古典情怀。她在电影《芳华》中体味时代洪流以及战火淬燃中的命运残酷和岁月洗炼之下的真情悲悯。她在《秋天的格调》里沏一杯浓淡相宜的茶,浸润出对江南三月的眷恋和一场意外惊喜的缘分邂逅。她在《变脸》的艺术里体会人生变数,认识到变化最快的莫过于人的面部表情。认为大自然带来的赏心悦目,清淡了流年,远比人类有情有义。她说清明时节像是一个诗书女子,有太多伤感美丽的故事,骨子里带着忧郁的伤感,伴着杏花微雨,独自吟诵那一杯苦涩的甘甜。她怀念那些走远了的旧光阴,看尽了无限春色,也留下了无尽的烦恼,更感到一种人到中年不得已的茫然。离岗的时候她想起雪小禅的一句话:在薄情的世界里深情地活着。说道:深情地活着,是自己人格的坚持,别人薄情与我无关,我的深情苍天可鉴,泪湿衣襟终不悔,只在寒风中站成了"我"的格局。极显清雅自然的人生境界和她的青衣情怀。

"五月的风韵多情,悠悠夏日,初始引微凉,惠然来清风。

吾独酌蔷薇下，浅染玉罗衣。"面对初夏的微风，青衣的角色特别注重符合初夏风情的服饰，爱上香云纱。说"香云纱有低调的静美，然低调处尽显高雅的奢华，然奢华中尽显云卷云舒的恬阔，神秘莫测的深沉之美让人觉得特别踏实"。"女人的美在初夏时节扬起了裙角，随微风和畅。""香云纱像一位出尘的智者，看懂了尘嚣狂乱、看透了功利倾轧，不慕艳丽、不沾灰尘、不求物喜，用久年暗哑的嗓音，大气委婉地吟出高贵典雅的咏叹调。"就着茶香听一折《白蛇传》"游湖"的梅派唱腔，想象《太真外传》中的那个妃子莲步款款、身段婀娜、霓裳羽衣裹身的风华。她说陈白露，在忧郁的，实实在在的感性与理性中，品味一个有着博大情怀的白露节气。她在马陵山中、在霞浦滩涂、在苏州平江路的霓虹灯下，述说一段段文友相聚、曲音携景的趣事，将胶片里的痴迷、文字中的多情，在回想中落在手下的键盘上。

这本书的文字很精美。这是陈莹受到戏文感染的缘故，也是她人生磨炼的结果，更是她文化修养的积累。粗放的过一遍，尚不能说出其内在的精彩。细细地读、慢慢地品，才能品味到作者笔墨连绵不绝的幽香绝艳，才能看出作者青衣般的温良和优雅。

2020 年新春
于寤移斋中

笔墨尽染梨园情

宋传恩

浏览行云流水、盈满诗情画意的文字，却沉醉在跌宕起伏、余音绕梁的京腔徽韵之中，那长袖善舞、幽咽婉转和声容并茂的剧情曲音在想象中沉沉浮浮……

这是我读陈莹散文的感觉。

近期，继《琴心》之后，陈莹又推出一部新作《青衣》，20多万字，沉甸甸的。试看当下，车水马龙，往来穿梭，人来人往，行色匆匆，焦虑满面，"天下熙熙，皆为利来；天下攘攘，皆为利往。"在社会如此浮躁，文学创作逐渐边缘化的今天，陈莹居然能身居斗室潜心创作，给我们呈现出一部又一部新作，令人刮目相看。

每篇散文的字里行间，浸润着作者对流光溢彩的舞台之上曲尽其妙的向往；彰显出作者对气度平静从容、唱腔醇厚流丽青衣扮者的欣赏；也流露出作者跃跃欲试移步舞台一试身手的渴求和喜悦。

平心而论，陈莹的散文文笔流畅，立意新颖。用胡成彪先生的话说："这是陈莹受戏文感染的缘故，也是她人生磨炼的结果，更是她文化修养的积累。粗读一遍，尚不能说出其内在的精彩。细细地读，慢慢地品，才能品味到作者笔墨连绵不断的幽香绝艳，才能看出作者青衣般的温良和优雅。"

相处多年，看得出，陈莹喜欢戏剧，特别是京剧和越剧、昆曲等。她不仅喜欢，而且到了痴迷的程度。她不仅唱得高低圆润，而且写得绘声绘色，写"青衣"的雅丽、写戏曲的妙丽，陶醉在曲音缭绕的舞台上下，执着在文字斐然的书香内外。她对剧情、演员的了解和熟悉，谈起来如数家珍，对剧中唱腔的抑扬顿挫颇有研究。每有聚会，对大家的请求大多有求必应，在掌声鼓励之中，她会来上几段京剧清唱，唱得有板有眼，非常投入。

有一次，沛县文学创作团到贾汪采风，旅游点中有一古戏台，引起她的极大兴趣，她登上舞台，轻移莲步，低吟婉转，其忘我的投入、其圆梦的执着叫人动容。

从理论上讲，对戏剧艺术的追求是一种态度，也是一种情怀。想象因美好而纯粹，追求因执着而忘我。生活中的追求本身就是一次修心之旅。

说起来，陈莹对戏剧的喜欢既有着家庭的熏陶，也有环境的使然。在她年幼时，艺术的种子已深深根植在心灵中。她在《琴心》后记中写道"……那个年代样板戏流行，小小年龄跟随'小红花艺术团'演出，每每唱得认真动情，李铁梅的扮相精神又可爱，从此我喜欢上了京剧。沉迷在一段段醉人的唱腔里，国粹的妙音陪伴我一生。后来越剧《红楼梦》上映，我又痴情地爱上了这个美丽的剧种，乃至黄梅戏等也特别喜欢，从此这个爱好伴随我一路至今。更是爱上了丰富多彩的古典昆曲等等，这些都给予了自己很大的精神食粮，每当兴趣盎然地唱上一两段，怡情又养性，这些美丽的戏文随婉转悠扬的唱腔，流淌在我的文学长河里，巍峨旖旎、源远流长、美哉美哉！"

中国戏曲是一门独立的艺术门类，特别是京剧，它有着独特的艺术特征。世界上著名的三大戏剧源流，其中古希腊悲剧和古印度梵剧都已经湮灭，只有中国的京剧一枝独秀，这得益于中国几千年传承下来的文化厚土。

对戏曲艺术的欣赏，我与陈莹相比，无异于门外汉。她对京剧、昆曲的欣赏真正达到了听其音、品其韵、精其髓。她可以坐在正乙祠古戏楼里沉浸在昆曲园林中，随水磨腔游走在江南春色间，她可以坐在桌前灯下悉数评点历代京剧大师对青衣角色的诠释。春去冬来，日月交替，毫无疑问，戏曲成了她生活中的茶点。她在散文《青衣》中写道"有时候，人生需要一些风情的点缀，就是我们的灵魂也需要一点点历史的问候、一些诗意的触摸、一些自然文化的慰藉。此时，室内京韵涤荡，桌上的老白茶袅袅飘香，台灯下微光闪亮，手下键盘轻点，任凭'青衣'两个字飞瀑而来，氤氲了锅里煮熟的红枣糯米粥，整个房间一股甜甜糯糯的香气弥漫开来。有春风挤进了窗子，清凉爽爽地拂了面，含着淡淡的花香……"。

不论戏曲还是其他事物，都在她的人生中积累到了一个高度，于是她对生活就有了更深的领悟。散文集《青衣》就是她对生活领悟最好的见证。作为任何一个作者，有对文学创作的钟情，在平庸孤寂的生活中，精神领域便有了新的依托。

陈莹的散文集分《游园惊梦》《徽州烟雨》《漫游散记》《闲情偶寄》《流年清欢》五部分。有"女娲长歌，声协宫商"欣赏后的品评；有粉墙黛瓦曲巷石径中的游历；有闲情逸趣书房故事陶醉中的怡雅；有青山绿水竹林掩映中行走的逍遥；有世事纷杂人情冷暖的感悟……

散文《青衣》是本书的开篇。一句"青衣的美饱含着岁月的光寒"道出她对青衣角色的喜欢。在她的眼里"青衣没有三月扬花的烂漫，也不占着闺门旦的年轻，确是浓妆淡抹总相宜，更具有一种淡然的优雅魅力。乍看她如冰似雪，凛然不可侵犯，却道是那一份隐藏的妩媚不可轻易示人，那一种幽深静美的内涵，经得起细细推敲品味。翘起的兰花指一半隐藏在水袖中，只露出粉色的指尖，而指尖上有腼腆的妩丽，有清秀的恬静，有不舍的幽怨，有怒圆的杏眼……缓缓地云手、缓缓地盘腕、缓缓地水袖清扬、缓缓地莲步轻移、环佩叮咚……舞台上的女子青衫荡漾、长袖飘然"。

在京剧表演当中青衣以她独特的表演艺术形式，在舞台上占据了举足轻重的地位。因为青衣有着委婉动人的唱腔和细腻的表演，所以，能够把女性角色展示得淋漓尽致，更加深刻地表现出人物形象，得到了观众的赞赏和喜爱。这也许是陈莹喜欢青衣的原因之一。

散文《徽州女人·徽州崛起的一个脊梁》是徽州系列中的一篇。徽州历来是文人骚客魂牵梦绕的地方。那雨中的小巷，丁香弥漫在雾蒙蒙的空气中，油纸伞下旗袍拂动的倩影，青石板上笃笃的高跟鞋声游动在白墙黛瓦间。陈莹的这篇散文切入的是另一个角度"在上世纪的古徽州，有一个或一群女人，他们一生的命运围绕在白墙黑瓦间，守候在枯井一样的巷院中，眼睁睁地由少女到老年，空守了三十五年的光阴，守的是一份虚无的爱，守的是一份苦涩的情"。

黄梅戏《徽州女人》曾让她看得热泪盈眶。

徽州，我曾去过多次，读陈莹的散文则感慨万端。

徽商的盛况空前，叫人难以想象。有一个资料表明，徽商们曾以其财力左右国家经济命脉达三百余年之久。被称为红顶商人的胡雪岩就是其中的代表。

徽州的男儿是痛苦的，小小年纪就要离别父母，离别亲友，离别生于斯长于斯的故土；徽州的男儿是有担当的，小小稚嫩的肩头，承担起父母的期望，承担起成家立业的大任。

但是，最痛苦的是徽州女人。

我曾去过歙县的棠樾，那里是看徽州牌坊的最佳景点。在那满目金黄的油菜花中，七座牌坊一字排开，自然风光和人文历史巧妙地钩织在一起。七座牌坊迎风而立，游客随导游款款而动，名流轶事伴随着花香浮动在耳边。当年乾隆皇帝路过此地，对牌坊的主人鲍氏家族大加褒奖，称其为"慈孝天下无双里，衮绣江南第一乡"。

踏着青石板路徘徊于牌坊中，心情却与周围的环境格格不入。青灰色的牌坊孤零零地伫立于暮霭夕照之中，云黄天昏，满目苍凉。我清楚地知道，这样的牌坊是徽商纵横商界三百多年的重要见证。每一座牌坊都有一个情感交织的动人故事。老子云：金玉满堂，莫之能守。鲍氏家族，世世代代以忠孝节义为本，谁又知道其中的艰辛和困苦。

"悔做商人妇，青春长别离。""忽见陌头杨柳色，悔教夫婿觅封侯。"那少小离家，奔波于晨星暮月之中的徽商，那商场疲惫的风尘早已掩盖了家中依窗远望的泪痕。

清代徽州休宁学者赵吉士就曾说，安徽新安节烈最多，一邑当他省之半。一部民国《歙县志》人物传达九卷，其中仅《烈女传》就有四卷，可见人物之多，并且这些被收入《烈女传》的烈女有许多就是徽商妇。除此之外，在徽州各个宗族的谱牒里面，也这样那样地关注和记载了徽州的节烈妇女。

事实证明，徽商的成功是和这些徽州女人的支持、奉献分不开的！从某种角度上讲，徽州女人也成就了一代徽商。

在安徽歙县城南有一座"孝女节烈"坊，建于1905年，是古徽州最后一座贞节牌坊，这座小小的牌坊，样式极其简陋，造工也颇为粗糙，如今已面目全非，但上面镌刻的一府六县孝贞节烈女竟多达65078名，这是一串令人触目惊心的数字。

望着这一座座牌坊，几百年屹立在风雨中的展示，会是徽州女人内心的期许吗？

"与其在悬崖上展览千年，不如在爱人肩头痛哭一晚。"舒婷千年后的反叛和诘问，是否能听到牌坊深处的叹息。

散文《变脸》是陈莹从广州回来，脑子里突然蹦出来的两个字。作为文友，能理解她此时的心情。但她很宽厚豁达，"这些年，看见了太多不一样的面孔，也感受了一些异样的情愫，内心深处留下了深浅不一的印记，且把它们当作人生旅途中的一道风景吧"。

"变脸"是川剧里的绝活，红脸的包公、白脸的曹操等等，一种瞬息变化的绝技。

其实，人世间的变脸要比川剧中的变脸更加无情和悲凉。大千世界，芸芸众生，什么人物没有。见利忘义者有之，落井下石者有之，一阔脸就变，得志便猖狂者有之……

用着你时团团转，用不着时脸就变。冷酷的现实会让人失望和心寒。

人生如戏，有些人只有在你处在社会底层和最无助时才会撕下脸上的面具，完全展示其丑陋的一面。

戏剧小舞台，折射的却是社会的大舞台。

放下吧！所有的所有，都留给时间，将那些不能释怀的，以及舍不得的全部遗忘，时间会治愈一切的伤口。

……

通读陈莹的散文，掩卷沉思，应该说，陈莹的散文很耐读，语言清新，文采斐然，结构开阖有度，叙述从容不迫。这也是我第一次如此认真地通读她的作品。数年前，在我编《歌风台》的过程中，有一位作者把一篇散文交给我，尽管看到作者是陈莹，并没有把在劳动局任职的她联系在一起。没有想到，她居然有这么好的文采，完全出乎我的意料之外。

著名戏剧家刘志林看到她的散文集后，不禁感叹："当我阅完全稿，不禁惊诧失色，发现其文笔流畅，才华横溢，阅历丰富，知识广博，视角独特，立意新颖，字里行间充满诗情画意，饱含着对生活的无限热爱，并能开掘出生活的深刻内含，给人以丰富的想象空间。"

陈莹出生于书香世家，用她的话说：钟情于文字，缘于我的父辈。她在后记中回忆道："小学时期的启蒙教育很重要，喜欢读书和唱戏都是在那个年龄埋下了根源，因父亲忙于政务工作，爷爷对我的教育很多很细，小学阶段我就读完了学校图书馆的藏书，写的虽然幼稚，但皆是心灵的折射。"

丁可在读了陈莹近期的散文后，说："陈莹的散文写的越来越好，她将和其他作者很快拉开距离。"这评价是公道的。

近些年来，她的作品散见于《散文选刊》《海外文摘》《华夏散文》《中国散文家》《神州》《山海经》《翠苑》等大型刊物，现为江苏省作家协会会员、中国散文家协会会员等，这就可以看出，她有今天这样的成就，绝非偶然。

在沛县众多的女作者中，陈莹创作的勤奋也是出了名的，三年呈现出两部大作就是最好的证明。

　　文章千古事，甘苦寸心知。心若没有归处，人生无异于流浪。对一个作者来说，选择了文字，也就选择了淡泊，选择了寂寞。面对喧嚣的尘世，会沉淀了内心的沉静。作为精神的依托，文字有着特殊的妙用。有人说，被误解是表达者的宿命，被理解是沟通者的使命。对珍惜、呼唤失去的东西，让我们用文字给它提供一个回馈的空间。

　　这正是陈莹散文的精神所在。这是希望，也是期盼。

　　愿以此文与陈莹共勉。

2021 年 3 月 1 日
于荷梦斋

游园惊梦

——●

徽州烟雨

漫游散记

闲情偶寄

流年清欢

游历戏曲大观园，惊了一个前世今生的伶人梦，

听杜丽娘幽幽地唱，原来姹紫嫣红开遍……随她一起生死回还。

京剧四大名旦的魅力无限，那青衣花旦的瑰丽，永远是惊艳的，皮黄腔优雅地穿透心灵；

堕落的昆曲更是激滟了一个空灵的梦境，美的不可方物；

越剧的温润柔情，总让思绪翩翩起舞。

旅行的脚印，

深深浅浅，清晰的字迹，记载了一个个深情的故事，

都说人生苦短，何不行走天涯拥抱世界，

让脚步记载一段段风景的深浅……

游园惊梦

青 衣

青衣的美饱含着岁月的光寒。

关于青衣的文章太多，太多溢美的词句给予了青衣。于我，她是一个情结，一个喜欢戏曲、痴爱京剧的情结，一个经年风雨中不离不弃的陪伴。京剧里，扮相最美的就是青衣，而我也是最爱青衣的唱腔和扮相，每每来上一两段、走几步，咿咿呀呀地陶醉其中。多年来一直想写一点关于青衣的文字，碍于自己才疏学浅，不敢造次，唯恐言语不当惊扰了青衣的清宁。这一情思每每辗转反侧、夜不能寐，那俊俏的扮相和优雅的唱腔终日萦怀于心、缠绕于思，细思量，还是用我浅薄的文字，大胆地对青衣表白一番吧。

青衣，是国粹京剧旦角里的一个行当，一般是指风度凝重、行为端方、气质含蓄的成熟女子形象。然而，青衣又不是我们通常理解的瘦弱单薄，舞台上的青衣是一群七彩装扮的女子穿越了历史、迂回演绎的传统国粹文化，是一个时代、一个故事、一个梦想、一种文化，值得我们慢慢地去探寻和研究。

青衣一行，多是指京剧中年龄稍长一些、成熟稳重的女子，传统上多演"贞洁烈女"的形象,其唱法要求不仅清亮娇脆,还须有阳刚喷薄之音……实际上也是中国传统文化对女性形象审美的要求和沉淀。其实青衣应是最具民间烟火气的女子,她布衣钗裙,从《诗经》里走来,历经了烁烁桃色的花样年华后,一个漂亮的转身亮相。正如舞台上的薛湘灵,刚出场就是任性的娇花旦"怕流水年华春去渺,一样心情别样娇。不是我无故寻烦恼。如意的珠儿手未操,啊,手未操……"任性的富家小姐在经历了磨难之后又唱到"一霎时把七情俱已昧尽……回首繁华如梦渺,残生一线付惊涛。柳暗花明休啼笑,善果新花可自豪。种福得福如此报,愧我当初赠木桃"。也许太多的人生都是在历经坎坷沧桑后才看到风轻云淡,才能做到"免娇嗔、改性情,休恋逝水、早悟兰因"。《锁麟囊》的故事最能诠释一个女人成长成熟的经历,也是程派最得意的代表作。我们看戏,也是看人生,薛湘灵从花旦到青衣的蜕变,让这部程派大戏在京剧舞台上题材新颖、光彩照人、久演不衰。

青衣是京剧旦角塑造的端庄、贤淑、善良、稳重的女性人物形象。有人说:青衣是一个梦,一个关乎男人和女人的梦。是的呀,舞台上的青衣美轮美奂,遥不可及,这种完美让世人传统又严苛地定格在女人身上,将现实中的女性被要求成为青衣,甚至成为舞台上那个完美的青衣,实际是对女性的一种苛求,千百年来由此束缚了女性的手脚,甚至摧残了女性的善良,在男尊女卑的封建社会更是给女性戴上了一个沉重的枷锁。舞台上唯美的形象是演出艺术化的需要,会有一些戏曲中程式化及一些夸张的表演方法,怎么能与现实相较呢?当然,人们美好的愿望是可以理解的,只是不要脱离现实,而现实是复杂残酷的呦。再如《红楼梦》中的林黛玉和薛宝钗,世人都喜欢林姑娘的才情雅致,也看好薛宝钗的世故圆滑，都希望女人是骨子里的林黛玉、现实中的薛宝钗……鱼和熊掌哪能兼得呢？

前些时候去海南，与一个女司机聊天，她说目前在海南还会有70%的女人外出工作养家糊口，根深蒂固的男权思想，让女人压力很大，为了家庭和睦，也只能义无反顾、坚强地挑起了家庭重担。社会对女性的要求不可过于苛刻吧，尤其是男权主义泛滥的人们，放纵自己，苛求女性，岂不知家庭与社会的和谐需要大家共同支撑维护。

呵呵，扯远了……其实就女人而言，从青葱少女到嫁作人妇，生儿育女，为生计、为丈夫、为孝奉、为红颜凋谢、为封建礼教、为自己等等，这些人间的凄苦是男人们体会不到的。所以最怜惜青衣的，是女人自己。当然，现在女性的地位提高了，与男人一样工作生活，但骨子里也还是女人承受的压力较多。男人看青衣，看的风月美貌，女人看青衣，却能实实在在地看清楚一辈子的风霜悲苦。

舞台上那些微微含胸、低眉顺目的青衣，一出场都是沉静端庄，因为，她已经没有了花旦的天真烂漫，岁月的沧桑在她身上变成了风轻云淡的怡然。每日里柴米油盐、人情冷暖，哪还有许多的浪漫袭面呢？特别欣赏程派名伶吕东明老先生，可惜她去年离开了我们，永久离开了京剧舞台。看她一出场就浑身是戏、震撼人心，再唱腔出口，那雷鸣般的掌声频频响起，那是一个历经了岁月风霜后、凛然伫立的大青衣，老先生的青衣形象是台上台下两相和。《苗青娘》《荒山泪》两段，每每听来都叫人特别想大哭一场，她清唱的样子，特别叫人心疼，随之而来的是肃然起敬。都说悲戏最能打动人，程派就以悲情戏见长，再有程派幽咽婉转、低沉呜咽的唱腔，一咏一叹终关情，直直地把人拉进古代女人悲欢离合的生命当中。《铡美案》中的秦香莲，带着一双儿女，怀抱琵琶、悲泪凄凄，也没能打动陈世美这个负心汉。《大登殿》里的王宝钏，几乎涵盖了"青衣"需要的所有美德，身为相府千金，为了爱情舍弃富贵，守寒窑十八载，忠贞不渝。当薛平贵功成名就归来时，宝钏为自己衣衫褴褛掩面一"羞"，不失尊严与优雅，看似可怜的女人，更为可敬。而薛平贵见到妻子的时候，不是急忙相认，而是以局外人的态度调戏试探于她，实实地可气，相比于王宝钏，他的形象低了很多，可惜了宝钏一腔深情付与了无情汉。王宝钏的角色是悲催的，十八年守寒窑，待丈夫归来，封在昭阳院，可惜只做了十八天的皇后就死去了……从王宝钏的故事看古代女人的宿命，是极其伤感的，十八年的寒窑等待换来十八天的皇后……所以，当我们同情她、欣赏她忠贞美德的时候，也感叹封建社会中女性的愚爱是多么的可悲，身为相府小姐也不例外，也没能逃过命运的无情捉弄。

《春闺梦》中的张氏，不知新婚燕尔的丈夫已经战死沙场，每日伫盼被强征入伍的丈夫回还，积思成梦，梦见丈夫回家团圆，幽幽怨怨"终朝如醉还如病，苦倚熏笼坐到明。去时陌上花似锦，今日楼头柳又青……门环偶响疑投信，市语微哗虑变生……"复杂纠结缠绵惊怵的心情，反映了人民希望阖家团圆、渴望和平、反对战争的心理。这一段张火丁和宋小川配合得最好，张氏各种凄苦的心理，被程派名家张火丁拿捏得特别到位，也是程派很典型的一个青衣形象。《六月雪》中窦娥唱"没由来遭刑宪受此大难"一段，要数天津京剧院的程派名家刘桂娟唱得最好，红色的罪衣罪裙，在花容月貌的年龄却背负冤死的枷锁，无奈苍天不公，降下大雪也救不了窦娥。刘桂娟扮相极好，整段唱腔十三多分钟，均为慢板拖腔，演唱极尽功力，含蓄粗犷又细腻委婉的行腔，程韵古雅冷艳的气场荡气回肠、低婉悲戚、声泪俱下，听来感人肺腑。特别喜欢这一段，吾也可幽幽喊喊地哼唱起来，享受程派唱腔的幽雅婉丽……程派演绎的一个个悲情女子的青衣形象，最能让人萦怀难忘，感怀人生的悲壮大美，感怀青衣女子的美丽与悲欢，无论是华服霓裳羽衣，还是褴褛旧衫裹体，都是社会现实的真实折射。

四大名旦之首的梅派青衣，则是比较华丽的。梅派青衣的表演是综合了青衣、花旦和刀马旦的表演方式，在唱念做打、音乐、服装、扮相等方面进行了创新发展。气度平静从容、唱腔醇厚流丽、感情丰富含蓄、旋律优美动听。经梅兰芳先生的改革创新，在唱腔和表演艺术上达到了一个全新的水平，并达到了一个完美的境界。有人说梅派是唱给皇宫里的妃子听的，可不是吗？《贵妃醉酒》里杨玉环的青衣形象最华贵经典，而梅葆玖先生根据梅兰芳先生的传统戏《贵妃醉酒》和《太真外传》改编的大型交响京剧《大唐贵妃》，更是升华了梅派的精粹，李胜素、史依弘出色的表演，送给了我们一个光彩照人、仪态万方的青衣杨贵妃，美得耀眼。主题曲《梨花颂》优美的旋律，更是将梅派艺术传播到海内外，唱响了梅派最华丽的乐章。梅派的青衣形象很多，《霸王别姬》中的虞姬，《穆桂英挂帅》《西施》《洛神》中的女主人公，《生死恨》中的韩玉娘，《宇宙锋》中的赵艳容等等，都全方位地展现了不同社会现状下的女性形象，从不同程度上反映了社会现实，这些光彩照人的青衣形象，不仅给我们带来了美妙的视觉享受，也带来了梅派唱腔的华美曲音，更带来了许多人生的思考遐想。李胜素、史依弘、王艳、董圆圆、胡文阁等优秀的梅派青衣演员，将梅派艺术不断地发扬光大，弘扬了国粹传统文化。

　　四大名旦的尚派，现在不太多了，但舞台上那些经典的尚派青衣形象依然熠熠闪光。尚派行腔吐字清楚，嗓音清亮激越、旋律跌宕缭绕，有斩钉截铁的"断"，又有错综有力的顿挫，坚实整齐中呈峭险、平易简约中现内涵。尚小云先生早年出道即为文武昆乱不挡的出色旦角，一度被誉为"青衣正宗"，嗓音宽亮、身材适中、扮相俊美。尚派打破了旦行青衣专门讲究"贞洁烈女"的道德评判标准，从"烈"之一端引发"侠、义、刚、健"等内涵，从更广阔的层面关注女性的生存和生活价值，实际上隐含了对传统妇女观念的批判，具有时代意义，也大大增加了京剧旦角青衣的表现力，拓展了青衣的表演空间。著名的尚派名剧《梅玉配》《乾坤福寿镜》《梁红玉》《汉明妃》《昭君出塞》等都是享誉极高的京剧艺术精品，剧中那些风姿各异的青衣形象，或英姿飒爽，或端方迤逦，或悲情喷薄，或醉痴妖娆……都是喜欢京剧、喜欢传统文化之人之挚爱。

　　四大名旦中的荀派演绎的是花旦，主要是表演少女少妇的妩媚可爱，表情身段变化多姿，尤其讲究眼神的运用，角色一举一动、一指一看都要节奏鲜明，把女性的娇媚闪现于喜怒哀乐的言谈举止中，一出场就要光彩照人，满台生辉，唱念轻重缓急要恰到好处，流利感人，又声声入耳，既有音乐美，又有生活美。《红娘》《游龙戏凤》《金玉奴》等鲜活的花旦形象令人难忘。花旦是青衣少女时代的天真无邪，看青衣，也要看花旦、看老旦，才看完了女人的一生，青衣是将生活艺术化了的女性，我们看青衣，更要一分为二地欣赏她的美。

　　四小名旦之首的张派，是继四大名旦之后最有影响、传播最广的流派。张君秋先生扮戏有雍容华贵之气，嗓音清脆嘹亮、饱满圆润，有梅派的"甜"、有程派的"婉"、有荀派的"绵"及尚派的"坚",刚健委婉、俏丽清新,具有侠义风骨。《状元媒》《西厢记》《春秋配》《望江亭》等代表剧目广为流传。王蓉蓉、薛亚平、张萍等优秀的张派青衣演员,扎扎实实地将张派唱响在京剧大舞台。

京剧青衣流派众多,王(瑶卿)派、赵(燕侠)派、黄(桂秋)派等各具特色,演绎的青衣形象也多姿多彩。而李世济、李维康、杨春霞、刘长瑜、孙毓敏等名家在发扬传统京剧流派的基础上,又创新青衣演唱表演风格,看那京剧大舞台早已是百花齐放、姹紫嫣红了。

其实,京剧舞台上的青衣形象已经是一种深奥的传统文化了,是关于古往今来的女性审美的文化。这个涵聚了理想气质的女子,在一个未知的朝代,在无数艺术家的精心打造下,在舞台上羞涩地扬起了水袖,咿咿呀呀地唱出了自己的一番心事。既是女子的形、也是女子的魂,有烟火气、也有人情味、更是一件精致的艺术品。欣赏青衣的美,要静下心来细细地品,台上的女子莲步轻摇、暗香浮动,没谁知道她们最早从哪个朝代姗姗而来。一个云手、一个转身、几个圆场、几声空谷幽兰的甩腔,仿佛从不同历史深处走来,踩着锣鼓声缓缓步出、眼波流转、百媚重生,这样精雕细琢的女子,怎么能不美呢?其实油彩下的青衣也是单薄清凉的,平日里桃李不言、宜室宜家,看似平淡,却有着绵长细腻的情愫和缠绻忧郁的愁思。丰富的心智因了男权社会的偏见和框范无法表达,但这种心智不会被磨灭,而是逐渐升腾凝聚光亮起来,引发了人们对青衣的欣赏、尊敬和研究,体现了中国女性优雅端庄的瑞丽气质。

读席慕蓉的《戏子》特别伤感,"请不要相信我的美丽,也不要相信我的爱情。在涂满了油彩的面容之下,我有的是颗戏子的心。所以请千万不要，不要把我的悲哀当真，也别随我的表演心碎。亲爱的朋友，今生今世，我只是个戏子，永远在别人的故事里，流着自己的泪"。戏里的女子一半是青衣，一半是自己，那一嗔一喜、一怒一笑，爱恋中的娇羞、伤感中的幽怨，都让人觉得是女人自己呢，而演员既是演给观众看，也是演给自己看。

青衣，没有三月扬花的烂漫，也不占着闺门旦的年轻，却是浓妆淡抹总相宜，更具有一种淡然的优雅魅力。乍看她如冰如雪，凛然不可侵犯，却道是那一份隐藏的妩媚不可轻易示人，那一种幽深静美的内涵，经得起细细推敲品味。看她不慌不忙地唱着，翘起的兰花指一半隐匿在水袖中，只露出粉色的指尖，而指尖上有腼腆的妩丽、有清秀的恬静、有不舍的幽怨、有怒圆的杏眼……缓缓地云手、缓缓地盘腕、缓缓地水袖清扬、缓缓地莲步轻移、环佩叮咚……舞台上的女子花衫荡漾、长袖飘然，舞台下的观众看得亦真亦幻、如梦如醉。

因了迷恋青衣一角，看了毕飞宇的小说《青衣》。"十九岁的筱燕秋天生就是一个古典的怨妇，她的运眼、行腔、吐字、归音和甩动的水袖弥漫着一股先天的悲剧性，对着上下五千年怨天尤人，除了青山隐隐，就是此恨悠悠……"，《奔月》里筱燕秋演嫦娥，试妆的时候她的第一声导板就赢来了全场肃静，重回剧团的老团长打量着筱燕秋，嘟囔说"这孩子，真是黄连投进了苦胆胎，天生两根'奔月'的水袖"。筱燕秋成就了《奔月》，《奔月》也成就了筱燕秋。电视剧中徐帆出演的筱燕秋扮相很美，演技也好，也有几分嫦娥的仙气，然青衣是经年舞台上唱念做舞、手眼身法步的淬炼，繁华与苍凉都能驾驭到骨髓而再现，那些优秀的青衣都已经长成了风骨、熬成了火候，差之毫厘失之千里，所以她没有完全演出青衣的魂。

青衣

爱看青衣的人都是上了年纪的人，因为她们有着共通的岁月，即使听不懂也喜欢看，只看青衣的美就足以让人神魂颠倒，更何况还有那绕梁的唱腔。世间所有的女人，经过岁月的磨砺都会成为青衣，而世间所有的男人，数尽红尘之后都会爱上青衣，青衣的背影刻有岁月的沧桑，也有人生大舞台的霓虹闪光。远远近近地欣赏青衣，都是一幅幅难以描绘的唯美图画，是一首首如泣如诉的女人诗歌……张火丁的程派青衣风骨最浓丽，她中性的面相，扮了苦情的程派青衣自带磁场，现场一票难求，已经被称为"张火丁现象"来研究。高兴时的程派唱腔也是幽怨的，有一种淡淡的人生静美沉浸在里面。"这才是人生难预料，不想团圆在今朝……"低吟婉转、余音袅袅，每每听来感慨良多。

有时候，人生需要一些风情点缀，就是我们的灵魂也需要一点点历史的问候、一些诗意的触摸、一些自然文化的慰藉。此时，室内京韵涤荡，桌上的老白茶香气袅袅，台灯下微光闪亮，手下键盘轻点，任凭"青衣"两个字飞瀑而来，氤氲了锅里煮熬的红枣糯米粥，整个房间一股甜甜糯糯的暖香弥漫开来。有春风挤进了窗子，清凉舒爽地拂了面，含着淡淡的花香……

2019. 3. 22

正乙祠飘出的水磨腔

　　隐匿在北京和平门南面一个狭长胡同里的正乙祠古戏楼，建于清康熙二十七年，原是浙商会馆，随着京剧的诞生逐渐热闹红火起来，京剧大师梅兰芳、谭鑫培、王瑶卿等都在此演出过，见证了正乙祠戏楼最辉煌的岁月，是目前国内最古老的戏楼，堪称古戏楼的活化石。

　　戏楼分两层，台前三面环楼，两旁有楼梯，看楼中心为马蹄形，上有罩棚，可容纳数百人，属于标志型的戏楼建筑格局。正乙祠戏楼的前身是明代的一个寺院，清康熙年间被浙商改建成会馆，吸纳了徽剧、昆曲等多个剧种在此演出，随着徽班进京，京剧逐渐形成，见证了一系列非物质文化遗产的诞生和发展。这座纯木质结构的戏楼，在今天依然神采飞扬又气派地伫立在京城，不时飘出京韵昆曲，原生态的打造，让戏楼焕发出历史文化的光芒，让观众从源头上接受古典戏曲文化的洗礼熏陶，对于传承中国古典戏曲文化起着不可小觑的作用。

　　喜欢戏曲，对戏楼也情有独钟，每到一处，但凡看到大小不一的戏楼，总会流连徜徉一番。有演出时热闹，没有演出也能听到飘忽在空中咿呀的唱腔，看到捻步如莲、身段婀娜的青衣花旦在台上表演，那个美呀，衬着戏楼飞檐上的凤凰，欲飞翱翔。江南水乡小镇的幽静中都会有一个戏楼，随着水乡文化的发展渗透，听越剧糯糯甜甜的轻扬清润，堕落着昆曲的妙丽；南国粤语港版，亦有铿锵的变脸，戏曲文化渗透在百姓生活的点点滴滴；黄土高坡上洒脱的秦腔，高亢激昂，在王家大院的戏台上唱响，震撼了秦商的心，也留下了一片情深……北京是天时地利人和的戏曲大舞台，更是沉淀发展戏曲文化的主要阵地，曾经是家家堂会户户锣鼓，京腔京韵自多情，从皇宫到市井风靡一时。作为"百戏之祖"的昆曲，在京剧形成之前，亦是迈着小脚、幽幽缠绵地流莺在京城。听昆曲是不能喘气的，而且嗓子鼻息也是一直吊着的，感情随剧情人物今古翻飞，气若游丝、窒息生死，那原生态的管弦丝竹一响，就仿佛把你的魂魄抽走了一般……

"不到园林，怎知春色如许"。三百年正乙祠古戏台宛若一方自在小筑，漫步其中，方知个中三昧。2014 年正乙祠戏楼牵挽昆曲系列"如花美眷"，脱胎于明代昆曲《牡丹亭》，相携绽放一片姹紫嫣红，琳琅春色才子佳人，删繁就简、减冗取菁，以唯美洗练、典雅蕴藉的传统人文，极致地表达了古典戏曲文辞之美。虽然懂得似是而非，大爱那一腔古韵幽然。

水磨腔又称昆山腔，是元代末年的主流唱腔。至明代，经魏良辅十年改革成新腔，及梁辰鱼新编《浣纱记》，因曲调幽雅婉转，唱腔典雅华丽，唱法细腻舒徐委婉，恰似江南人的水磨漆器、水磨糯米粉、水磨年糕一样细腻软糯，柔情万种。瞬时，水磨腔"流丽悠远，出乎三腔之上"，风靡了长江下游六百个春秋，被誉为"百戏之祖"。

水磨腔是一种独特的腔调，它能让人联想到色彩，是一种看得见颜色的声音。水磨一词是家具上漆前的最后一道工序，是江南匠人常用的木工技艺，就是用河滩、溪边的木贼草蘸水打磨毛坯家具，经过慢工细活的打磨，家具手感渐渐细腻温润，故称水磨。以水磨来形容昆曲的典雅和婉转柔美，非常形象贴切。听昆曲最让人联想到的色彩就是桃红色，桃花盛开的季节，花朵上顶着亮晶晶的露水，被初升的太阳照得五光十色，春风摇弋、落英缤纷的一泓清泉聚成花溪水，穿越馆舍、迂回其间，溪边绿柳成荫，春风吻在脸上，春天的气息醉人……水磨腔还让人记起江南醉心的女儿红，曲尺柜台上一坛一坛用竹编或麻绳捆扎的酒坛，菱形红纸上稚嫩的"女儿红"三个字沉静羞涩，甜润地善解人意，品着女儿红，细听水磨腔，乐曲穿透五脏六腑，蚀骨断肉，声声入魂，实乃人生之大乐也。

只有在春天里才有的《游园·惊梦》，粉粉糯糯的水磨腔，从杜丽娘、柳梦梅的心中飘出粉色情致，听他俩吟风弄月、撩拨心弦，一声声小姐、一句句公子、一阵阵秋波暗送，小生目泛桃花、小姐面若桃花，你情我浓，这样的挑逗在何时都是春色撩人呀。这时的你无论多么的凄苦冷清，都会被送进耳畔的水磨腔感染，为才子佳人花好月圆叫好，幽幽地醉倒在粉墙花窗间，听桃花呢哝、品杏花春雨诗意情浓，安静窒息中疯狂地追逐那抽丝般长长的曲儿，直直地叫人堕落颓废、万劫不复……其实，听昆曲就是游园，游历春天的百花园，各样的粉红妃色，妖艳缤纷、魅惑人心。水磨腔的节奏、咬字吐音的讲究，绣口一出，如浆声荡漾十里山塘，让人在姹紫嫣红中找到属于自己的色彩，唤醒内心的律动，水磨腔是青春之歌、是青春之梦，不听水磨腔，怎知春色如许？即使不懂昆曲的人，也会被水磨腔缱绻出来的春光滋生出明丽的眼光，慢慢地亲近又若即若离地憧憬着。

想那清代演员商小怜在演《牡丹亭·寻梦》时，唱到曲牌"江儿水"："待打并香魂一片，阴雨梅天，守得个梅根相见"一句悲怆过度，满面泪光地颓然倒地，气绝身亡。无怪乎汤翁说："情不知所起，一往而深。生者可以死，死者可以生……春光漫漫梦中行，梦境依依竟忘形。玉立亭亭追梦女，姗姗如梦牡丹亭。"这入魂的水磨腔将爱慕昆曲的人们打磨得粉魂飞扬。舞台上，载歌载舞的表演形式活泼灵动，兰花微翘，引领观众看到烟雨后的春山，迂回的山野小道旁桃红柳绿、含苞待放，让你的整个思绪徘徊在杏花春雨的江南不思归，徜徉在朝露晚霞中，如梦如幻。

从苏州粉墙黛瓦间飘出的昆曲，着粉红色丝绸绣花小衫，轻轻碎步，盈盈一笑百媚生。夜间的园林幽深静谧，回廊里娜步走来了杜丽娘，唱着磨人的小曲，忽而杏眼低敛、忽而明眸闪动，徜徉回环。瞧她碎莲点翠、水袖袅袅、欲语还休，屦笑顾盼之间，几分婀娜、几许轻盈，只听得檀板清越、笛音如水，有曲若天外飞来，桃花正在开放，红粉佳人翩然入目。

沉浸在静谧的昆曲园林里，随水磨腔游走江南春色间，哪个能不动容呢？这样春色缭绕的景致，在正乙祠戏楼里用款款深情的水磨腔撩拨着热爱昆曲的人们，台上歌舞曼妙，台下身心荡漾，恍若隔世，惊艳邂逅了台上两个水灵灵的红衣戏子，粉粉的妖艳、粉粉的情感。三天的展演落下帷幕，"如花美眷"系列昆曲禀赋天人合一的美学思想，让历史和现实的光影在古老的正乙祠戏楼里斑驳交错，搬演着水磨腔韵的篆廊勾栏、音律曼妙，让人们悦目驰怀、自然沉浸在丝竹管弦里那些生生死死的至情风月中，在浓郁的古典文化中感怀今古。

在"如花美眷"系列展演结束后，惊闻正乙祠戏楼关闭，据说有意其他，令昆虫们惊怒，这里如若没有了水磨腔的旖旎缠绕，亦失去了原始的味道，古典文化的传承也失去了一个最佳的舞台，想那些烟波画船的雅事逸趣，虽在京城依然流丽婉转，可正乙祠飘出的水磨腔韵，是最能诠释昆曲的古典美，最能还原历史文化的真实，仿佛听到汤显祖老先生幽幽地吟唱："情不知所起，一往而深……"他唤起的是人类最原始静美的花好月圆，是人间最深挚的情感。

　　春意渐浓，想起那磨人的水磨腔，杳然情迷、心驰神往。

2019. 3. 1

游园惊梦

"春香，不到园林，怎知春色如许……"。

杜丽娘"游园惊梦"，留下了气若游丝的叹息和呼唤。"游园惊梦"是昆曲《牡丹亭》里的一折，杜丽娘深受封建礼教的束缚，因教书先生教授了《诗经》中"关关雎鸠，在河之洲；窈窕淑女，君子好逑"之诗句，萌生伤感之情，与丫鬟游览了自家后花园之后，更是触景伤情，休憩中梦见与书生柳梦梅在花园中相会，醒后追念梦境，不久竟忧郁成疾而亡。但故事没有结束，在花神的牵引下，书生柳梦梅来至杜丽娘下葬的后花园，杜丽娘死而复生。有点唯心主义的剧情，因"游园、惊梦"至"寻梦"，杜丽娘游园怀春，追寻幸福，终究迎来了人生的百花园。

"原来姹紫嫣红开遍，似这般都付与断井颓垣。良辰美景奈何天，赏心乐事谁家院？朝飞暮卷，云霞翠轩。雨丝风片，烟波画船……"一曲"皂罗袍"把杜丽娘的少女心事掀翻，于是脍炙人口的"情不知所起，一往而深……"的情感就深情地流淌了六百年，至今不衰，每每桃红色的水磨腔磨人情致，醉倒在昆曲旖旎雅致的梅边柳下，美哉妙哉！

《牡丹亭》里小姐和丫鬟是古典文学里最佳的亲情组合，贴身的丫鬟翠鸟流莺，啼红了杜鹃。"啊，小姐，你看那是杜鹃花……"小姐惊奇地看着这个彩色的春天，欣然唱着"袅晴丝吹来闲庭院，摇漾春如线……"一张口便是梦回莺啭，让人一下子联想到孟浩然"春眠不觉晓，处处闻啼鸟"的意境，春天的美好霎时间拥到眼前，漫山遍野的绿色、花朵。

主仆二人在园内流连徜徉，杜丽娘自顾自怜又自嘲，满腔怨怼喷薄而出"你道生生出落的裙衫儿茜，艳晶晶花簪八宝钿，可知我一生爱好是天然？恰三春好处无人见，不提防沉鱼落雁鸟惊喧，则怕的羞花闭月花愁颤。不到园林，怎知春色如许……看牡丹春归怎占的先？惊荼蘼外烟丝醉软……锦屏人忒看得这韶光贱！"这段唱词雅丽浓艳，可从中体会杜丽娘游园时从惊奇喜乐到痛苦的心思流转，百味杂陈的意境，也只能意会，不可言传。正是这样似曾相识的情怀吸引着我们走进杜丽娘的世界，随她悲喜死生。

"春啊春！得和你两流连"杜丽娘"迁延，这衷怀哪处言？淹煎，泼残生除问天"。一个大门不出二门不迈的太守之女，被封建礼教软禁在闺阁，到了十六岁才发现自家花园里的一片春色满园，被春天的美惊到了。想自己二八青春年华居然都付与了断井颓垣，实在是令人伤悲，所以迸发了"淹煎，泼残生除问天"的呐喊，也是人性自然的渴望和流露。于春情萌动的倦怠中梦到了书生柳梦梅，演绎了一场生死交错的情感大戏。

《牡丹亭》是汤翁最得意的四梦之首梦，是最能施展昆曲情怀的优秀剧作，从古至今当仁不让地缠绵在昆曲舞台上。

喜欢沈丰英，像一泓泉水一样清澈透明，正是昆曲诠释的浓艳中的清透，赏心悦目地滋养心怀；单雯的扮相甜美可人，微微翘起的嘴角自带风情，娇媚中不失纯净，那一抹含羞带嗔的神情，洋溢在杜丽娘"游园惊梦"的欣喜中；北昆的邵天帅在舞台上极其娇媚柔情，眉角清扬、欲语还休，把一个个天真少女之情怀演绎得惟妙惟肖，看了她的演出，总忘不了那满面憧憬和娇羞，转身抬袖间自有一股古典风情流露；特别在《玉簪记》中，把青春道姑陈妙常复杂的心思表现得入骨三分。《怜香伴》中更是无以言表，让观众沉浸在昆曲的美妙中不能自已。她还是我的博友呢，时常互动因缘，祝愿她百尺竿头，更上一层楼。这些年轻优秀的昆曲演员们秉承老一辈艺术家的精神，融合现代自身的特长，将昆曲艺术传承发扬光大。如今的昆曲舞台，已是姹紫嫣红、百花争艳的春天了。

特别喜欢昆曲里那些风雅的曲牌，"好姐姐""皂罗袍""绕地游""步步娇""懒画眉""朝元歌""山桃红"等等，看了有无限遐想的雕琢之美，用字精炼，让人浮想联翩。再看唱词又足以让人痴想半天，抬头再看台上莺声燕语、载歌载舞，才子佳人呼之欲出，真真坠落在桃红深处了，披了一身的桃粉色，醉软在云蒸霞焕的胭脂情怀。昆曲就是这个样子，让你抽骨蚀肉般的去亲近，随它去堕落颓废。昆曲丝竹管弦韵味很浓，但它最清澈，最能让人感恩生命中的一切美好遇见。如"袅晴丝吹来闲庭院"一句写得自然优美，"晴丝"是什么呢？据说是指大地春回之后，各种冬眠的昆虫苏醒过来，纷纷吐丝活动，蜘蛛也开始结网了。这些虫丝很细，要在阳光灿烂的时候才能看得见，所以称为"晴丝"，这"晴丝"在闲适的心境下，在一座美丽的庭院中袅袅而来，又如情思般绵长。"晴"因"丝"而迁延不断，"丝"因"晴"而明亮欢愉。这一句唱词的曲牌是"绕地游"，可不是吗？这样美妙的游园，可是要惊起无限的美梦，缠绕在婀娜的水磨腔里沉醉窒息。即使不能完全读懂这些字和词的意思，也会被这些美妙的字和词迷醉在里面了。

杜丽娘游园惊奇于春天的绚烂，而我对于昆曲的喜爱，更惊奇于昆曲花园的旖旎风光，这个用粉红色雕琢了五彩斑斓之世界的昆曲，让人惊喜、愉悦、追寻，更让热爱古典戏曲文化的人，去探寻那古色古香的自然之美，嗅尽古典文辞之幽香。也许只是雾里看花，如杜丽娘般地迷醉花园香径，但甘愿堕落的情致深厚有加，随水磨腔"晴丝"绵绵终不悔，看好景艳阳天万紫千红开遍。

在昆曲大观园里游览的欣喜，绝对不亚于杜丽娘的心境，这样优雅芳菲的四月天，实乃是人间至爱。诞生在江南的昆曲和园林一样，是中国人精心营造的艺术生活典范，在清康熙盛世达到巅峰，被称为"盛世元音"。近代曾一度衰落，时至今日，当我们拭去岁月的烟尘，昆曲的光芒依然是那么夺目、耀眼。

在昆曲艺术达到鼎盛时产生的《牡丹亭》已成为中国文学和戏剧的不朽之作。而"游园惊梦"则是这部戏曲里最经典的一折，也成为昆曲演员旦角初学的必选课，青春版《牡丹亭》的上演，让今天的观众为六百年的梦境感动，剧中的至情超越了不同政见、不同人群、不同年龄以及不同时代，让一代代的中国人在伤春的时候，仍然欢喜地轻叹一声"如花美眷，似水流年……"，说的是戏中之词，道的是人间至情。

惊叹祖国古典文化的博大精深，这个古老又年轻的非物质文化遗产，把过去和未来紧紧地联系在一起，把世界和中国紧紧地联系在一起。在这春意渐浓的时光里，让我们随杜丽娘"游园惊梦"，惊醒的美梦亦是柳暗花明、皆大欢喜。

"山桃红"中柳梦梅曰"小姐，咱一片闲情爱煞你哩……"这一声呼唤正是喜欢戏曲、喜欢昆曲、喜欢古典文学之人的肺腑之言呢。

2019. 3. 8

玉堂春色

早春时节，玉兰花就要绽放了，想她那绝世的孤独之美，终究放不下，还要再游说一番。独爱玉兰花的那一份孤雅大美，玉兰的外形像极了莲花，洁净禅雅，却比莲花妖娆妩媚了几分。特别是紫玉兰，表面是紫红，里面是淡红，从里到外，颜色慢慢晕开，逐层渗透融合，花叶舒展饱满、积极向上，给人一种不畏严寒的姿态和大无畏的精神。花期虽短，开放时却极尽绚烂，香气缭绕沁人心脾，赏玉兰花如赏莲一般，只可远观，绝不可近亵焉，细观玉兰之盛开，异常的惊艳、惊心。

玉兰花有一种一往无前的冷傲、孤寒和决绝的孤勇，在早春二月，还是清寒的时候，她就款款地绽放了，优雅又大方。盛开时，花瓣展向四方，白玉兰清爽朴素洁白无瑕，紫玉兰则高贵典雅落落大方。在高高长长的枝头，用各自的姿态和笑容妖娆诱惑着人们的视线，那一种神态是将玉兰花事直指苍天。

这个时候突然觉得她像古典文学里的窦娥，在刑场，即将含冤而亡的窦娥，怒问苍天："看起来老天爷不辩愚贤，良善家为什么反遭天谴，作恶的为什么反增寿年……都道说我窦娥死得可怜，眼睁睁老严亲难得相见……"花样年华被冤死刑场，那一腔悲愤怒问苍天、泪流满面。京剧《六月雪》这一段要数天津京剧院的程派名家刘桂娟唱得最好，红色的罪衣罪裙，在花容月貌的年龄却背负冤死的枷锁，是何等的怒气？无奈苍天不公，降下大雪也救不了窦娥。刘桂娟扮相极好，整段唱十三多分钟，慢板拖腔，演唱却是极尽演员功力，含蓄粗犷又细腻的行腔，程韵古雅冷艳的气质，幽咽回肠、低婉悲戚，声泪俱下地感人肺腑。

看来玉兰花语也是孤绝凄美的故事：三姐妹分别叫红玉兰、白玉兰、黄玉兰，为救村民被龙王变成了花树，后人为了纪念她们，就将三姐妹变作的花树称为玉兰花。故事简单唯美，却反映了人们对美好事物的追求和向往。

紫玉兰别名玉堂春，查不到太详细的资料，只是百度网页跳出京剧《玉堂春》的解说，这是一个家喻户晓的古代才子佳人的爱情故事。明朝名妓苏三，艺名玉堂春，与吏部尚书之子王金龙结识，誓偕白首。王公子钱财散尽，被鸨儿轰出妓院，苏三私赠银两助他求取功名。王公子走后，苏三被卖与山西商人沈燕林作妾，沈妻妒忌欲害苏三，却被沈燕林误食而亡，沈妻诬告苏三，被定死罪。后王公子得官巡按山西，调审此案，在同僚的帮助下，查明案情，与苏三团圆。《玉堂春》是京剧舞台上青衣旦角的开蒙戏，也是很展功力的一出大戏，苏三玉堂春的形象经典唯美，一段段经典的唱段也传唱至今，玉堂春的故事也以苏三经典的红蓝衣裙亮相在京剧舞台，经久不衰。

这样一个也还算香艳团圆的故事是不是与紫玉兰也有关联呢？不得而知。"起解·会审"是《玉堂春》的精华所在，苏三历经的春花秋月，有年华的盛开、有磨难、有团圆，也是古代女子坎坷命运的体现。只听苏三悲戚戚地唱到"苦啊……"与义父左右回头一望，好演员神情默契，佐以红配蓝的衣饰搭配，皆是绿叶配红花最出彩的地方，细心的观众通过细节会看到演员的功力，叫好声满堂盈辉。而最后玉堂春插花扮红与王金龙洞房花烛的结局，更是春光无限好、金玉满堂红，符合中华民族传统大团圆的愿望。

想那玉堂春历经人生磨难，终究迎来幸福美满，也是令人感叹的，人生有磨难才圆满。如那紫玉兰，初开是紫气冲天、朝阳红霞，其实并不是完全的紫红色，颜色随叶片打开也渐次晕开，中间过程却是韵含着海棠红、桃红、妃红、胭脂红、十样锦、靛蓝、黛青等颜色的凝聚融合，也是历经了层层蜕变再现绝世姿容，个中滋味亦是五味杂陈的吧，只是我们感觉不到而已，只看到她冷艳的骄傲，却不知，她的骄傲是历经磨难之后的彩虹再现，那一种每年都涅槃重生的清芳，俱是无比辉艳，有着天高云淡的风清气爽。

赏早春里凛凛开放的玉兰花，搜索关于玉兰的一切花事，明睦石轻声吟道"霓裳片片晚妆新，束素亭亭玉殿春。已向丹霞生浅晕，故将清露做芳尘"。玉兰满含报恩的虔诚，在一片片嫩绿中开出大轮大轮的花朵，临风皎皎、神采奕奕、气质斐然，宛若天女散花，非常可爱。

在春风拂面的夜晚，淡淡的月辉中，那玉兰更显得静谧圣洁、婆娑清雅，看她着丹霞羽衣、诗书素笺，深情地吟道："多情不改年年色，千古芳心持赠君。"

2019.3.9

怜香伴·知音相伴怜

对于《怜香伴》，一直是陌生好奇的，总想去探个究竟。

北京正乙祠戏楼，第一次，悄悄地、早早地就到了。工作人员不让进门，说是非要开演前半小时才让进去，于是在旁边的一个家庭式很小的咖啡店坐了下来，一杯拿铁、一份快餐，打发了多半个下午的光阴，只为等待《怜香伴》晚间的开演。

正乙祠戏楼，是一座具有三百多年历史的纯木质结构古戏楼，相传最早是明代的古庙，后为浙商会馆，清康熙年间改为戏楼。是北京唯一保留至今完好无损的纯木质戏楼，它是中国戏楼发展史上的里程碑，被学者们誉为"中国戏楼文化史上的活化石"，具有极高的参观价值和历史文化研究价值。《怜香伴》即将在这里连续四天的演出，古戏楼里古装戏，特别是昆曲，更特别是昆曲《怜香伴》，各种心情好奇地期待中。

晚上七点过后，观众鱼贯进入，小巧的院子，精致的设计装饰，处处彰显中国式庭院的雅致。戏楼不大，最多二百人的座位，还算加座，我买票的价位中上等，因此座位还好，能比较完整地将整个舞台收入眼底。每个座位的旁边都供有茶水和糕点，观众可以边饮用茶点边欣赏戏曲，这是在北京看戏比较讲究的模式。当然也有很普通很一般的座位，那样的价位是很便宜的。我不太讲究形式，但一定要讲究效果，否则，枉费精力千里迢迢来京听戏。

听戏的感觉真好呀，忘记了一切烦恼，只沉浸在抑扬顿挫的曲音里，和舞台上的七彩戏子交流穿越，随喜随乐、随忧随愤、随情入境，岂不妙哉！

《怜香伴》又名《美人香》，讲监生范介夫的妻子崔笺云，新婚满月烧香还愿，在庙中偶遇乡绅小姐曹语花。两位绝色佳人因"脂粉香""翰墨香"而相识相知、相怜相惜，发誓来世一定做夫妻。后几经波折，终于知音相伴。崔笺云不惜劝说丈夫纳妾，宁愿自己让位于曹语花，甘愿做妾来和曹语花相伴相守。乍一听上去是一个完全的古代版同性恋的故事，事实上的确也有点荒唐，但是两个女人之间相知相怜的知音故事还是挺感人的。正所谓"宵同梦，晓同妆，镜里花容并蒂芳，深闺步步相随唱"。从中可以感受到两个女人之间健康、单纯的欣赏和懂得，此乃人世间很美好的一件事情呢。这种珍贵的友情，无关性别，只为真心相守，实为罕见。

是的呀，滚滚红尘，得一知己足矣！

怜香伴，知音相伴怜。

在初夏，清风习习的一个晚上，再一次感受到了昆曲的魅力，那是一种只有昆曲才会带来的相思，与京剧、越剧的感觉都不同，它的雅让人只能仰视，朦胧中仿佛在梦里，仿佛就是古代穿越回来的故事和美人，在现代的舞台上幽幽地生活着。优秀的昆曲演员邵天帅深情地演绎，隐隐地能看到她眼里不断闪烁的泪花，脚步轻盈缠绵，声腔柔媚多情，一会儿在舞台上莺声燕语地娇喘娇嗔，一会儿在观众席里悄无声息地召唤相怜相伴的她……

每次看昆曲都不敢正常地呼吸，仿佛窒息了一样，是昆曲的美妙缠绵抑制了正常的生存，是昆曲的美感染了生命的过往，因此，喜欢昆曲的人喜欢这样颓废堕落，直至万劫不复，哪怕是雾里看花、糊里糊涂，也要勇敢直前。

知音是一个很古老的话题，古往今来，人们苦苦寻求人生知音知己，到头来还是感慨知己难求知音难觅。如崔笺云、曹语花般的知音知己，实在难得，此情此景，不要男主也罢，呵呵。

张爱玲说：因为懂得，所以慈悲。懂得是知音知己的至高境界，无论男女、无论老幼，懂得的滋味是最最幸福的一件事，而事实常常是相反的，所以生出太多的恩怨情仇。

邻居夫妇，都是残疾人，男的是个哑巴，夫妻之间的交流可以想象，做点小本生意，日子倒也红红火火。最近家里纱窗坏了，我就近找到他们定做新的，测量尺寸时夫妻配合默契，很自然随意，女的一个简单的手势，男的就明白，男的字写得很漂亮，与顾客交流写字，倒也明白清晰。看着他们交流工作，我想这样的两个人一辈子也说不出一句"我爱你"之类的甜言蜜语，他们的眼神和手势，默契程度也是很家常的，更谈不上懂得、知音、知己之类的高层次交流，但他们是幸福的。孩子结婚在外生活，夫妻俩相依相伴，看上去很是般配和谐。看着他们远去的背影，我忽然有点羡慕他们的生活了，简单明了的相伴也许胜过万语千言呢。

又想到初中一同学，曾经不好好学习谈恋爱，在七十年代可是大逆不道的事情，阴差阳错，折腾到车祸双腿高位截肢，我和她关系很好，一度不忍去看她。后来一次同学聚会，与另外一个同学约了每年过节一起去看她。第一次去的时候，同学专门打电话叫我带上儿子，去受教育，从而珍惜自己的一切。那个家庭只可以用一个"惨"字形容，妻子失去了双腿，而丈夫则是全瘫在床，两个孩子虽然工作，可这样的家境，哪里还有生活的信心和欢乐呢？

令我想不到的是，女同学虽然没有了双腿，但利用高低两个轮椅居然生活得很自如，心态极好。而丈夫瘫在床，头脑却灵活，村里大小事宜都会与他商议，是出了名的"小诸葛"。两口子把家里家外打理得井井有条，孩子孝顺，经济统筹支配，倒也其乐融融，就是兄弟姐妹都受她的接济。同去的女同学说：看看她，我们就更应该好好生活。是的呢，她乐呵呵的心态很容易感染别人，这样情形下的夫妻也许最容易相惜相伴吧，为了生存得更好，更容易达成共识，相亲相爱地过生活。

无论是爱人还是友人，知音相伴是最愉悦的人生快事。很羡慕《怜香伴》中的崔笺云和曹语花，两个幸运的女子，相遇了、相怜了，最终相伴相守了，难得的知音知己，古往今来都是知音难觅，也难怪她们宁愿共事一夫也要相伴一生，也是封建体制下的一种别样的人生形态。

现场的演绎很香艳，化妆也很独特，体现了《怜香伴》一种神秘主题的意趣，诙谐又暖心。一场下来，观众席中低低的唏嘘声不绝于耳，散场后还在不停地张望着舞台，一副意犹未尽的神态，几个主演在微笑地谢幕，一幅皆大欢喜的喜庆画面。

但凡知音，总是令人欣慰、欣喜的，能相守相伴，乃是人生的至高境界，怪不得古人也要高山流水觅知音呢……

2016.7.2

梅角儿的薄醉样儿

　　微醺薄醉是一种带有无限风韵的情态，是恰到好处的风情流露，不是失了态的酩酊大醉，也不似有点酒意斑斓的浅斟小醉。在我这里只对京剧舞台上的梅角儿杨贵妃言语片刻，随她薄醉一回。

　　写下这个题目自己都觉得好笑，我何时有过这样挑逗的言语，但于京剧舞台上《贵妃醉酒》可是一点都不矫情呢，确是那梅角儿薄醉的娇媚风情样儿，醉了君王、醉了全天下……看过不少戏，却独爱梅派的"杨贵妃"，从《贵妃醉酒》《太真外传》到《大唐贵妃》《梅兰霓裳》，戏里的杨贵妃始终美得那般令人心醉……

　　京剧《贵妃醉酒》是梅兰芳大师倾尽毕生心血精雕细琢、加工点缀而成的经典作品，据说当年演出《贵妃醉酒》一出场便是掌声一片，"帘未启而已众目睽睽，唇未张而已声势夺人""秋水为神，玉为骨"，只这一"态"便美到无可替代。更重要的是这出戏实在太美了，从头面和戏服，到故事的发展和节奏，从委婉缠绵、似有神助的四平调，到衔杯、卧鱼、醉步、扇舞等身法，

29

都雍容华贵、美轮美奂。梅派自梅兰芳大师到梅葆玖先生，再到李胜素等，对于"贵妃"的钟爱从未改变过，这一出梅派大戏突出的一个"贵"字，又多了许多妖艳风情的醉态、嗅花、衔杯下腰等身段技巧，却无炫耀之嫌，分分明明、清清楚楚，都恰恰当当地随剧情而展开，那个薄醉的贵妃样儿美到无法形容，再多的言语都不能表达她可爱娇媚的样子，不能表达京剧梅派艺术对中国文化事业做出的贡献。

瞧那梅角儿"贵妃"娘娘，三分酒意、七分阑珊，一路踉踉跄跄、醉酒醉意、醉语嗔语、娇语乱语，但却是真心情意的坦露，"啊，万岁……难道说将这愁泪千行串成珍珠一串，献与君王么？也罢……待我剪下青丝一缕献与君王"感慨伴君如伴虎的悲哀，纵然集三千宠爱一身，也要用心计乞灵千斤青丝绾住旧梦，也是有泪水和委屈的呀。当杨玉环听到高力士叫她，一转身一声呼唤"高公公……"藏了那样多的泪水都委屈地奔流出来了。《大唐贵妃》那梅角儿样儿媚、样儿娇，就连哭泣的样儿也着实好看，可不是吗？京剧梅派卖的就是俏样儿，还有那娇喘绵绵的唱腔，好听着呢。更喜欢那一身身红红艳艳、梨花带雨的凤冠霞帔，在舞台上随意花翎，都美美地随贵妃娘娘冰轮咋涌、酒态咋现。

梅派的"杨贵妃"雍容华贵、仪态万方，是一种永远不会褪色的美，那颤悠悠、娇吁吁的唱腔更是醉人不悔，而重重的行头、白底五彩花朵的台幔、帐幔，精绣大红牡丹花的桌围、椅围也是艳丽夺目富贵逼人。大红贴金彩绣蟒衫、彩裙、彩鞋，一出场就贵气逼人，待到一把金扇遮面、明眸善睐、眼波流转、醉眼迷离，举手投足已是千年万。"海岛冰轮初转腾，见玉兔啊，玉兔又早东升，那冰轮离海岛，乾坤分外明，皓月当空。恰便似啊，嫦娥离月宫，奴似嫦娥离月宫……"。

《贵妃醉酒》集唱念做舞于一身，更难得的是注重"举重若轻"，因此不但是梅派至尊，也是戏曲艺术的巅峰之作，唯一可惜的是拍摄京剧电影《贵妃醉酒》时梅兰芳先生年过花甲，在一些高难度的动作上有所改动。所幸的是后继有人，优秀的梅派传人李胜素可塑性极高，在她表演的《贵妃醉酒》中，我们依然能领略到"国色天香"的贵妃形象，李胜素音色饱满，高音不见突兀、嗓音宽亮，她唱那段四平调实在太好听了，随着薄醉的莲步，颤颤悠悠地舞着唱着。由于时域的限制，老一辈们留下的影像资料有许多的不足，新时代的演员们有很好的打造空间，那美妙的身段和唱腔是越来越好呀。

"好一似嫦娥下九重，清清冷落在广寒宫，啊，广寒宫……"看梅兰芳先生的身段表演极富舞蹈美，眼手台步讲究之至极，看李胜素的表演也是无一不精，身段从容优美、醉步俏皮，眼手细致讲究之至极。单单那一个捻花的动作，手势之优美、眼神之丰富、容颜之娇美、妩媚之醉态、缠绵之娇态，都恰如其分、极致地表达了杨贵妃的可爱、娇媚、痴情、骄傲、懊恼、空虚、醉酒、放纵的痴癫形态，梅派的真髓全部在一点一滴中涌现出来了。

是啊，皇帝老公爽约，小女子发一下癫，酒醉一回，你奈我何？酒来……

最喜欢《大唐贵妃》中李胜素的表演，高贵、美艳无与伦比，是梅派的升华和盛典。她扮相俊俏、秀丽动人，音色圆润优美，唱腔甘醇有味，行腔舒展自然，清亮蕴藏含蓄。表演洒脱，功底深厚，华丽中显温婉，有大家风范，梅派神韵浓郁有加，实乃梅派后学中的翘楚也。《大唐贵妃》塑造杨贵妃的形象时，突出了她的纯洁、无辜和对爱情的忠贞,在呼酒唤醉中憧憬着与李隆基的感情,那一段表演的特别棒,一个淳朴自然可爱的杨贵妃的形象立时呈现在观众面前,与《贵妃醉酒》中的表演有了不一样的神韵,但都让观众为之倾倒,那个嗅花的醉样儿更是醉死人了,呵呵……

李胜素嗓音高宽清亮、圆润甜脆俱备,音色纯净饱满,唱功醇厚流丽自然清明,一片通透,再加上丰富含蓄的感情和优美的身段表现,"曲水漂香去不归,空余满地梨花雪",醉眼看花花不语,花儿也笑她痴迷的样儿,台上醉了贵妃,台下却醉了梨园众生,她的每一个角色都让人过目难忘,梅派的发扬光大有梅先生在指引,李胜素不仅继承了梅派艺术的精髓,更弘扬了梅派国粹的娇美大气。

一代京剧大师梅兰芳先生天赋极佳,天生一副好嗓子,嗓音之宽,刚好脆、亮、甜、润、宽、水俱备,最难得的是甜和亮,高音有金石之声,响遏行云;低音如涓涓细流,连绵不断又充实内敛;而其中音区又十分地宽厚,膛音十足,共鸣打远。三个音区的谐和统一,闻之有圆融温润之感,这就是梅兰芳先生以圆为标,以圆来统筹音乐声腔的技术。而他又精通音律,五声尖团用而不乱,每一出戏都设计出大量的新腔,变化奇特,不以花哨织巧,却能悦耳动听舒畅清丽,无论是曼妙婉转之音,还是昂扬激越之曲,都能驾轻就熟,无不出自心声发自肺腑,感人至深。

刻画人物表情方面,借力于昆曲,如《贵妃醉酒》的身段借助于昆曲《长生殿》《宇宙锋》的装疯,脸上乍阴乍阳、有真有假,朝着哑奴就真,朝着赵高就假,一霎时真真假假、虚虚实实,把赵艳容的机智和坚强性格表现得真实生动。其中也运用了《刺虎》的表情,"脱绣鞋"的蹲身做工,以及"摆摆摇"的身段，竟然有昆曲《南柯记》中"瑶台"的身段。此类表演不胜枚举，一个滑步、一个转身都翩似惊鸿、宛若游龙，那腰身步伐之美、神韵各异、令人感叹。古装歌舞剧《天女散花》《嫦娥奔月》等创造了各式各样的舞蹈，绸舞、镰舞、剑舞、盘舞、佾舞、袖舞、拂尘舞等，很多都是脱胎于昆曲，无处不美，演活了人物性格，铸就了经典。虽然是揉进了昆曲身段的表演，但不是生搬硬套，而是合情合理地融入人物，让观众立时就感到了花团锦簇、照眼皆迷的境地，美不胜收。

在使用韵白时也是适度、自然、甜美，抑扬顿挫中句句分明，越是高音越甜润，《女起解·会审》"苦啊……"好像甜菜中的"拔丝山药"之抽丝，拔的越高则越细而长，不但袅袅不断，还显出金色的光彩。《宇宙锋》金殿骂秦二世一段，能从念白中分出喜、怒、忧、思、悲、恐、惊、癫来，不但字字珠玑，而且口、眼、身、法、手面面俱到，把昆曲的舞蹈充分糅合在武戏之中，婀娜旖旎中尽显矫健，舞、武结合是梅派的武戏特色。

梅派京剧艺术无论唱腔还是表演，都突出了一个"圆"字，从任何角度看梅派青衣的表演都给人一种美好的享受，美妙至美轮美奂的境地，不仅仅是唱腔的圆润和音乐的圆润，还在于圆融平和的身段表演。《贵妃醉酒》中的"卧鱼""翻身衔杯"，《霸王别姬》中"下腰""舞剑"，《穆桂英挂帅》中的"水袖""捧印"，即使是一个下场的动作也要欲右先左，走S形下场。

《霸王别姬》中虞姬在帐外闲步，见月色清凉，联想到霸王的处境，愁闷满腹，舞台上的虞姬边唱边行，当唱到"我这里出帐外且散愁情"时，"散""愁"两个字使高音，并同时伴虞姬的一个小圆场再转身，此时唱腔过渡到"情"字，在"情"字上用了三个连环式的装饰音，然后抓披风亮相的一刹那，发出"情"

字的最后一个装饰音，唱腔和身段同时完整完美地结束定格。

"情"字是虞姬感情含蕴不得不喷薄的一个宣泄点，用回环的装饰音处理，是一种圆的处理方式。在身段上抓披风亮相的一刹那，无疑是唱腔和身段的核心。之前虞姬一个小圆场过度，看似随意，实则为最后的亮相酝酿准备，而此时台下的观众也是处于审美最兴奋的一刻，当最精彩的一刻来临，演员与观众、剧中人与旁观者同时得到了艺术美感的洗礼，共同完成了一个美妙的片段，因了演员圆融的表演，观众也由衷地从内心发出一种圆满的感觉，达到了演员与观众的共通共鸣。所以，梅派在京剧舞台上的圆是整体化一的，这与梅兰芳大师均衡发展自己的艺术技巧功夫有关，同时完美地将其结合，让观众充分体味到梅派艺术圆融的意境。

梅派的美和甜也是最重要的，在综合了青衣、花旦、刀马旦的表演方式后，在唱念做舞、音乐、服装、扮相等方面，不断创新发展，将京剧旦角的演唱提高到了一个全新的、完美的境界，是京剧旦角中首先形成的派别。

梅兰芳先生演出的戏，有记载的就有一百七八十出，角色从上古到近代，从天上到人间，不同阶层、不同时代的历史人物和神话人物，都给后代留下了无数可资楷模的保留剧目。最可贵的是梅先生崇尚中国传统文化古典美学的"以圆为尚"，在实践中追寻美，而美就要求圆，提倡与观众"和为贵"的沟通，让观众在享受梅氏圆融声腔韵律美妙的同时，内心舒服升华。他创新"节节高""回龙腔"，行腔婉转自如、余味不尽，吐字清晰有力，合乎音律规范，从而达到歌韵清圆、流美圆转、酣畅淋漓的效果。梅兰芳先生在唱腔表演上的创新比比皆是，追求京剧梅派特有的韵律并发挥到极致，为京剧发展做出了不可估量的付出和贡献。

今天是七夕情人节，看梅派京剧艺术在舞台上精彩绝伦、风华绝代、如入仙境，看看那些梅角儿是怎样演绎七夕恩爱的呢……《太真外传》中杨玉环唱到"杨玉环在殿前深深拜定，秉虔诚一件件祝祷双星，一愿那钗与盒情缘永定，二愿那仁德君福寿康宁，三愿那海宇清四方平靖，四愿那七巧缕乞天孙在那支矶石上，今日里借与奴身，叩罢头将身起清光泻影……"听得那李隆基心潮澎湃，毫不示弱，深情地说到"爱妃，今日七夕，你我二人就在这长生殿前许下心愿，永结长情如何？"杨玉环"这也是妾身的心愿，可对天一表"，于是二人双膝跪下、双手合十"双星在上，我李隆基（杨玉环），恩重三生，义同一体，愿生生世世共为夫妇。天长地久永不分离。双星有灵，实闻斯语。在天愿作比翼鸟，在地愿为连理枝"。今宵冥定、鹊桥聘定，天虽长地虽久有时而尽，好誓盟结下了恩爱千春，此生守定。天上星地下影，照我长生……李隆基此时最有担当，可不是马嵬坡前的无奈。历史的硝烟早已散尽，此时只看见今日七夕天上人间的挚爱，李隆基和杨玉环的爱情故事在梅派京剧舞台上似乎恩爱了千万年，听京剧、捧角儿，醉了他俩七夕的爱情故事，醉了梅派京剧艺术的娇美精粹。

此时的我，随了梅角儿舞台上的杨玉环薄醉一回，听缠绵的曲音，看感动的画面，也醉了京剧里的七夕情缘，京腔京韵醉多情了，想来已经是大醉了吧……呵呵！七夕快乐！

2019. 8. 7

张派·侠骨柔情唱风流

最近京剧《望江亭》中的一段"独守空帏暗长叹"始终萦绕在耳边，张派华丽优美的唱腔诱人，严重影响了睡眠休息，呵呵……痴迷京剧，自然痴迷一个个不同派别的青衣旦角风情，每一个派别里都能找寻到喜欢的唱腔、找到痴迷的理由，其实是伟大的艺术家们创造的京剧艺术太迷人，其深奥美妙学无止境。

清朝同治、光绪年间京剧形成后，从皇宫贵族到市井民众，北京城里的街巷、戏楼里皆是这迷人的皮黄腔，梅尚程荀各领风骚，达到了一个空前盛况，而京剧精致讲究的板式、唱腔、表演则无可挑剔地成就了国粹的盛名，唱响在祖国的京剧大舞台。

京剧张派艺术为京剧大师张君秋先生所创立，是继"梅尚程荀"四大名旦之后，最有影响力的京剧青衣流派，也是旦行中最有影响、传播最广的流派之一。张派唱腔体系于20世纪50年代初具规模，定型于70年代，张君秋先生歌喉之佳名列"四小名旦"之冠，门徒众多，声势与梅、程诸派相抵。张派唱腔在我的意识里始终有一种强烈的认知和定位，如侠女般的豪爽，又柔婉馥郁、雍容饱满，有梅派的"甜"、有程派的"婉"、有尚派的

"坚"、有荀派的"绵"，并兼收王瑶卿、黄桂秋、谭富英等众家之长合一，形成了张派独有的刚健委婉、俏丽清新的个性化演唱风格。

张君秋先生天生丽质，曾拜梅先生门下，扮戏有雍容华贵之气，嗓音清脆嘹亮、饱满圆润。扮演的角色窈窕婀娜，有梅派的华丽娇媚；一个清亮的好嗓子，又似尚派的刚劲；婉转轻柔又似程派的幽丽；婉约俏皮又有荀派的可爱，这些多元素的大家之长都融合在了张派唱腔中，形成了张派独具一格的演唱风格，其著名的剧目和唱段在广大戏迷中流传，影响很大。

因了一段优美的张派唱腔想写几个字，也是喜欢京剧艺术的情缘，借此抒发内心的喜悦，等老到唱不动了，看看这些关于京剧而情意生发的文字，也是一件极有意义的事情呢。

《望江亭》是张派特色形成的第一部大戏，是张君秋先生根据元代关汉卿著名杂剧《望江亭中秋切绘旦》和川剧《谭记儿》改编，20世纪50年代拍成了京剧电影，公演后很快风靡全国，多年来在京剧舞台上一直久演不衰。剧中演绎的是孀居道观的谭记儿为躲避杨衙内的纠缠，设计惩罚恶人的故事。张君秋嗓音的甜、娇、媚、脆、水等在这部戏里高低随意、舒展自如、甜润清新，把谭记儿的聪慧、果敢、才情都充分地展示出来了，其中许多脍炙人口的唱段为广大戏迷朋友们热爱传唱。最近老在脑海盘旋"独守空收帏暗长叹"这一段，那柔美润滑的唱腔，如潺潺小溪流水，清亮无痕、优柔纯净；又如那大海潮涨潮落，一会儿激昂澎湃、一会儿含烟浮云、一会儿刚健勃发、一会儿柔情似水，把谭记儿复杂的心理表现得淋漓尽致。想那"谭记儿"在张派门下得此殊荣，也如黄袍加身般的荣耀贵气，从此，张派唱腔体系逐渐形成并初具规模。

　　张派艺术特色主要体现在两个方面，一是唱法上灵活多样，一是创制新强。注重调节气息的方法控制声音的变化，高、低、轻、重，各类声音他都唱的完美自如，寓华丽与端庄，细腻中见柔情、典雅中见深沉，正是所谓的涵腔唱法。一个"涵"字见功底，而京剧青衣形象含胸低眉、内敛沉静的特质也增加了唱腔的韵味。张先生嗓音条件极好，音域宽广，甜、脆、润、圆，高低自由地随意舒展，收放利落，醇美中透出丝丝华丽。无论在唱法上、创新腔上，他都遵循着从人物情感出发，为抒发角色感情的需要而演唱。

　　《望江亭》南梆子"我只说杨衙内又来捣乱，却原来竟是个翩翩少年"声音上的控制、旋律上的变化，都是围绕表达谭记儿此时此刻惊喜交加的心情及对白士中的爱慕之情而进行，因此张君秋的演唱又以声传情、声情并茂，尤其通过唱腔刻画人物、表达感情最突出。如同为皇族成员而遭遇不同的人物，《状元媒》中的柴郡主端庄活泼，绝不同于《赵氏孤儿》中庄姬的庄严凝重，同属大家闺秀，环境各异演唱方式不同。《诗文会》中的车静芳飒爽流丽又别于《西厢记》中崔莺莺的婉顺典雅……在同一部剧中则根据人物心情、地位的变化做出不同的设计，在《望江亭》中最为突出，前部分凄婉而后部分流畅，无论喜怒哀乐都能随情随性变换自如，达到了游刃有余炉火纯青的地步，新颖独特的创新板式让观众如痴如醉。张派唱腔的明媚婉丽细腻传情是"四小名旦"中艺术生涯最长、成就最显著的青衣形象。

　　在板式上对二六板、南梆子等重新组合，散板中带有浓郁的吟诵色彩的创造，新颖优美。张君秋先生晚年以后，减少了高音区的行腔，在中音区增加了跌宕、险峭的旋律，节奏更趋向自由和自如，彰显了张派唱腔驾驭声腔的超强功力。因张派的形成在张君秋先生的中年阶段，故不以武功、身段为表演手段，优秀唱功的打造加上张派特色的京白，成了京剧张派艺术的主打方向。代表剧目有《望江亭》《状元媒》《怜香伴》《诗文会》《春秋配》《龙凤呈祥》《玉堂春》《秦香莲》《秋瑾传》等，杨淑蕊、雷英、薛亚平、王蓉蓉、赵群、赵秀君等都是京剧舞台上优秀的张派传人。

近日听杨淑蕊《怜香伴》"我已把巧记安排定"高亢细腻的嗓音把张派唱腔的跌宕起伏表现得最好，这些老一辈的演员离我们渐行渐远，网上的资料也是少之又少，而杨淑蕊高亢细腻的嗓音唱这一段的时候，发挥到最好。

当下以王蓉蓉的张派唱腔最为流传，特别喜欢她《状元媒》"自那日与六郎阵前相见"一段，音乐一起就特别的喜庆，欢快流畅的唱腔把柴郡主活泼可爱、善良端庄的形象立时送到了观众眼前。《西厢记》"碧云天"一段唱得荡气回肠，把崔莺莺的悲愤不舍和无奈凄婉表现得入木三分，听来感慨万千。

回过头来再听张君秋先生的唱腔表演，一出场就气场无限，气定神闲、细腻婉转、轻松自如，他清唱《娄山关》有一副浩大的伟岸气质，气吞山河般大气磅礴，而唱传统青衣又优柔传神、情意深厚，彰显了张派艺术的无限魅力。看那红氍毹上，张派青衣端坐，或端丽盈盈，或端庄感怀，伴着二六曲音和南梆子拉出的绮丽妙音，婉转流畅，莺声燕语地感怀世事沧桑。看京剧里或喜或欢，或悲或凉，或忧或愁，或凄或伤的青衣形象，张派当是演绎最全面的，自有一番风流神韵吸引你前去靠近它。

有一次在长安大剧院看王蓉蓉、孟广禄、杜振杰的《大探二》，那一个晚上的耳朵被几个名家响亮的唱腔塞得满当当的，耳朵的每个细胞神经许久许久都是跳跃的，王蓉蓉的张派唱腔高亢跌宕、侠骨柔肠、大气流丽，在后台的交流也亲和愉悦，无限感念张派唱腔的艺术魅力。

　　爱好一件事物、执着一个情意，是一个人最大的福气。吾今生执着于国粹京剧，当是怎样的幸福呢？思量一番，终是愿意徜徉在京剧悠扬的皮黄腔沉醉不悔，意会张派唱腔的独特风骨，感怀古典戏曲中雅致端丽的青衣形象……

2019. 7. 30

程门幽……艳

　　程派是京剧"四大名旦"之一的青衣流派，创始人程砚秋先生的祖上曾是清朝满族八旗子弟，在他幼年时家道中落，迫于生计六岁开始学戏，十一岁登台，他扮相秀丽、嗓音极佳，初登台就以超凡的唱念做打崭露头角，令梨园内外耳目一新。

　　1922 年首次到上海演出就引起轰动，其艺术也逐步趋于成熟，超强的功底让他在风华正茂的年龄就步入艺术的成熟期，并集创作、演出、导演三者于一身。程砚秋先生受进步思想的影响，面对广大劳动人民水深火热的社会现实，满腔义愤地编创了许多爱国主义和民主主义思想的剧目。《荒山泪》《文姬归汉》《春闺梦》《亡蜀鉴》等在反封建、反军阀内战、反对日本帝国主义侵略战争等不同时期，引起了观众强烈共鸣，表达了广大人民群众反对战争、反对压迫、希望和平的强烈愿望。这一时期悲剧形式的表演很多，《青霜剑》《窦娥冤》《碧玉簪》《梅妃》等成功塑造了一批悲情人物形象，从此程派以擅演悲剧著称，京剧程门幽艳的风格被人们接受和追逐。当然程派也不是都演悲剧，也有代表作《锁麟囊》新颖题材的大戏让观众一饱眼福至今。程砚秋在艺术创作上勇于革新创造，舞台表演唱腔讲究音韵，注重四声，并根据自己的嗓音特点创造了一种幽咽婉转、若断若续的唱腔风格，他创作的角色典雅娴静，恰如霜天白菊，有一种清峻之美。他严守音韵规律，随着剧情的发展变化，唱腔起伏跌宕、节奏多变，声、情、美、永高度结合，令程派唱腔别具一格，成为"四大名旦"之一，名震京城，声播海内外。

程派在表演上非常细致深刻，讲究舞台表现形式的完整和美感，同时注重贴近生活，在求真求实上下功夫。无论眼神、身段、步法、水袖、剑术等都有一系列的创造和与众不同的特点。作为一个完整的艺术流派呈现在舞台上，程先生注重借鉴兄弟姊妹艺术，融合于自己的艺术创作中，是众多京剧艺术大师中较为突出的一位。

程派京剧艺术的深邃曲折、幽咽婉转，一直以来在京剧舞台上光华四射、艳丽芬芳。它的艳是来自底层最深沉的、有着乌金般的光芒，可以刺到心灵的最深处，仿佛从黑暗中迸射出来的一道幽媚的钻石般的光芒，照亮了京剧舞台，令观众眼前一亮，趋之若鹜、为之颠倒。程砚秋先生取得的成就是京剧艺术近百年来所达到的高峰之一，对京剧、对戏曲的发展都产生着深远重大的影响，陈丽芳、章遏云、新艳秋、赵荣琛、王吟秋、李世济、李蔷华等都是程派较有成就的演员，当今张火丁、刘桂娟、迟小秋、李海燕、李佩红等都是活跃在京剧舞台上的程派传人，一个个新时代下的程门京韵，幽艳在舞台。

当年的京剧程派艺术犹如一道闪电，横空出世，人们追逐程砚秋如蜂扑蝶。有云曰"青衣花衫泰斗程砚秋，艺术高超，蔚成宗派，尚侠知义，国人皆称曰贤……九度来申，尽拿好戏，以蔚沪上云霞之望"。《碧玉簪》中饰演的张玉贞，艳丽之中具备幽、闲、贞、静四字，"洞房"一场如抽丝剥茧、波澜迭出，其惊、疑、怯、怨、嗔、怜、爱之神态，俄顷变异、无美不具，堪称表演的圣手及梨园奇葩。《玉堂春》中新腔百出，西皮慢板固佳，而原板二六流水，尤多好腔，嗓音细腻沉浮婉转，虽走细，而守眼十分清晰，极好地表现了人物丰富的内心世界。新中国成立初期更是大胆改革了《英台抗婚》，这出戏无论唱腔、唱词、舞台表演及美术设计等方面都对京剧艺术程式做了较大的突破创新，得到了行内专家的一致肯定，祝英台悲戚、愤懑、无奈、绝望的心情在程派幽咽的唱腔中倾诉给了观众，感人至深。

正当程派艺术步入巅峰之时，日本大肆侵略中国，面对国土沦丧，程砚秋满腔义愤，借《三国演义》创作了《亡蜀鉴》以表达绝不卖国求荣、宁死不做亡国奴的爱国思想，此剧一经公演就获得巨大成功，引起观众民众的强烈共鸣。

1942 年程先生在天津演出结束后一人逗留看望朋友，在火车站被两个日本特务搜身并无端殴打，程砚秋先生怒声道：士可杀不可辱。找到一根棍棒将两个特务打得狼狈不堪，特务一看不是程砚秋的对手，就恶狠狠地说"以后碰见再说"，程先生回答"后会有期"，整整衣冠出了站口，此事在梨园界传为佳话，其惊人的壮举为世人称道。时隔两年日特突然搜查程宅，并将程砚秋带走，后被保释。从此，程先生便谢绝舞台，衔恨归隐西山，弃伶为农，置身于青龙桥畔以"停演"的方式表达自己的爱国之心。后复出义演受到了宋庆龄先生的接见，再观国民党之黑暗腐败，再度归隐青龙桥，力田自遣。北平解放后，周恩来总理曾登门探望程砚秋未遇，虽未遇，程砚秋却感慨万分，旧社会的戏子属于下九流，没人看得起，周总理却礼贤下士登门看望，说明了国家对京剧艺术的尊重和对程派艺术的欣赏赞同。

　　从此，京剧程派艺术在共和国阳光灿烂的氛围里发扬光大至今。程派唱腔不仅深邃曲折、幽婉清丽，唱词也是错落有致、含蓄隽永。程砚秋先生更是汇聚了梅派、尚派等唱腔，以自己嗓音条件为基础，形成了独特的风格，自成一家，前期的程派作品多演烈女、贞女形象。后来程砚秋先生赴欧洲考察探索中国戏曲的发展之路，归国后创作了集程派艺术之大成的剧目《锁麟囊》，突破了京剧以7个字一句或10个字一句的设计程式，突出长短句，使唱腔抑扬顿挫、疾徐有致。一经公演就引起了轰动。特别欣赏薛湘灵回忆春秋亭遇雨的一段"三让座"唱词"在轿中只觉得天昏地暗，耳边厢，只听得风声断，雨声喧，雷声乱，乐声阑珊，人声呐喊，都道是大雨倾天……轿中人必定有一腔幽怨，她泪自弹，声续断，似杜鹃，啼别院，巴峡哀猿，动人心弦，好不惨然……"怎不令人击掌而叹、叫好连连!!

　　如今京剧舞台上的程派数张火丁最具程派风骨，她是程砚秋最得意弟子赵荣琛的关门弟子，由于赵先生精湛超高的技艺和专心传授，张火丁的程派艺术产生了质的飞跃，艺术功力大有提高。她在《锁麟囊》中以画外音的形式出场，随着一句"啊，梅香……"观众立即从幽沉的声音中听出了程派浓郁的韵味，舞台下响起一片叫好声，一个大家小姐呼之欲出。随后她的每一段唱腔都引起一遍遍的叫好，她扮演的薛湘灵，由一个富家小姐沦落为富贵人家的保姆，而她准确地把握了剧中人物内心的活动和性格，通过淳厚幽婉的唱腔和依情而动的做舞，凸显了人物由富家小姐的任性，转为感世伤怀的情感变化。她娴静时的一招一式都优美如画，而甩起水袖充满爆发力的表演则激情澎湃，那水袖舞得气吞山河般的壮阔，舞得山雨欲来风满楼的恬阔，令人拍案叫绝。《锁麟囊》中的水袖被张火丁发挥到了炉火纯青的地步，观众在水袖的表演中看薛湘灵心潮起伏的变化，观人生无常的感慨，这部程派大戏告诫了世人行善积福悟兰因的人生哲理。

《江姐》是张火丁十分钟爱的一出现代戏，它实现了程砚秋大师创作现代戏的夙愿，填补了程派现代戏的空白。该剧采用了交响乐伴奏的形式，汇聚了一些歌剧中的音乐元素，不露痕迹地融入到程派唱腔中，在程派幽咽婉转、含蓄低沉的唱腔中又融入了高亢激昂的交响旋律，为的是表达英雄人物江姐的气质，特别好听。这个挑战是成功的，随着时间的推移，"红梅赞""绣红旗""春蚕到死丝方尽"等成为程派张韵的新腔经典，张火丁以柔克刚的程派唱腔风格，不温不火、高雅含蓄，让人印象非常深刻，具有回归的价值，又有超越的价值，广泛地传唱在戏曲界及广大戏迷中间。

张火丁是个程派演员，却极具文人气质，温文尔雅的书卷气浓郁，不苟言笑，满脸的风轻云淡宠辱不惊。她的嗓音不闷、不尖、不斗，醇厚悠扬、稳重内敛，表演有张有弛、疾驰顿挫，看着就过瘾、听着就痴醉……帝都魔都一票难求，令观众望穿秋水望眼欲穿。而前段时间创新的《霸王别姬》则把舞剑提升了一个新高度，是继梅派《霸王别姬》之后的第一个别样的版本。有人说张火丁不自量力，敢拿梅兰芳先生的传统大戏作修改，这可能也就是张火丁想融合兄弟派别、拓展表演空间的改革吧，然众说纷纭不了了之，但她强大的票房号召力却是实力的证明，令程迷和票贩子彻夜守候。张火丁的观众群年轻人和知识分子较多，受欢迎的一个重要原因就是她的心静如止水，静了就容易细，功力在末端，最细微的地方才最能打动人心。舞台上松弛而不松懈，内在紧实充实，反而更有气场，张火丁身上就有这样的辩证法。好多人都是看了张火丁的京剧青衣演唱，才开始对京剧感兴趣的，"张火丁现象"已经被拿来作为一个京剧界的现象在研究探讨。

天津京剧院的刘桂娟也是优秀的程派青衣演员，扮相极好，特别喜欢她演唱的《六月雪》中窦娥"没由来遭刑宪受此大难"一段，十三多分钟的慢板托腔，演唱极具功力，含蓄粗犷又委婉细腻，程派古雅冷艳的气质荡气回肠、低婉悲戚，听来感人肺腑，吾也可幽幽喊喊地哼唱起来，享受程派唱腔的幽雅婉丽……《陈三两爬堂》中的李淑萍被她演绎的梨花带雨，让人内心震撼的同时，感慨世事苍凉的无力无助，是程派悲情戏的经典。李淑萍为葬父母卖身妓院，再送弟弟求学，然弟弟功成名就却成了自己的主审官，又因贪污治罪，被姐姐带回家……这是什么事啊，这样的故事让人心里特别难受，只恨封建制度的腐朽和社会人心的不净，在现代社会依然有很好的教育意义。而程派幽咽婉转的唱腔在这部戏里又有了激昂愤懑的呐喊，反映了社会现实的黑暗和生活在底层女性的挣扎。"家住山东临清县"一段刘桂娟唱得特别好，她俊俏的扮相演绎这样的悲情女子，别有一番风情在其中，而在《锁麟囊》里扮演的薛湘灵则美到了骨子里，那个美呀那个俊，勾魂摄魄呦……呵呵。

去年故去的吕东明老先生，一出场浑身都是戏，再唱腔出口震撼人心，那是一个历经风霜过后凛然伫立的程派大青衣，最著名的《苗青娘》《荒山泪》声泪俱下，她清唱的样子特别让人心疼，老先生的青衣形象是台上台下两相和。都说悲戏最能打动人，程派以悲戏见长，舞台上一个个命运多舛的女子，在程派低沉呜咽、婉转悱恻的唱腔中辗转迂回，一咏一叹终关情，直直地把人拉进古代女子悲欢离合的命运当中。程派演绎的一个个悲情女子的青衣形象，最让人萦怀难忘，感怀人生的悲壮大美，感怀京剧舞台上青衣女子的美丽与悲苦。一定时期下的青衣形象，都与当时的社会现实息息相关，无论是华服霓裳羽衣，还是褴褛旧衫裹体，都是社会最深处的折射。

京剧舞台上的青衣已经是一种深奥的传统文化了，众多的程派传人百花齐放，在京剧舞台上百家争鸣各领风骚。而程派青衣的每一个转身、每一个回眸、每一个水袖、每一个云手、每一声道白、每一段唱腔都有着绵长细腻的深沉情愫和缱绻忧郁的愁思。看舞台上那个程派青衣稳稳地碎步圆场、急急的心绪沸腾、哗哗的水袖翻滚，满腔幽咽地荡漾着、倾诉着，缕缕京韵情丝缓缓溢出，仿佛要把你召唤到台上，随她喜乐、随她幽咽、随她演绎京剧程派幽艳的光华。

2019. 8. 2

荀派·风声浪语俏花旦

在梅兰芳大剧院第一次看荀派的戏,就碰到了荀派名家孙毓敏老师,我们俩的座位都在第一排,座挨座,那天,与她一起的还有一个贴心的助理。老太太打扮得花枝招展,特别善谈,一唇红"元宝"鲜艳夺目地随性招展。听她不厌其烦地介绍荀派的表演唱腔,两片"元宝"红唇珠玉崩盘、纷纷洒洒……据说老太太特别有意思,就画口红的鲜艳是她的一绝,还煞有其事、严肃地传授她的化妆秘籍。

那天的戏是荀派的《荀灌娘》,一个荀派花旦的重头戏。作为京剧荀派艺术的传承人,孙毓敏责无旁贷,看她热情地解说荀派表演的点点滴滴,听得让人有些感动了。我一般都是听青衣的戏比较多,这次在北京逗留的时间长,有荀派的戏自然也是不能放过的呦,在京城,晚上的时间一定要去戏院打发,呵呵。

荀派花旦是京剧旦角的一个行当,演绎的多是活泼俏丽的少女形象,由京剧旦角大师荀慧生创立,是京剧舞台上的"丫鬟"专业户,许多的丫鬟戏都是荀派旦角饰演,《红娘》《游龙戏凤》《春草闯堂》等都是荀派著名的丫鬟戏。也有许多泼辣的角色,像《红楼二尤》中的尤三姐，就是一个悲情刚烈的女子形象，精巧地用了花旦兼青衣的理念与表演，让尤三姐用花旦的娇媚引诱贾珍贾琏，再痛斥他们的不耻，最后拔剑自刎香消玉殒，永远离开污淖的宁国府。戏中尤三姐表演的泼辣程度也是这部戏创新的亮点，这位纯洁天真的少女，性烈如火的性格在"闹筵"一场中，被荀派名家们塑造的粗犷中自然爽朗，泼辣里饱含俏丽，使人物性格更加犀利鲜明动人，凸显了荀派艺术的成就和魅力，这部戏里荀派的特点有了很好的发扬。

"通天教主"王瑶卿曾对"四大名旦"做过一字评语：梅兰芳的"样"、尚小云的"棒"、程砚秋的"唱"、荀慧生的"浪"。也可能是个笑话一样的评语，但却说到了各自艺术风格的骨髓里，演员及戏迷们甚至把这四个字作为评价四大派别风格的标准来欣赏学习。当今京剧舞台上，荀派演员们更是把一个"浪"字发挥到了极致，这个字可并非贬义，是指活泼俏皮，也是荀派花旦最重要的一个特征，所以舞台上的荀派花旦永远是活泼快乐、纯真可爱的，有如一股清爽的山风，又如一溪清澈的泉水，照亮眼帘的同时，滋润人心。当人们厌倦了尔虞我诈、看腻了勾心斗角，当看到清凌凌动人的花旦表演，则犹如人性的回归，找到了质朴的源泉一般心情大悦。

有戏迷打趣地说，荀派不"浪"起来，就没意思了。谁人不喜欢这京剧舞台上俏丽天真的花旦呢，也许戏院里台下的我们听京戏、看表演，更能体会人世间的喜乐和凉薄，那距离也与眼前的咫尺舞台一样，翻滚着沧海桑田的模样，个中滋味却也是千娇百媚的……

京剧荀派艺术讲究的是"娇羞媚憨"，是少女单纯可爱、不谙世事的娇憨率真，那一份清纯只有二八年华才有呢，而舞台上莲步轻捻、腰身曼妙、风声浪语的花旦正是少女青春年华的自然绽放，是成为青衣的一段淳朴的风流岁月。

"娇"是因为荀派饰演的角色大多是大户人家的丫鬟，尽管是丫鬟，可那是大户人家的丫鬟呀，要有娇气和大气；"羞"是饰演的多是未出阁的少女，所以要带一点矜持；"媚"是妩媚，是旦角需要的美感，是荀派花旦更要有的美丽；"憨"则是青春少女未经世事的率直、纯真。丫鬟的见识不多，一股傻乎乎的样子就特别可爱，更别说是京剧舞台上七彩扮相的荀派花旦了，有点夸张的表演，那风情，浪起了一戏院的掌声和笑声，还有响亮的口哨声……

荀派花旦中很喜欢《游龙戏凤》中的李凤姐、《卖水》的小姑娘等，《红娘》中几段著名的唱段更是以乖巧机灵、清新亮丽活跃在京剧舞台上。花旦的娇俏在2007年的春节晚会中，以舞蹈《俏花旦》展示给了观众，恰似一朵奇葩，精心编排后闪亮登场，将京剧的身段和杂技的技巧巧妙地结合一起。一群活泼的年轻女孩步伐统一、动作整齐，不时地变换队形，个个文武兼备、舞姿轻快，一会儿鸽子翻身、一会儿莲步碎舞、一会儿清风小跳、一会儿蜻蜓点水，舞蹈与戏曲的结合、京韵旋律的配合，仿佛行云流水清润眼帘，让人感受到了浑然天成的时尚与传统的完美演绎，一群娇俏的年轻女孩在美光灯下尽情地玩耍嬉闹、跳跃，美不胜收。

中华文化的精粹，借着一股神韵，大气磅礴地在舞台上把传统演绎成了鲜活、强烈又时尚的现代气息。不知是京剧花旦成就了舞蹈《俏花旦》，还是文化相通相连的内涵成就了一支红氍毹上美艳绝伦、朝气蓬勃的古典舞蹈呢？

其实，无论哪个朝代，传统与时尚的结合，都是文化进步的一种表现，也是传统得以传承的希望之路，传承文化不是守旧，而是把优秀的传统用现代的方式融入之后的发扬光大。

花旦是每个女人一生中最值得回忆的青春年华，那时的光阴阳光灿烂、明媚透彻，清凌凌地可人可意。京剧舞台上的荀派秉承的就是一份少女的情怀，生活感与艺术性相融合，表情身段自然一致，互为表里。荀慧生先生打破传统，充分发挥个人嗓音特长，吸取昆曲等曲调旋律，从人物感情和心境出发，字正腔圆，腔随情出、俏丽、轻盈、谐趣横生，令人着迷。他的道白艺术，韵白、京白为一体，吐字清晰声情并茂，具有特殊的感染力和表现力。表演方面强调"演人不演行"，根据需要突破，他塑造的少女、少妇艺术形象，具有大众化、生活化的特点，娇雅妩媚中清秀俊美，风格多样，令观众看后感慨万千，喜欢之至。如果你能认真地听上几段荀派唱腔，会发现其中令人折服的娇柔，荀派唱腔的娇媚，有时也像听那软绵绵、让人不喘气的昆曲一般，身骨被抽去一截，软软地堕落消融了……

《红娘》中那段脍炙人口的"反四平调"，使用了上滑下滑的装饰音，听来俏丽、轻盈、谐趣，有新意又新颖，让人喜悦的同时，听懂了、看懂了、动情了……红娘的娇俏妩媚，在荀派戏里一直屹立不倒，荀派演员都要会演这个传统戏。京剧舞台上的红娘，一席红衣、眉目传情、莲步飞转，为莺莺和张生传书递笺，成就了好事一桩，也成就了京剧荀派艺术一个美丽的形象。

"叫张生隐藏在棋盘之下，我步步行来你步步爬，放大胆忍气吞声休害怕，跟着我小红娘你就能见着他，也算得是一段风流佳话，听号令切莫要惊动了他……"感受到红娘的机灵乖巧了吗？

古代的爱情故事，美就美在车马人慢的古朴中，才有趣味横生的姻缘与缠绵，也才有传统经典的味儿、才有喜气洋洋的中国式皆大欢喜。

荀派的表演非常注重刻画心里活动，重视角色的动作，花旦的动作都要凸显美、脆、媚，给人美感的同时，要求演员把女性的妩媚闪现于喜怒哀乐言谈举止中。身段变化多姿，尤其讲究眼神的运用，一举一动、一指一看都要节奏鲜明，让观众醒目、提神，演员一出场就要光彩照人、满台生辉。荀慧生先生借鉴青衣、花旦、闺门旦、刀马旦的表演于一体，并吸收小生、武小生等的表演，将花旦一角的表演活泼细腻、多姿多彩、文武兼备、唱念俱佳。荀派的念白更有独特的魅力，他不照搬传统的韵白念白，从人物内心深处的感情出发，柔和圆润，富于韵律美，充分显示了人物的内心世界，且轻重缓急恰到好处，流丽感人声声入耳，既有音乐美，又有生活美。

那小花旦一出场，台下鸦雀无声，只看她一人在台上辗转缠绵娇羞妩媚，憨态浪语纯真可爱，观众的心也随她翻舞、随她唱腔、随她念白，不知不觉走进了舞台上的故事里，回到了二八年华之时光……

看戏听戏，自然就融入进去了，何况是京剧舞台上的美少女，花旦的模样是最可爱的。再有京胡旋律跌宕起伏、翻云覆雨，听得响亮、看得醉人，一出好戏自然而然地就让人沉沦了呀……

想起孙毓敏老师的热情，带学生现场指导，为传承京剧荀派奔走相告，她闪动的红唇蹦出的金玉良言，让我们看到了荀派花旦的青春气息昂扬的传承，京剧的魅力无限，经典国粹的青春芳华永驻！

爱京剧、爱花旦，谁不喜欢二八青春年华的京剧女子呢？喜欢京剧，就追寻花旦的快乐吧，你也能从中获得一份清脆优雅的欣喜和享受！

2020. 1. 8

当锡剧遇上《大风歌》

当我看到"歌风英才"大赛通知的时候，正在观看大型原创历史锡剧《大风歌》，是不是很有因缘呢？这也是我第一次在现场看锡剧，第一次看锡剧就看到关于家乡的历史文化故事，是不是也很有情缘呢？是不是我与家乡的情谊在潜意识里就是相牵相连的呢？家乡深厚的历史文化也是我为之骄傲的资本，这样的深情让每一个热爱家乡的人们都为之振奋、为之自豪……

一直以来没有写过关于《大风歌》的文章，因为我只是一个文学爱好者，没有足够好的文字描述家乡的美丽，况且我悠悠大沛有那样多的汉学家，各类层面的汉学著作琳琅满目，而我这样小女人的情怀，实在无法驾驭这样大主题的写作内容，多年来都是深躬勤学，默默祝福家乡发展壮大。适逢建国七十周年，主题"我和我的祖国"征文大赛启动了，而我的心也动了，虽然我的文字笨拙，但我有满腔的热情，我爱家乡，那美丽的家乡情怀怎么能割舍下呢！

舞台上的锡剧《大风歌》由著名锡剧表演艺术家周东亮领衔主演，众多锡剧名家参演，该剧聚焦汉朝初定天下这一段波澜壮阔的历史，围绕刘邦与萧何这对历史上有名的明君贤相之间的矛盾展开，以大写意、散点透视的结构，揭示人物心理层面的精神空间，展开刘邦与萧何两个智者的对话和心灵碰撞。场次选取白登山之围、刘太公撤宴、营造新丰、萧何下狱、君臣谈心、刘邦出征等事件逐步展开，剧情张弛有度，引人入胜。

锡剧《大风歌》给观众带来了无限的遐想，于我是戏曲情缘与家乡文化的碰撞、激昂、迸发，于外地观众是对一代帝王乡的景仰和向往吧。剧中"大风起兮云飞扬，威加海内兮守四方，安得猛士兮归故乡"的主题曲出现五次，看那些开国将士们气拔山河的大将风范，让古沛悠悠历史写就于锡剧舞台，那舞台上历史的硝烟在辉煌中弥漫……大风起兮歌飞扬，唱一曲群雄逐鹿裂土分疆。一介布衣，起兵泗上，七年称帝收民望，大汉肇基国运昌。慷慨沉雄永回响，一曲大风歌刘邦！

锡剧《大风歌》采取了独特的视角，聚焦于汉初天下，在君臣之间的矛盾纠葛展开，明线暗线交织，再次奏响了一曲慷慨激昂的大风歌。在很多戏剧舞台上，身居庙堂之高的汉高祖，常常被塑造成了威严庄重、高高在上的刻板形象。而锡剧《大风歌》呈现的刘邦却有些不一样，他能笑观其父刘太公在朝堂之上醉酒乱语，能与宠妃戚姬深夜畅聊祖露心扉，能放下身段与萧何回忆微时过往……在各种情节的衬托下，这位帝王显得更感性更接地气，更有血有肉。同时也把一个帝王"孤家寡人"的另一面表现得淋漓尽致，表面"坐拥天下，一呼百应"，实则心中常充斥着孤独感和对他人的猜忌。在经历了卢绾背叛、白登山之围、韩信见死不救后，刘邦有如惊弓之鸟，变得异常敏感，一代帝王心中的恐惧和无奈也随之而来。就是这样的他，禁不住小人的谗言挑拨，下令将鼎鼐重臣萧何打入大牢。也是这样的他，在幡然醒悟后，亲自带着东陵瓜来到狱中与萧何冰释前嫌，并在亲征淮南王英布之时，将国家仰托于萧何。

　　周东亮说"大家都觉得刘邦出身草莽、诛杀功臣，是一个彻头彻尾的流氓，其实这是一种误读。刘邦虽为帝王，但也是一个活生生的人，从不同的角度来解读他的内心，就会发现这一切的合理性"。这样的理解和认知让"锡剧王子"从更深层次、更透彻地成功演绎了一代帝王汉刘邦的锡剧舞台形象。

　　锡剧发源于江南水乡，它是小桥流水的、是吴侬软语的、是婉转缠绵的，演惯了才子佳人、家长里短的百姓生活，如何演绎慷慨激昂的帝王将相和豪放的汉风主题？的确是个高难度的挑战，全剧主创从一句道白、一个音符、开场情绪、舞台画面、形体表演乃至韵白和口语化之间的关系，无不细细推敲、认真打磨，无数次推翻重来，全方位打造更适合表现历史人物复杂深沉的内心世界的方法。立意和主题都遵从于历史原创，以大写意、散点透视的结构，营造情绪化而非情结化的戏剧氛围，从而揭示人物心理层面的精神空间，让刘邦和萧何两个智者的对话与心灵碰撞闪亮，于是锡剧舞台上的《大风歌》有了更高的起点站位，有了更耀眼的闪光点。

　　当优美的江南音韵邂逅雄浑的大汉豪情，又是怎样的一种感受呢？"锡剧王子"周东亮兴奋不已，第一次尝试历史题材创作就选用了刘邦治国平天下的故事，从艺术追求上不断攀登探索，责任感让他率领团队打造出了这个优秀的剧目，江苏作为刘邦故乡，需要这样响当当的文化名片去宣传和展示。这部《大风歌》让他收获了很多第一的荣誉，作为 2018 年紫金文化艺术节的重点剧目，一年多来在城市、学校、乡村等数场演出，赢来了阵阵掌声，也得到了众多戏曲名家的肯定。江苏省锡剧团以优秀的团队打造了出色的优秀剧目《大风歌》，让汉朝刘邦这个铮铮硬汉也有了江南的儿女情怀，伴随着苍劲深沉的主题曲演唱，大幕缓缓拉开，历史的烟云在锡剧舞台上飞扬……

大风起兮云飞扬，群雄逐鹿、裂土分疆，具有典型汉文化元素的音乐和古朴的布景，瞬间将观众带入了那风云际会、硝烟弥漫的秦末汉初战场……特别欣赏服装的设计，每一个人物的服装都用了类似扎染、晕染处理的工艺，并有皱褶、错落等设计，颜色浓淡相间、相融，给人最直观真实的印象，每一个细节都营造出了硝烟弥漫的气息，极具时代艺术性和创造性，也是此剧的一大看点，看服装当观历史硝烟天空下的苍茫。当我们在后台近距离观赏那些威武大气的服装时，仿佛是与汉朝历史倾诉、对白，更对古沛汉文化的磅礴之气叹为观止。

艺术家们个个演技精湛、嗓音清脆，在他们精心的塑造下，心胸襟怀的开国君主，大度担当的一代贤相、佯狂幽默的刘太公、体贴柔婉的戚姬等众多栩栩如生的人物形象立于舞台、扑面而来，他们掷地有声清亮悦耳的唱腔使得全场观众的喝彩掌声此起彼伏不绝于耳。全剧节奏紧凑，笑点泪点穿插其中，张合之间情绪层层铺开推进，最后的分食东陵瓜和敬酒群舞，更是将全剧气氛推向了高潮，奏响了一曲慷慨激昂的大汉雄歌。

锡剧曲调柔美，用柔美的江南曲音歌咏《大风歌》的雄浑，说明锡剧也有阳刚的一面，南方曲调细腻丰富，也让它有了更多的可塑性。刘邦、萧何、刘太公这些角色的个性，都能在锡剧基础曲调里找到相应元素，来体现和贴近人物性格。剧目创新了、题材创新了、舞台创新了、表现艺术的手法创新了，北方历史汉文化的豪放赋予了江南锡剧表演的多面性。"锡剧王子"周东亮扮演刘邦，跨行当以老生造型出现，锡剧名家汤达、张金华分别饰演萧何、刘太公，人物形象塑造得有血有肉、真实质朴，让观众看到的是一群为汉室打天下的英雄们披荆斩棘、鞠躬尽瘁、治国有道、君臣相合的历史故事，也诠释了一个珍惜太平治国有方的真理。超强的阵容和实力协调创作，让"锡剧王子"周东亮完成了对以往人物形象的超越，实现了自身从"王子"向"王者"的转变，满足了不同观众层面的期待，更让《大风歌》历史文化走向更多的舞台，有了一个良好的开端，也成就了"锡剧王子"的"君王梦"，当他在舞台上挥袖举杯，那豪情醉了台下的观众，醉了天下诸公。

锡剧《大风歌》的公演，证明了江南婉转的曲音也能演绎大开大合的历史题材，并不会水土不服，反而挖掘出了锡剧在小桥流水之下的别样风骨，是一部兼容着传统和创新，很独特、很智慧、很完整的大戏，让观众看到了婉转缠绵的锡剧与恢宏大气的历史题材的完美结合。

散场后久久不能平静，纵观古沛历史，战火纷飞、烟火苍茫，而今战争硝烟早已散去，太平盛世下的古沛有了天翻地覆的变化，国泰民安，百姓安居乐业，新时代的《大风歌》演奏出了更加华美的乐章。

2019. 7. 15

青衣

戏 台

喜欢戏曲，尤其喜欢京剧、越剧、昆曲，听戏、看戏、唱戏，自然喜欢一个个形色各异的戏台，特别是那些看似满口"之乎者也"的古戏台，很适合我这个古典怀旧的性格，每到一处，台上台下徜徉半天，总是流连忘返、意犹未尽……

一直以来就想写写与戏台的情缘，只是自己太懒了，搁浅至今。前段时间去闽南寻觅惠安女的身影，在惠安崇武半月湾看到一个戏台，让我忍不住一定要写几个字了。半月湾依山傍城、金沙碧水、涛卷浪涌、海风习习，令人陶醉，海之韵、沙之丽、石之趣、城之古以及独特的风俗民情构成了崇武古城丰富而深邃的旅游内涵。

海边建筑的一个戏台，是我见过的第一个临海戏台，背景就是苍茫大海，临海听风、听涛、听戏，惬意得很呢。我猜想在海边搭建的戏台应该是不多的，这个戏台背靠大海，面对古城，唱响的是怎样的曲音呢？看似普通简单的戏台，却勾起了我深沉的戏台情缘。

惠安崇武古城是中国仅存的一座比较完整的明代石头城，也是中国海防史上一个比较完整的史迹，当年为防御倭寇修建的这些石质建筑汇成了崇武的历史标记，郑成功塑像在海边巍峨挺立，虎门仰天与沧海对视。全石头砌成的戏台看上去年代不是太久，与周围建筑浑然一体，续写着石头城的前世今生。海边不同年代的石质建筑各自静处一隅，透过岁月斑驳的印迹，依然可以看到它们身上沉淀的历史光芒，那些沧海桑田的过往，熠熠生辉地照耀着今时今日……

这个戏台应该没有多少历史，也没有华丽的装饰，就是临海屹立的一个石头建筑，也许在别人眼里是路过的一处休憩纳凉的风景所在，可在我这里却勾起了长长的遐思。两天流连在戏台周围，感受海风吹拂的凉爽，感受一份属于自己的深情厚谊，站在台上摆个架子唱两句，声音传出好远。在观众席里坐一会儿，任海风吹拂思绪遐想、沉思，对我来说是一种莫大的享受。

戏台是戏曲演出的专门场地，从最早出现的"露台"到金代三面观的戏台，至元代，戏台分成前后场已经普遍形成，也是戏曲发展逐渐完善的重要标志，戏台的出现与变化，也从一个侧面反映了戏曲艺术的兴起和发展演变。

《水浒传》第五十一回"锣鼓响处，那白秀英早上戏台，参拜四方"。《老残游记》第二回"那明湖居本是个大戏园子，戏台前有一百张桌子"。这些都是记载戏台最早的文字，想必是当年已经有了丰富的戏曲演出，戏园子戏台随之出现，已经深植于百姓生活里了。古代戏台即戏曲舞台，而那时的戏台基本都是木质结构为主，随着戏曲的发展，戏台建筑也趋于成熟，从高度大至分为单层、双层两种类型。单层是指戏台搭建在一个台基上，台基一般高度为一米左右；双层的戏台建在通道之上，通道多为山门，高约二米左右。从开口角度讲，分为一面观、三面观，亦有介于二者之间的。

　　戏台从木质结构看，多在四根角柱上设雀替大斗，大斗上施四根横陈的大额枋，以形成一个巨大的方框，方框下面是空间较大的表演区，上面则承受着整个戏台的重量，这样的建筑形式，对需要开间较大的舞台是很有利的。在元初的魏村、王曲戏台上，两侧后部三分之一处设辅柱一根，柱后砌山墙与后墙相连，两辅柱间可设帐额，把舞台区分为前台和后台两部分，前台两面无山墙，可以三面观看。这类戏台在山西稷山县马村金墓和侯马金墓中的戏台模型中可为佐证。至于前后台分割的帐幕，在洪洞广胜寺水神庙内明朝应王殿的元代壁画上可以看到。但这种建造方式，在元代中后期的东羊、曹公戏台上发生了变化，将两面山墙全部砌起，而观众也就从三面观变成一面观看戏曲表演了。这种方式在明清以后的戏台上基本得到了沿袭，只是把前台台面加宽，台口分为三开间了。

　　中国最早的古戏台在山西上党一个叫寺庄镇王报村之内，戏台位于村内一个二郎庙内，资历最老，距今已有800多年的历史，直到2002年才被考古队发现，经专家认定为目前中国境内最早的古戏台。原来在太行山腹地，凡是能称得上村、庄的自然村落，都会修戏台，因为"娱神"的缘故，晋城地区的戏台大多修建在寺庙神祠内，与我们常见的明清戏台有着很大的区别，飞檐峭壁、巍峨严整、工艺精湛，虽然年久失修相对简陋，但颇具灵气，看上去很有意思，也可能是金代遗留下来的风俗民情及地方风格的体现。如今，这座戏台经过几次整修后，面貌有所改观，但走进去依然能闻到木头发霉的味道和岁月留下的苍痕，知道这个地方的人也越来越少，古戏台的锣鼓声渐渐被人们遗忘在了历史的角落。

　　在王报村二郎庙戏台被发现之前，是山西省临汾市魏村牛王庙戏台独占鳌头，曾有地震损坏后重修，明清两代也屡有修葺，为元代原构戏台。据说戏台周身三面敞朗，仅后檐与两山后部砌墙，前檐和两山前部均露明，为早期戏台的固有形式。与金代王报村古戏台相比，魏村牛王庙戏台更丰富繁琐了一些，应该是戏曲发展的需要，也是古人审美观不断完善的表现了。

　　山西历来富庶，如今苏州昆曲博物馆的前身就是山西人当年建的全晋会馆，是苏州历史上 100 多所会馆、公所中迄今保存最为完整的一座，看馆内古建筑群华丽精致，内建一座古典的戏台，更是整个古建筑的精华所在。其设计心思异常奇巧，天花板上不辞繁复地用藻纹装饰出窟窿形顶，状凹如井，顶端置一枚大铜镜，周围数百只浅雕黑色蝙蝠与数百朵金黄色云头圆雕相依相绕，色泽鲜丽异常，蝙蝠与祥云盘旋而上，直送到那铜镜片上。藻井的设计却别有妙用，它仿佛一个共鸣箱，演出时，能使演员发出的声音向上聚集，声音顿时变得洪亮圆润，余音更能绕梁不绝……余秋雨先生曾在《抱愧山西》中提及这个"连贝聿铭这样的国际建筑大师都视为奇迹"的精妙绝伦的戏台，也要惊叹"说起来苏州也算富庶繁华的了，没想到山西人轻轻松松来此盖了一个会馆，就把风光占尽"，想来这古戏台可就是一个神奇所在了。全晋会馆是清末寓居苏州的山西商人所建，为的是方便交流商情，喝茶听戏会友，后改为昆曲博物馆。目前，在一些重大活动时，馆里平时沉寂的古戏台会有昆曲演出，咿咿呀呀的唱腔传出很远，吸引着南来北往的人们来此访古寻幽，而我每到苏州必去那里流连一番，走过氤氲着水气的青石板街，循着白墙黑瓦间的石磨腔，再为昆曲醉一回。

　　如今看戏看戏台，是出行在外一个极大的乐趣。前些时间去北京，流连在什刹海周边，又走进了被称为世界上最大的四合院的恭王府。恭王府规模宏大、布局讲究、建筑精巧，而被称为王府一绝、康熙御笔"怡神所"的大戏楼，更是气派非凡。整个大戏楼为纯木结构，采用三卷勾连搭式屋顶，以供亲王观戏。戏楼内厅堂很高大，但音响效果非常好，处在大堂最边远的角落，戏台上的唱词也能听得清清楚楚，在设计上做到了精妙绝伦的境地，是我国现存独一无二的全封闭式大戏楼。戏楼内分三部分，南部为戏台，台口朝北，硬木雕花隔扇墙分出戏台的前台、后台，戏楼后壁都是浅棕色的木棂，用暗蓝色丝布做底衬罩饰。厅内南边是高约一米的戏台，戏台背景上悬挂黑底金字"赏心乐事"木匾，两侧立着两根圆柱支撑梁架，而前后台分界处设立 8根立柱，不仅最大限度地保留了大戏楼内的空间，还保证了看戏人有良好的观瞻效果。戏楼内悬挂有布垂饰和 20 盏彩图方形宫灯。立柱、四壁和顶部布满藤萝雕饰等绘饰，一片绿叶茵茵、繁花盛开的景象，犹如置身藤萝架下赏戏。奇特的是，无论观众置身戏楼里的任何位置，都能清晰地听到台上的声音。据说，在戏台底下掏空放置了无数口大缸，巧妙的构造成了混响空间，还原了逼真的音响效果。精妙的建筑艺术、强大的使用功能，在声学以及美学上独辟蹊径的艺术成就使恭王府大戏楼具备着独一无二的价值。这座奢华而又典雅的戏楼，在两百多年的风霜中，聆听了多少名角的声音，又有过什么精彩过往呢？据说《同光十三绝》中的一些京伶名角都曾在这座戏台上献艺表演，可见大戏楼之辉煌一隅。

中国清代有三大戏楼驰名中外，它们是颐和园内德和园大戏楼、故宫博物院畅音阁大戏楼和河北承德避暑山庄内的清音阁大戏楼。当然这三个戏楼均为皇家所建，其讲究奢华可想而知，据说慈禧太后就是个超级戏迷，每月都要在宫里召集几次演出，高兴时自己还会扮上登台，京剧在清朝的发展繁荣，离不开慈禧的推波助澜。

历数中国境内之古戏台，中华五千年悠悠文明史沉淀了太多戏曲文化内涵，人生如戏，百姓生活中戏曲的渗入已然是有血有肉、骨肉相连的了。

浙江嵊州是越剧的发源地，那吴侬软语温情甜润，听来直入你的灵魂，温州作为"戏曲故里""南戏发祥地"，拥有数不清的古戏台，想来江南气候温润，滋生了甜美的越剧，听了沁人心脾、回味良久。那年在西塘，沐江南古镇幽幽、听园林昆曲呢哝，青石板风雨琳琅，一座秀雅的戏台伫立在古镇深处，隔了一帘烟雨，仿佛看到七彩的戏子咿呀登场、款款万福……

上海枫泾古戏台建在城隍庙广场上，一面临街，一面临河，每逢演戏，从水路乘船而来的人们坐在船上就可看戏，有诗文为证"百里内闻风而来者，舟楫云集，河塞不通"。可见其盛况，游人可以一面品茶，一面听戏，还可临窗观景，美哉悠哉。

江西宁都戏台始建于光绪二年，前台门柱上，有一木刻的阳体朱漆镏金楹联："或为君子小人，或为才子佳人，出场便见；有时风平浪静，有时惊天动地，转眼皆空。"戏台的顶上，悬有一朱漆描金的横匾："声满歌楼"。戏台每年一般用三次，即演三次戏，每次演出多则一个月，少则半个月。戏价来源于生男孩的、结婚的、生意发财的、摊派捐献的、赌博桌上的等等，唱戏的内容大都是湖南戏，年年如此岁岁如旧，热闹非凡。而江西景德镇乐平市素有中国古戏台博物馆之称，据说就有412余座古戏台散布于全市各乡村，建筑时间从明清至当代，跨越500余年。乐平古戏台大致分为宅院台、庙宇台、会馆台、祠堂台和万年台五种，其中最多见的是祠堂台和万年台。不管是哪种戏台，他们都具有相同的格局：均为传统的砖木结构，正面均为牌楼式，三楼五楼不等，屋脊中央一律插有方天画戟，有的方天画戟插在彩瓷宝顶上，屋脊的两端分别饰有造型优美的鳌鱼，正面上方都有极挺拔的飞檐翘角，檐下悬挂着风铃铁马；戏台天棚中央是华丽的藻井。台上几乎所有的木构件上都雕刻有精美浮雕：琼花瑶草、祥禽瑞兽，游梁、随枋、三架梁、抢头梁、穿插枋上及牌楼各层之间，则雕刻了许多戏文，如《魁星点斗》《九老天宫》《八仙过海》《麻姑献寿》等等。

贵州是少数民族聚居地，肇兴有全国最大的古老侗寨，肇兴侗寨四面环山。侗族人有"无台不祠"的说法。戏台年份久了，也相对简陋，但颇有山区民族特色，悬山顶、六柱落脚、下敞。一些戏台在"文革"中破坏比较厉害，但远远地能看出原来屋檐和柱角上的悬挑工艺，更也是民间建筑艺术的展现。

广西也是古镇很多，那些依镇建立的戏台，有些已经很老很旧了，推开斑驳的古旧木门，吱呀声让人恍然以为一开门就会听到咿呀的唱腔，看到扮了七彩的戏子和台下熙攘的看客……当然，恍惚只是刹那间的事，门外却是清幽依然，晾着墨绿的野草，闪着太阳的光芒。戏曲随社会衍生、随百姓共生存，台上台下都浸透了岁月烟火的点点滴滴。远看戏台一览无余，雕花刻辞且不论，光是戏台的匾额就颇有意趣，"可以兴"好像没有说完的半句话，又似乎有点玄机。《论语·阳货》中的"可以观，可以群，可以兴，可以怨"，"可以兴"的意思是说可以通过新的手法促进溶情，表现戏剧舞台的艺术生活。此刻，我更加理解了"人生如戏"的涵义，可不是吗？戏曲来源于社会生活，舞台上的故事均来自于现实生活，随着戏曲人的思维具有一定的阶级性，也有一定历史时期的局限性，小小戏台承载了一代代人世间的多少悲欢离合与喜怒哀乐呢？不得而知……

安徽黄梅戏可是名列四大戏曲之列，长江边上的安庆，孕育了清新悦耳的黄梅小调，一度享誉全国，而安徽祁门的古戏台，在中国戏曲舞台史上也占有极为重要的地位，特别是明清以来各个时期遗存的 11 座古戏台，是一部完整的徽州舞台史及实物例证，从一个侧面反映了徽州建筑艺术的造诣和成就。历史上这一带文风昌盛，古戏台作为一种演出场所，不仅有娱乐功能，更有宗族教化功能：一方面可以维系宗族的血缘关系，另一方面体现出宗族的威严。通过演戏既处罚了违法和触犯村规民约的族人，由他们出资请戏班演出，又教育了全村人，起到警世的作用。安徽境内著名的古戏台有馀庆堂古戏台、会源堂古戏台、敦典堂古戏台、嘉会堂古戏台。这些戏台建筑属于徽州传统的祠堂和戏台相结合的范例，马头墙高耸，朴素大方、端庄怡人，充分体现了徽派建筑独有的特色，有着较高的建筑艺术价值。

明清两代，江苏苏州地区昆剧大肆兴盛发展，演出场所除了瓦舍勾栏外，凡行宫官署、园亭山庄、会馆公所、第宅厅堂、神祠庙宇、茶肆戏园和船舫田头，都有戏曲班的演出活动。演员活跃在红氍毹上的固定戏台或临时性、半临时性戏台上，重彩纷呈盛况空前。康熙乾隆南巡，都会在行宫内建有歇山顶戏台、看戏殿、内外戏房等，可见戏曲潜在的魔力，戏曲的发展促使戏台文化也是多元化发展，其随意性也是亲民惠民的一种方式。

据说苏州太平天国忠王府内亦设有戏台多座，"花园三四处，戏台二三座，平生所未见之境也"，忠王府内梨园小班曾于此开台，官署宴会演剧亦成常例，除织造府设有戏台外，大都在厅堂平地演出。名士大吏宴乐，也经常由家乐或延戏班在厅堂演出。

据明刊剧本插图，主席设在屏门前面，厅堂中铺上红毡作为演出区，音乐场面设在红毡侧面或轩前，脚色上下仍保持着左上右下的上下场门，后人称舞台为"红氍毹"即源于此。戏台两旁及对面均为名家的书法壁画、楠木画屏，有沈周、唐寅、徐渭等名人书画，整个古典戏台的文化氛围十分强烈，艺术价值甚高。1986年昆曲名家俞振飞先生在这里作了专场演出，深得中外人士的青睐，乔石、基辛格等一些国内外著名人士也曾在这里观摩、听书看戏。苏州戏曲文化的历史繁荣沉淀了优厚的戏台文化，也给后人留下了可圈可点的观赏雅趣。

我听戏也还是于北京最有情缘，隐匿在北京和平门南面一个狭长胡同里的正乙祠戏楼，建于清康熙二十七年，原是浙商会馆，随着京剧的诞生逐渐热闹红火起来，京剧大师梅兰芳、谭鑫培、王瑶卿等都在此演出过，见证了正乙祠戏楼最辉煌的岁月，是目前国内最古老的戏楼，堪称古戏楼的活化石。戏楼分两层，台前三面环楼，两旁有楼梯，看楼中心为马蹄形，上有罩棚，可容纳数百人，吸纳了徽剧、昆曲等多个剧种在此演出，随着徽班进京，京剧逐渐形成，见证了一系列非物质文化的诞生发展。这座纯木质结构的戏楼，在今天依然神采飞扬又气派地伫立在京城，不时飘出京韵昆曲，原生态的打造，让戏楼焕发出历史文化的光芒，让观众从源头上接受古典戏曲文化的洗礼熏陶，对于传承中国古典戏曲文化起着不可小觑的作用。

正乙祠古戏楼承载了许多追寻古典文化的情趣，可惜的是目前它的任期已满，不知何时可再观那古戏台上美人之莲步、再观复归之古典昆曲，陶醉酩酊，醉了古典文化的洗礼。

最喜欢在北京听京戏，每每往返于古典的、现代的戏台戏院，置身其中，观古典文化，看现代建筑，感慨于历史的苍茫，流连与时空对话，不时会有一种穿越感在蔓延，是我想要的古典情怀呢，那京腔京韵自多情，怎能让人释怀呢？

　　寒露时分，戏院里铿锵锣鼓、京胡穿耳，也有那越韵调情、风雅脉脉，古戏台上昆曲雅韵，你侬我侬，有一起去听戏的吗？呵呵……

2019. 10. 14

古徽州，烟雨朦胧，民国范十足。

窄窄的雨巷、婉约的背影，当历史的微风拂过，细微地都是古典雅致的韵味，一方水土养一方人，一方文化沉淀了徽州独特的江南气质……

白墙黛瓦的诗意四季，水墨斑斓，楚楚生情。

烟雨下的人生，传统的曲音，飘荡在马头墙上……

漫步其中，沾染了一身温润的墨香，思绪缭绕，随徽州烟云氤氲了书笺上的文字，深沉却静谧。

徽州烟雨

宏村·徽州烟霞中的一笔墨香

但凡看到关于宏村的图画，都和水墨两字联系在一起。白墙黛瓦大写意，雨水的勾染、岁月的磨砺，在宏村的每个角落都留下了斑斑墨迹，圈圈转转地形成了一幅幅浑然天成的水墨丹青，吸引着南来北往的游人，前赴后继地走进这江南画廊，悠悠地成了画中之人。

烟花三月，正是时候，油菜花开放的季节到了徽州。小雨淅淅沥沥地下着，没有停歇的意思，这样的江南是极对的，就该是雨中行，方才是真味道。雨伞下惊奇的面庞，窥探着宏村的奥妙，感叹着是怎样的天工神笔画出了如此佳作。

宏村，古称弘村，坐落在安徽省黄山西南麓黟县境内，是古黟桃花源里一座奇特的牛形古村落。整个村子占地30公顷，枕雷岗面南湖，山水明秀，享有"中国画里乡村"之美称。古徽州六县里，宏村最为独特，背依黄山余脉羊栈岭，地势较高，又相对平坦，景区五A级、四A级景点众多。举世无双的古水系水圳、月沼、南湖，被称为民间故宫的承志堂、培德堂，徽商故里的三立堂、乐叙堂，保存完好的木雕楼群、舒秀文故居等等，那些书院和祠堂、雕饰和水渠，都具有极高的艺术价值。空间布局、内部装饰和环境营造都达到了相当高的水准，亦代表着唐宋以来建筑和人居环境的最高水准。

导游说，通常把宏村比作一个少女，在古徽州的民居里，它亭亭玉立，温婉娴静，是大家闺秀一样端庄秀丽的女子。她依山傍水而居，从里到外透着灵气，银铃般的笑声传到了外面，引来了寻幽的现代人。

徽派建筑最典型的代表作就是宏村，有明清民居四百多幢，古村落和周围的山水景致形成了完美的结合，山涧清泉引入村中，泉水流经每家每户，南湖、月沼、粉墙黛瓦、清晨淡淡薄雾、黄昏袅袅炊烟，不禁恍惚，仿佛置身画中否？陶渊明笔下的桃花源也许就是这样，或许这也是人们向往期待的世外桃源，是古代人寄情于山水、晓谙于阴阳的徽派几何民宿吧。那些古董一样的房子里，隐隐地看到民国风韵的长衫长裙晃动，暗色居多，老绣的花样。背手踱步的身影、高度近视的眼镜、发黄的书本、之乎者也的背诵声、珠算拨动的响声……尖尖绣花鞋里的三寸金莲，颤巍巍的，带着灵气、带着威严，大概一辈子没有走出村子，柴米油盐中相夫教子，平安度日。她哪里想到，现在来了那么多的外乡人，看她灵秀的姿容，品那旧时的风貌，探寻沉香的徽州古韵。

特别喜欢那些雕花的窗棂，尤其喜欢冰裂纹的花棂，造型自然，上面刻满了岁月的痕迹，有的表皮已经脱落，还带着呛人的风尘味，一副饱经风霜的样子。可不是嘛，近千年的时间，在这温湿的气候中，还经历了"文革"，能完好无损地保留到现在，已经很难得了。这应该也是宏村不染风尘的缘故吧，远离世俗，避免了灾难。那些粉墙上斑驳的水墨画，是岁月笔墨留下的印记，是宏村经年风姿的沉淀。

南湖边丝丝垂垂的细柳，在雨中飘动着，细说着春天的浪漫，娇嫩翠绿的枝桠在春风中伸展着，羞羞惭惭地偷窥着游人，好奇、惊喜。山坡间的油菜花开的正旺，一片片鹅黄嫩绿，间或穿插着农田、茶园和清澈的水渠，婉转多情地高唱春天咏叹调，激情昂扬地拥抱了整个山坡。细雨柔风带来的雾气蒙蒙，一团一团湿湿地打在脸上，舒适又凉爽。宏村就这样静静地站立在那里，薄纱裹身、袅袅娜娜、面带微笑、神情优雅……雨中的宏村更加隽秀迷人。

来宏村，应该住在村里，找一家干净的民宿客栈，住一间老式的房子，有雕花的窗棂和雕花架子床，虽然小巧，视线极好，能远观山水景致，近看亭台楼阁，听小桥流水门前过，闻十里油菜花飘香，如此甚好！也许不经意间就能窥探到楼上相亲的小姐，可惜我是匆匆忙忙，没能一睹佳人芳容，呵呵。如若遇不到小姐，也定能在长长的雨巷，逢着一个丁香般的姑娘，带着本土的香气，幽幽地飘过，留下一行畅想和诗情。

江南的小巷又窄又长，宏村也不例外，多雨的气候，雨巷自然成了一道风景。戴望舒笔下的雨巷里，那个丁香一样的姑娘掠获了多少人的目光，带着憧憬，走进雨巷等待诗意的背影，眼前凝伫了一幅意味深长的水墨画，在雨中，背影那边的眼神期待翘盼，等待经商未归的良人……其实，古徽州女人的命运大都是悲凉的。

著名黄梅戏名家韩再芬领衔主演的《徽州女人》，细腻地刻画了一个徽州女人的人生传奇。用原生态的叙事方式将特定地点、地域中女人的生活境遇展示在观众眼前，把与世隔绝的徽州古民居中女人艰辛的一生，完整地呈现在舞台上，揭示出在等待过程中经历的喜悦与痛苦、渴望与焦虑、坚守与动摇、生存与死亡的心路历程和生命体验，从而凸显出生存的价值和意义。舞台非常唯美，黑白的皖南民居背影缓缓从舞台上方垂下，烟雨中的桥、粉墙黛瓦、民国式的长衫长裙，浓郁宁静的徽州风情风光，韩再芬温婉甜美的唱腔、曼妙柔美的动作，充分展示了国家级非物质文化遗产——黄梅戏艺术的独特魅力。

宏村是一首诗、是一幅画、是一个悠长而绵老的故事。在人间四月天里，这幅灵秀的水墨画缓缓地升起屡屡烟霞，笼罩着淡淡粉粉的薄纱翩翩入画，酝酿出一首首新诗，续写着一个个荡气回肠的徽州故事。

2017. 4. 15

西递·徽州古韵中的一枚沉香

走出宏村，去了邻村西递。如果说宏村是一个妙丽年华的少女，西递就是那个儒雅俊朗的少年；如果说宏村是一首美丽的诗，西递当是一阕清扬的词。在古徽州文化中，西递一袭长衫弋地，玉树临风、饱读诗书、温润坚毅，散发着深邃迷人的沉香，断断续续地听着导游介绍，留给自己这样的想象和判断。

西递开发较早，相对于宏村来说，保护完整，没有受到破坏，文化内涵丰富，村口的古牌楼、被称为天下第一的古楹联、古祠堂等都是西递的亮点。来西递最重要的是体会房屋的主人怎样把自己的为官之道、处世哲理等心态理念，巧妙地运用融入到居屋及自创的楹联中，警醒子孙发扬光大，惠及后代。西递不仅是一个儒雅的文人，更是一个睿智聪慧的大家。

西递村坐落在黄山南麓，始建于北宋皇佑年间，发展于明朝景泰中叶，鼎盛于清朝初期，至今已有 960 余年历史。据史料记载西递始祖为唐昭宗李晔之子，因遭变乱逃匿民间，遂改为胡姓繁衍生息，形成聚居村落，自古文风昌盛。到明清年间，一部分读书人弃儒从贾，后经商成功，大兴土木，将故里建设得非常舒适、气派堂皇。历经数百年的社会动荡和风雨的侵袭，虽半数以上的古民居、祠堂、书院、牌坊被毁，仍有鳞次栉比的 300 多幢民居保存完好，不足盈尺的巷子 90 多条，两侧飞檐高耸展翅云端。西递在徽州古村落里是最繁华的，基本保留了明清村落古朴典雅的原貌，看千年西递，依然故我。

村口峥嵘巍峨的三间四柱五楼的青石牌坊，结构精巧，是胡氏家族地位显赫的象征。远远地，只见清逸冷峻的牌坊在细雨中临风屹立，深恭谦和的含饴迎宾，观赏它的容颜，动容于它的沧桑。假如那十几座牌坊在"文革"中不被破坏，在村头，站立在这寂静的山麓，在烟雨朦胧的徽州腹地，该是怎样的强大阵容，那才是西递最为迷人的阳刚之美，可惜丢失了的徽州古文化。

到现在还是迷迷糊糊地记不清西递的样子，只觉得在里面不停地旋转，高墙深巷迷宫一般。马头墙错落有致、五岳朝天。徽州男子十二三岁便背井离乡踏上商路，马头墙是家人盼归的物化象征，看到这种错落有致、黑白辉映的马头墙，也会得到一种明朗素净、层次分明的韵律美享受。"青砖小瓦马头墙，回廊挂落花格窗"江南乡村传统的民居中，马头墙居多，远观极其优美，视觉上会产生"万马奔腾"的动感，也隐喻着整个宗族生机勃勃的兴旺发达。村中"履福堂"陈设典雅，充满书香气，厅堂题为"书诗经世文章，孝悌传为报本"的对联，渗透在建筑里。"大夫第"为临街亭阁式建筑，原用于观景，楼额悬有"桃花源里人家"六个大字，有趣的是，现在多将此楼作为古装戏中小姐择婿抛绣球之所在，成为民俗活动的场所。"大夫第"门额下还有"作退一步想"的题字，语义双关耐人寻味。此外，村中各家各户富丽的宅院、精巧的花园、黑色大理石制作的门框、漏窗、石雕的奇花异卉、飞禽走兽、砖雕的亭台楼阁、人物戏文，以及精美的木雕、绚丽的彩绘、寓意深刻的壁画，无不体现了中国古代建筑艺术精华之所在。

西递俊朗的外形、儒雅的气质，叫人过目不忘。它不但有江南水乡的柔美，更多了一层挺拔锐气的伟岸气质，散发着健壮的雄性荷尔蒙气场，与宏村遥相呼应惺惺相惜，相扶相伴走过千年。

但凡世间所有物种，都是阴阳相融吧，符合自然规律的原理，在生物链的作用中繁衍生息。知晓的银杏树，就有雌雄之说，两棵树不能离远，否则不会开花结果。上帝用亚当的肋骨造了一个夏娃，有了人类，与人类相关的一切大概也是如此，大自然深厚的奥妙，我辈感恩有意义的生活工作就心满意足了。

回回转转地漫步村子里，进了厅堂，出了书房，歇步在精巧的院子里，摆设看似凌乱，进进出出的游人溅花了脚下的雨水，神情专注地观赏着古朴的民居。主人戴着眼镜，守候着祖宗留下来的产业，就地做些买卖，书籍、砚台、古玩、小吃等等，把经年蕴藏的气息收藏传承。刚要转身出去，老板拿着一本书在兜售，十元钱一本的古黟楹联，装进背包继续前行，也为自己沾染了一滴墨香而沾沾自喜。西递的楹联最多，家家户户、厅堂书院、门匾隔断、祠堂花苑，处处润透着书声琅琅、墨香绕梁。村里人重商崇学，自作楹联感叹世态、孝悌传家，蕴含人生哲理，为世人所尊崇。

"一生痴绝处，无梦到徽州。"

汤显祖留下的千古绝唱，让徽州的美妙更加迷人。那时的汤老先生食不果腹地穷困潦倒，也许无意于良辰美景，只是给予自己逆境中哀怨的一个寄托，抑或是希望前程发达的一个心愿而已，但徽州古韵在浪漫的文人面前是多姿多彩的。

历史上的徽州是一个神奇的地方，人杰地灵，徽州商帮创造了辉煌灿烂博大精深的徽州文化，有造诣精深的儒耆宿，朱熹、陶行知、胡适、艺苑名流赛金花；也有科技群英詹天佑、能工巧匠张小泉、商界巨贾胡雪岩，国家领导胡锦涛也都是徽州人呢。

江南的春季多雨，路上的青石板有点滑，下面湍急的流水欢快地走村串户，滋养着一方人家。绿苔苍茸卷翠、低眉养身，这一切景物，像极了祖祖辈辈生活在这里的西递人，相守相惜地安然度日；像极了跋山涉水来此休闲度心的现代人。西递的恬静足以让你笑看山岚逐烟云，低眉青苔生紫烟。疏雨晚烟马头墙，小巷幽境浮尘扬……甚好！

这里是清洗心尘最好的地方，住下来，用时间淡化那些恩怨。穿堂过巷、走门进院、撩香拈尘、悠悠前行，那些经年累月的斑驳知道自己怎样变成了洒脱的水墨画；墙角处细小的苔藓年复一年、日复一日，看唇红齿白的少年，变成了健硕睿智的硬汉。岁月轮回，任寂静喧哗，烟雨过处，西递的美沉浸在云烟升腾的清晨，抑或是陶醉在夕阳西下的晚霞中。

微风细雨，黄花欢笑，沉香古韵绕年华。

2017. 4. 18

婺源·徽州深处的一抹云烟

初识婺源，不是在油菜花开的旺季，而是秋意阑珊的十一月初。几年前的那一次，四人自驾车，风驰电掣地从景德镇奔向婺源，在徽州风情的纵深处，找寻人间桃花源，中国美丽的乡村。

古徽州六县中，只有婺源隶属江西，据说是当年蒋介石为了"剿匪"军需划入江西。婺源属丘陵地貌，山峦重叠、涧溪纵横、气候温和，森林覆盖率很高。从篁岭出发，山路盘旋、层层梯田，盆地中的小河，小河边的村庄，青山环绕高低错落，山水交相辉映，瑰丽秀气，一幅极美的乡村风光画卷，画里点缀着粉墙黛瓦的民居，烟火升腾，顿时就有一种想靠近它的亲和感。著名香港摄影家陈复礼的《天上人间》因此获国际摄影大奖，最美的梯田、最美的乡村，让这里成了人们心目中追逐的世外桃源。阳春三月风过处，油菜花开，漫山遍野地诱惑着游人从四面八方拥入婺源，高空赏花，一览众山小，俯瞰烟雨云霞下的万亩梯田花海，梦幻般的清怡心爽。

春天的婺源缠绵多情，这个季节最是躁动不安的，太容易让人想入非非跃跃欲试，清丽的风姿撩拨着游人的视线。而秋天的婺源也是极美的，这时的它多了一些沉淀，层林尽染、红叶陶醉、飞檐峭壁的民居、小桥流水、晒秋的红辣椒、稻谷、茶叶等等，在这温暖的色彩里笑逐颜开。清晨薄薄的云雾缭绕，红叶丛中若隐若现的徽派民居，袅袅炊烟中鸡鸣狗叫，乡村在恬静中复活，与青山绿水动静相宜，天人合一的妙趣里处处是景、步步入画，成熟的喜悦和清香，从幽静深远的小巷里飘出……一个"望得见山，看得见水，记得住乡愁"的地方，美哉美哉！

如果说春天的婺源是一个妙龄花旦，那么秋天的婺源定是一个成熟的青衣，风霜过后，依然散发着端庄沉稳的气质。她不需要浓妆淡抹的妆容，不需要舞台上程式化的道具，也不需要固有的一招一式，是最自然最原始质朴的丽质凸显，天生的一个美人胚子。她与诗经里那些布衣钗裙的女子不同，自带着不可多得的一道道风景，深藏着闺中少女的一汪汪奇妙的心事，在徽州深处的大自然中魅力四射，来此寻幽的你我，岂能不为之动容？

徽剧是闻名全国的一个古老的地方剧种，历史悠久影响深远，声腔艺术雅俗共赏，从清乾隆年间就在当地搭班演出，到嘉庆三年已经有二十多个徽班在婺源演出。后来的三庆、四喜、和春、春台四大徽班进京，不仅为京剧的形成奠定了基础，也为其他地方剧种提供了丰富的养料，被列为第一批国家级非物质文化遗产。

婺源三雕艺术源远流长、巧夺天工。起于唐代，鼎盛于明清。浮雕、透雕、圆雕、镂空雕等，或纤细、或粗犷、或严谨、或奔放，装饰艺术和建筑结构融为一体，互为连缀相得益彰，应用渗透在每个角落，充分体现了徽州"古建三绝"文化的内涵。

婺源的龙尾歙砚具有"涩不留笔，滑不拒墨，瓜肤而縠里，金声而玉德"之特点，为历代推崇，为文人墨客之珍爱。

徽州是遗落在梦里的桃花源，而婺源是古徽州里最深邃、神秘、清丽之所在。每当细雨绵绵，水汽氤氲山间，举目朦胧的山川民居，犹如仙境，有一种原始而古朴的野性在松涛间回响，这个被封存在大山中的文化遗产，被时光打磨得沉静亲和、魅力无限。

品味婺源最好徒步，或是单车游行，在跌宕起伏的青山绿林中兜兜转转，在满目灿灿的花海里游荡，或在清润的晨雾中观看那一缕漂浮的炊烟，流连驻足在白墙黛瓦的小巷间，在斜阳烟雨里仰视古祠堂的悠长，在不经意间遇见一棵老树、一口枯井、一个荷锄的背影、一个掉了牙的阿婆……茶园里烟雾缭绕，灵巧的手指在绿波上弹奏出欢快的乐曲，这时的你，可是最想携春风秋雨共舞，意气风发地笑红了脸庞，呵呵！仿佛穿越了时代，在美不胜收的境遇里，找寻到了徽州里最原始的自己。

一群写生的学生，高高矮矮，走村串巷，嬉笑中涂抹了一幅幅水墨丹青，画中的婺源有点稚嫩，甚至有些单调，那应该是最淡然质朴的乡村风景，静谧而有诗意，动情却不矫情，有少年的青涩、有少女的羞怯，一幅美丽迷人的画卷。画中长长的驿道任性地延伸在大山里，山水、残阳、民居、古道、廊桥、古树、红叶、蓝天白云和行进中的人群，在画里，勾起了童年的遐想，顽劣的孩童时代，奔跑在乡村泥泞的小道上，清澈地欢笑声在上空回响，一种眷念、一个远去的乡愁、一个心头最纯净的忆恋，这样的回味带着咸咸的泪水和意味深长的微笑。

在徽州深处的大山里，婺源千百年来的徽商文化飘散在空中，沉淀在小巷的每个角落，沧桑里蕴含着繁华无限，那些深藏于民间的历史文化依旧栩栩如生，淳朴自然的生存理念，形成了独具魅力的文化内涵。置身这里，真正体会到"文化是灵魂，生态是命脉"的主体。智慧的婺源人在深山老林里打造了世人苦苦追寻的桃花源。

　　朋友的朋友，辞去了正处级的职务，在徽州一隅，承包了一片茶园，打造了一所农家小院般的客栈，类似于流行的猪栏酒吧，雇佣了当地的服务生，家常的菜品，新鲜的竹笋、蕨菜、马兰头清香四溢。每当新茶飘香时，就会打电话去品茶，或是千里遥远地快递那些带着泥土芳香和徽州风云的新茶，尤其是太平猴魁，阳刚俊朗、自然舒畅，一杯入喉兰花醇香，唇齿含怡中回味绵长。想来这个朋友是最具情怀的人了，辞去人人羡慕的职位去当茶农，要没有别样的情怀断然做不到的，其勇气令人钦佩。或许他就属于那片山那片云烟，那里是最能放飞情怀思想的地方吧。但凡世间的人和事，都有一定的归属，或俗或雅，找到一个真实的自己最重要，那样的人生是安然淡定的。

　　车子远离了徽州大地，耳边依然传来徽剧高昂的唱腔，情真意切，带着烟霞雨雾，似片片白云自由自在地游离在上空盘旋回荡，跌宕起伏的声腔里，蕴含着古往今来一个个的美丽传说吧。

　　思绪潺潺、思情饱蘸，轻声呼唤，遥寄千般眷恋。

　　婺源，还会再来的……

2017.5.7

呈坎·徽州乡村的一个神话

在古徽州，呈坎就像一个智慧老者。

这个季节的呈坎村应该是一年中最美的时候了，春风吹过，遍地鹅黄柳绿，细雨中夹杂着倒春寒的凉气，可依然挡不住游人的脚步，蜂拥般地扑向徽州大地。白墙黑瓦的民居被嫩绿的油菜花包裹着，行人环绕其间，如诗如画，感念深厚的徽州文化，陶醉流连在脚下的青石板上。

这座著名的八卦村，地处青山翠竹中，集自然景观和人文景观为一体，有着江南第一村的美称，是中国古建筑之乡。呈坎按照《易经》"阴（坎）、阳（呈）二气统一、天人合一"的八卦风水理论选址布局，依山傍水，形成3街99巷，宛若迷宫，是中国保存最完整的明代古村落，村里有150多处宋元明清历史古建筑，属于国家重点保护单位。

导游是当地一位资深人士，六十岁左右，看上去像个大队书记的样子，至少有点器宇轩昂的气场，还不乏质朴亲切，言谈中流露着呈坎人的自豪。这是租车司机通过私人关系联络介绍，价格比旅行团更优惠，解说也更地道，没有了程式化的解说和引导，多了一些随意和交流。进村的道路并不好走，曲曲折折的一段砂石路，几经辗转，方才走进这八卦阵内，仿佛一下子从现代文明社会穿越到了古代，展现在眼前的是令人折服的中华古典建筑文化在徽州乡村的沉淀。

"登黄山，不可不去呈坎；徽州民居甲天下，呈坎居甲徽州；游呈坎一生无坎，好运连连……"历来名人大家如是说。这个人杰地灵的地方，人文荟萃名人辈出，历史文化深厚，在古徽州文化中独领风骚。南宋理学家朱熹特别推崇呈坎古村，他的那副对联"呈坎双贤里，江南第一村"，在关于呈坎的简介中，都无一例外地会提到它。

一方水土养一方人，呈坎钟灵毓秀英才辈出，兴旺发达中经久不衰。整个村子依山傍水坐西朝东，背靠大山地势高爽，完全符合"枕山、环水、面屏"的古代风水理论，两条水圳引众川河水穿街走巷，发挥着消防、排水、泄洪、灌溉等功能。众川河水绕村而过，那些著名的元代环秀桥、明代修建的江南单孔跨度最大的石拱桥——隆兴桥、明代更楼等等，彰显着呈坎的辉煌历史，淳朴亲切。由于选址审慎布局合理，精心设计施工，使这个古村落与大自然融为一体，和谐统一，处处显现出以山为本、以水为魂的山水田园特色，呈坎自宋代以来教育事业兴旺发达，在古徽州文化中独树一帜。

导游先生带着我们走桥串巷，听潺潺流水声声悦耳，踏脚下石板咯噔咋响，平和的语气中带着自豪，作为呈坎人的骄傲溢于言表。整个村子是以家族血缘关系为纽带的同姓同族的家庭聚居地，尊儒重教，以程朱理学观念统治、规范人们的思想道德行为，文化氛围相当浓郁。村内聚集着不同风格的亭台楼阁、桥井祠社及民居，精湛的工艺和精美的石雕、砖雕、木雕、彩绘，将徽州古建筑体现得淋漓尽致，被中外专家和游人誉为"中国古建筑艺术博物馆"。村内游人不多，小巷幽静狭窄，尽管幽静，但也不乏阴森寂落之感，踏过青石板路，看斑驳的老墙、雕花的窗棂，走进半掩的宅门，一股经年古老的味道扑鼻而来，许是我们这些外乡人，无法适应这样的环境，才匆匆而过，只留下对徽州文化的敬仰和赞叹。

呈坎五街大体平行，众川河延展，呈南北走向；小巷与大街垂直，呈东西走向。村内古老的龙溪河宛如玉带，呈S形至北向南穿村而过，形成八卦阴阳鱼的分界线；村落周边矗立着八座大山，自然形成了八卦的八个方位，共同构成了天然八卦局。人文八卦和天然八卦巧妙融合，使呈坎成为了中国古村落建筑史上的一大奇迹，这里历来被视为徽州的风水宝地，深奥的"易经·八卦风水"之说，与人类生存环境、社会环境、村落民居建设神秘地维系在一起。导游先生一边诚恳真挚地介绍自己的家乡文化，语气深重又详细，一边又巧妙地引领着我们在这八卦阵内穿插行走，感受与宏村西递不一样的徽州情怀。漫步其间，不时地涌出阵阵思古之幽情，怅然迷失在这千年的遁惑里。

呈坎村内的街巷全部由花岗石铺筑，两侧民宅鳞次栉比、纵横相接排列有序。白墙黛瓦高低错落，黑白相间淡雅清秀。长街短巷犬牙交错，宛若迷宫。街巷内，一步一景，人景交融，其乐无穷。游徽州古村，一定要慢慢品味那深沉厚重的味道才好，如那斑驳的灰色墙壁，黑黑白白、圈圈点点迷宫一样的图案，蕴含着无穷的学问和离奇的故事。那些祠堂、天井、牌楼、廊柱、斜门深宅里，处处透着经年岁月的味道。石径上的青苔和房瓦上的青苔遥相呼应，幽幽地诉说着那年那月的老故事……楼厅的美人靠上，坐着古典美人，穿着绣花的衣裳，或低眉含羞纨扇静怡、或三五几个切磋女红手工、或在庭院扑蝶嬉戏，深宅大院内传出清脆甜甜的笑声。一对璧人，十里红妆的新娘，送走了外出经商的官人，牌楼下带走了含泪的目光，在黄黄的菜花里，红妆的新娘当真是一幅美丽的图画……客厅里坐着的徽州女人，睿心威严，担负起了教育后代的责任；花棂窗内郎朗的读书声，由稚嫩顽童长成了俊朗的青年，背起行囊走天下，一步步，赢回了徽州的模样，从古到今，他用智慧的心思建造了令人流连的徽州。

呈坎古村的明清建筑在"文革"中，虽遭大量破坏，但仍占徽州的首位，以类型丰富、风格独特而著称。

最欣赏喜欢木雕的窗棂，或大或小、或方或圆、或砖或木等，花型各异、造型不同、寓意深刻，也许窗棂里的故事很多很多呢。是的，一定有太多关于呈坎历史过去或励志、或凄美的故事。宝纶阁属于国家重点保护文物，石柱上面檩梁重叠、横直交错，梁柱之间的盘斗云朵雕、荷花托木雕等令人眼花缭乱美不胜收。且彩绘图案优美色泽绚丽，虽历经四百余年，依然鲜艳夺目经久不衰。如今的宝纶阁被一拨拨的电视剧制作人来到这里，利用不变的背景，制造不同时代的故事，让我们在陌生又熟悉的剧情里，再次去领略呈坎古朴沧桑的风姿，把呈坎古村的历史容颜用多方位的形式展现给观众和世人。

我们到呈坎是午后了，第一眼看到的是毓秀石桥的清凛，以及倒映在水塘里的古宅，立时有了一种惊艳的感觉，远远地看上去是那么沉静安然，游人不多，没有了宏村西递的拥挤，一下子感觉清爽惬意了许多。穿行于幽深小巷，静谧的古村似乎隔绝了外界的喧嚣，让心一下子安静下来，随着导游的娓娓道来，用心灵去触摸古村的每一个角落，仰望雕花的窗棂，推开一扇扇半掩的木门，静静地感受每一栋徽式建筑的古老神韵。那一刻，仿佛时光倒流千年，不知道前世的我们是否也在这里相遇呢……

这古朴的村落，渲染着一幅幅水墨丹青，大大的手笔，让游人的双眸无法从容淡定，呈坎神秘的身世潜藏在斑驳陆离的老墙里。闭上眼睛屏住呼吸，感受秋韵里的呈坎，古韵今声，慢慢地沉醉在游呈坎古村的浓浓乡愁里。

走出村子，已是夕阳西下，炊烟升起，袅袅地飘向天空。西天熔化的夕阳变换多姿，远远望去，余晖映红了孤傲的飞檐，让马头墙又增添了一层让人沉醉流连的理由。池塘里干枯的荷，亭亭玉立在长满绿色水草的水面上，恰如世间的轮回，让人浮想联翩。

游呈坎古村，沐浴徽州文化的洗礼，感怀过去慢时光的美妙，无有浮躁，甚好！

2017. 4. 15

老街·徽州大地上的一颗明珠

　　去过许多地方的老街，有冲动写点文字的却只有屯溪老街。

　　屯溪老街坐落在安徽省黄山市屯溪区，北面依山，南面傍水，全长 1272 米，精华部分 853 米，宽 5 至 8 米。包括 1 条直街、3 条横街和 18 条小巷，由不同年代建成的 300 余幢徽派建筑构成的整个街巷，呈鱼骨架分布，西部狭窄、东部较宽。因屯溪老街坐落在横江、率水和新安江三江汇流之处，又被称为流动的"清明上河图"，是中国保存最完整、最具南宋和明清建筑风格的古代街市，也是中国重点文物保护单位。宋徽宗移都临安后（今杭州），一些外出的徽商返乡，模仿宋城的风格在家乡大兴土木，所以老街又被称为"宋城"。

　　老街的建筑群继承了徽州民居的传统建筑风格，规划布局、建筑形式具有鲜明的徽派建筑特色，大小相间、色彩淡雅古朴。历史上虽经兵火屡有重建，其风貌不变，小青瓦、白粉墙、马头墙，古朴的徽派建筑艺术、优雅的文化氛围、浓郁的文商气息，使人感受到徽州文化的综合效应。老街两侧的店面门楣上流光溢彩的金字招牌，不少出自王朝文、启功、林散之、吴作人等书坛魁星之手，可谓匠心独具，体现了徽商讲求仁德的"儒商"经营理念。

江南多雨，春季缠绵，细雨打在脸上，有阵阵暖意；秋季斑斓多情，却冷雨寒气浓，多了一些惆怅。每个时节的细雨倾诉着不同的情愫，行走在长街古巷，看白墙黑瓦的马头墙下，那亭角屋檐、花窗重楼、徽雕栩栩……真真切切地感受着徽州古色古香的古朴典雅之美。

春季的清晨，淅淅沥沥地下着小雨，没有阻止行进的脚步，伞下的我，裹着一身清冷的寒气，早早地来到老街。几乎没有行人，两旁的店铺稀疏地做着生意。是的呀，这样早，游人毕竟很少，而我住在附近，就是奔老街来的。

"街头巷尾"酒店离此很近，特色民宿，质朴典雅，用意非凡，极具特色。老板是个很漂亮的女士，据说曾经给国家领导人当过导游，打造的酒店与老街遥相呼应，生意兴隆。出了酒店大门，就可看见老街最东部的牌坊，雨中的牌坊显得嶙俊挺拔，更彰显出一种厚重的沧桑感，无言地诉说着不凡的身世。

午后和晚上，老街的游人就多了起来，两边的店铺生意也热闹了，雨后的青石板路上有点滑，有灯光斜斜地照过来，晚间的老街更活跃了。几个青年手里吃着毛豆腐，说说笑笑地走过去，毛豆腐的臭香味传出好远，空气里满满的都是徽州的风情滋味。一家小铺正在煎制一种绿色的小饼，好奇心驱使停住了脚步，只看招牌上写着"清明果"，小老板说是用清明时节的艾叶打碎和面，包入肉丁、鲜笋等，在平锅中慢慢煎制而成。看着光闪闪、绿油油的清明果，满腔的食欲在涌动，咬一口，舌尖美味荡漾，徽州风情弥漫周身。老板说，只有在清明节前后才有得吃呢，平时是没有的，看来我还是很有口福的。

美食美味在心中游荡，回味悠长。再往前走，扑面而来的是浓浓的墨香，好大的招牌、好大的徽砚，形状各异，徽州文化最厚重之所在，最能体现徽州儒商的内涵，当年的徽商，用知识和文化丰富构建了徽州风韵。著名学者叶显恩曾著文称，原徽州所出现的既有独特性，又有典型性，并具有学术价值的各种文化现象的总和，即徽州文化。既是地域性文化，又是中华正统文化传承的典范，屯溪老街集中体现了中华传统文化的精髓。店内文房四宝丰富多彩，感慨之余，深深为徽州文化点赞叫好！路边摆放出售的戒尺，显现出中华文化的古老和传统，"传统文化，小惩大诫"八个大字在灯光的照射下熠熠生辉。来此的人们看到应该都会有一种复杂明了的感慨吧。

久久不愿离去，好想搬回家一个宝贝，想起父亲送给我的一个雕刻精致的砚台，冷落在一隅不曾问津，实在汗颜。每每看到墨宝盈台，内心都会被撞击闪动。

老街的灵动还在于茶香飘扬，正是清明时分，新鲜的茶叶上市，琳琅满目地目不暇接。祁门红茶，如老街的厚重、淳美；黄山毛峰，带着仙气十足的烟云，清新可口；太平猴魁，伟岸俊朗，入口绵长；菊花茶在清明时节可是挡不住地妖娆了整条老街，那花、那身姿，长的短的、黄的白的，不可一世地宣泄着关于她在春天的茶语和浪漫……

老街上，林林总总的徽州特产，强烈地冲击着视觉和味觉。特意买了谢裕大的茶，特别是太平猴魁，想迫切地走进徽州深处一样解读了解它。它应该是西递出身的富家公子，出门求学经商，又回乡传播文化，他的儒雅谦尊，他的俊朗恰似饱经诗书、沧桑里沉静伟岸，在老街里列队受阅，是最能代表徽州文化的儒商。

明前的太平猴魁清新，两三个枝丫，泡上一杯，看它慢慢地伸展、慢慢地入味、慢慢地入喉，就着清明的细雨咽下，赏心悦目里心旷神怡。

静坐在杏花春雨的清明，品一杯心仪的茶，安静地与自己对话，这时的心是最最慈悲的，听雨听禅，看花开花落。

雨，还在下。屯溪老街在黄山、新安江的伴随下，活泼跳跃。城市与自然的有机结合，将山水景观引入老街，融合了明清年代的街市情趣。茶楼酒肆、书场墨庄、匾额旗招、朱阁重檐，处处彰显着徽州文化的内涵，在老街，在雨中，可一观徽州四季烟雨，任思绪变得多情流连。

看老街，品味浓郁的徽州文化。春天的徽州，鹅黄遍地、细雨飞丝、茶香飘扬；夏天的徽州，当看那一领风骚的荷花，宛在水中央；如果在秋天，沐冷风白露，去看看月沼的月吧，在静谧的夜晚，冰轮倒影，品味银碗盛雪的雅致；冬天的徽州，观寒山凝碧、白雪堆积。数不出青针瘦密，云海苍茫万里……

老街，像颗闪闪发光的明珠，在徽州大地上熠熠生辉，漫步其中，仿佛穿越经年，也只有在老街，才能品味五福俱全的徽州风情。

2107.4.28

赛金花·徽州烟云中的一个传奇

赛金花，是徽州烟云中的一个传奇故事。

二十多年前，苏州的一个古籍书店，偶然看到了一排女作家书写历史女性的书籍，喜不自胜地打包背回了家。陈圆圆、赛金花、柳如是、李香君、吕雉等等，每每沉浸在烟波浩渺的书页中，找寻那些发了黄的历史烟云中孱弱的身影，一面感叹她们的命运，一面在历史古韵中接受教育洗礼。

汽车在徽州的道路上行进，误打误撞地走进了赛金花故居，本不是计划之内的行程，也许冥冥中有种女性的吸引力，也许是古典情思的牵引。几经改造的赛金花故居还是很有看点，江南园林的特色显现得很充分，亭台楼阁、小桥流水、烟波画船都在院子内有序地排布，停靠在属于这个历史人物的坐标上。

游人很少，讲解员说这里不是旅行团常带的景点，来此的游人都是循着赛金花的名字游览探寻，这样可以详尽地迂回在园内，感怀一代侠妓的坎坷人生。她是一代名妓，也是救国侠女，乱世美女赛金花的传奇一生，依旧是被命运吸附在时代的烟云里沉浮。

刘半农《赛金花本事》说"中国有两个'宝贝',慈禧和赛金花,一个在朝,一个在野;一个卖国,一个卖身;一个可恨,一个可怜"。夏衍先生在《懒寻旧梦录》中说"朝堂上的大人物的心灵还不及一个妓女"。亦是对她最有力的评价,关于慈禧的一切有很多很多,我们不妄加评论。关于赛金花的版本也是不胜其数,她舍身救国的侠义之举令后人刮目相看。一个妓女,因缘际会地在历史变革的关键时候,起到了举足轻重的作用,两次与历史风云变幻的撞击,让她周身都闪耀着传奇的光芒。

原籍安徽黟县的赛金花,因为穷,沦落为妓女。苏州香风细细的花船上,十四岁的赛金花,成了一名"清倌人",笑靥如花、柔情似水地光彩照人,红遍了苏州河畔。洪钧是清同治年间的状元,一见犹怜,抱得美人归,成了她生命中的贵人,从此改变了命运。赛金花由花船妓女一跃成了"状元夫人",完成了她生命中最重要的一次跨跃。

江南温润的气候盛产美女,赛金花天生丽质,千娇百媚,具有江南美女清丽的特质,丈夫极其喜爱,带在身边出使欧洲,成了公使夫人。看故居内的文字介绍和照片,她的确是个美人胚子,年轻昂扬,精致的妆容,这个缠足的风尘女子一步三摇、步步莲花地迈出了国门,在西方花花世界,大开了眼界。不仅游历了柏林、圣彼得堡、巴黎和伦敦,还会晤过德皇威廉二世和首相俾斯麦,学会了德语。本是烟花女子,那些风月场中的社交手段,让她在国外游刃有余,出尽了风头,这样惬意的生活随着丈夫任期已满结束了。回国三年后,洪钧病故了,二十出头的赛金花成了寡妇。

看烟波浩渺的历史,这些才艺双全的女子,为了生计,不得已周旋生活在尘世里,她们自是谋生又谋爱,尽管风情万种才情横溢，也大多被各种理由的始乱终弃，下场悲惨。

失去丈夫的赛金花，被赶出洪府家门，她生性豁达乐观，又重操旧业，在十里洋场的上海，用状元夫人、公使夫人的招牌，轰动一时，成为上海滩上的新闻风云人物，极尽风雅豪兴，据传还接待过李鸿章，只是陪酒唱曲而已。这样传奇的神秘佳人，又到京津走穴，组成了具有江南风情特色的"金花班"，此时"赛金花"的名声更是贯通南北，她奇装异服，被人视为妖孽，但她豪情似男子，侠肝义胆。

"庚子事变"后，北京成了人间地狱。八国联军杀进北京，慈禧都跑了，赛金花因逃跑的途中细软丢失，不得已返回京城。烧杀抢掠后的洋鬼子四处寻花问柳，赛金花的营生在一片废墟中恢复起来。当德国兵闯进她的住所时，惊奇于她一口流利的德国话并一张与德国军官的合影，她神情淡定地询问将军安好，让德国士兵面面相觑。于是赛金花成了德国司令部的座上客，她断然想不到，在欧洲的经历，不仅让自己幸免于难，也救了北京的老百姓。

她是个风尘女子，没有救国救民的境界。但她本质是善良的，不忍同胞受辱受难，与八国联军司令周旋，用一席堂而皇之的外交辞令为百姓解难，一时间被称为"九天护国娘娘"。

议和退兵，两宫回銮，一代名妓的传奇写在了史记上。之后，赛金花几经嫁人，都没有善终。晚年清苦，和佣人靠救济度日，最后死在贫民区，凄凉如斯。本是寒微的贫家女儿，在最好的年华里，见识了一场别样的人生，老年又回寒窑，想来她也能安然地长眠吧。

有着传奇人生的她，在死后多了许多盖棺定论的说辞。有人为她写诗，有人刻碑，也有人大骂她是婊子一世。化作一缕烟魂的她到底也听不见了这些与她无关的声音了，对于她，褒贬应该都不是重要的事情了。

北京陶然亭公园的一隅，赛金花静静地躺在那里，"香冢"旁边，荒草萋萋，再也闻不到八大胡同飘来的香艳脂粉气了。看张大千为她作"彩云图"，她飘然静谧的神态，亦云亦仙，还有樊增祥为她作的长诗，感慨一代侠妓不平凡的一生。

封建桎梏下的生灵涂炭，谁又能预知明天的一切呢？无论今古，谁又能牢牢抓住那一抹命运的彩虹？古徽州，烟雨朦胧，养育了清秀的女孩，又给了她传奇的命运，本是清丽明媚，遇一良人共白头，却花落烟尘抛脂粉，不知晚年的赛金花对自己的一生是怎样的笃定呢？

园内只有我们几个人在兜转，长廊的一侧有清瘦的身影飘过，仙气十足，袅袅娜娜；花窗棂的那一面露出嫣然调皮的微笑，那是被宠爱、娇嫩的稚气在张扬；湖中停靠的花船上，斑驳的红漆上露出木质的本色，承载着这里同样斑驳陆离的记忆；墙上那些长长落落的藤蔓，随风摆动，枯黄的落叶四处飘零。太阳照得刺眼，多像一枚枚饱含香粉气的金钗，明晃晃地照看着这里的一切。

这是赛金花在发达以后几经修缮扩建的老宅，看看现在的园子，当是大户人家的祖迹，想来这个风尘女子还是怀恋养育自己的家园，也许她的一缕香魂会时常地游离飘落在这里停息休憩，感怀自己曾经纯净无瑕的内心世界……

2018. 3. 5

太平猴魁·徽州云雾中的一茶老翁

惊奇于"太平猴魁"四个字的组合与因缘。

"太平"是地名，贞静柔和，有着国泰民安的祥瑞；"猴魁"两个字总让人想入非非。查了资料方知，"猴"乃太平县内猴坑、猴岗一字，"魁"乃茶农之名一字；也有说此茶清香的品质位于太平尖茶的魁首，故名曰魁；还有传说，一老汉茶农，救赎了一只猴子，冥冥中神猴相助，赠与一片茶山，老汉为了纪念猴子恩情，把这片山岗叫做猴岗，把自己住的山坑叫做猴坑，把从猴岗采来的茶叶叫做猴茶。由于猴茶品质超群，堪称魁首，后来就将此茶取名为"太平猴魁"了，这样的名字有着惊天动地的壮举，统领着绿茶的天下。

这个两头尖尖、不散不翘不卷边的传统名茶，外形两叶抱芽、扁平挺直、自然舒展，又有白毫隐伏、露兰花香味。再言：清咸丰1859年，猴魁先祖开出了一片茶园，生产出扁平挺直、鲜爽味醇的"尖茶"，太平尖茶被普遍认为是太平猴魁的前身，在2004年的世界国际博览会上获得了"绿茶茶王"的称号。

徽州大地历来气候温宜，云雾缭绕土质肥沃，特别适合茶叶的生长采摘，祁门红茶、黄山毛峰、太平猴魁、黄山贡菊等都是徽州茶叶的佼佼者，引无数茶人竞折腰。欣赏感怀徽州文化的同时，饮茶品闲度时光，太多的资深"闲人"在这里建筑民宿、开辟茶园，吟风望月地过着仙居生活。

这次独独对太平猴魁兴趣盎然，初听茶名，就有着不可一世的霸气，可"太平"又是安静的，有万象明媚的光芒。"猴魁"又是怎样的粗犷豪放呢？可是一方绿林好汉，杀富济贫的可爱可敬？可是黑旋风李逵一声哇哇呀呀的怒吼？可是孙行者斩妖除魔、行侠仗义的顽劣……看那一芽两叶、壮挺净直的身躯，又觉得它是一位饱含徽韵墨香的谦谦君子，高妙、洒脱。或中式唐装加身，或西装革履，谈吐清扬，或乡土布衣裹风，荷肩樵耕在徽州深处的山坡上，临风站立，是可以扛起天下大事的呀。

原来，太平猴魁是一位饱经风霜的老者，恬居在大山深处，开园锄禾、劈柴煮茶，茶香飘出了大山，飞进了世界的杯盏。这个带着兰花香雅的茶汤滋养了徽州人，也吸引着南来北往的爱茶之人。

徽州气候湿润多雨，江南的婉约多情在这里尽显姿容。细细的雨丝缠绵，风吹菜花摇弋，蜜蜂飞乱枝头，勤劳地采摘着大自然的香甜。于是，风恋上了高山，雨恋上了云雾，狂蜂恋上了鹅黄花绿，一缕轻烟拢住了马头墙，一股山野的清香飘进了游子的心怀。

其实，太平猴魁哪里是胡思乱想的模样呢，呵呵……它的制造分杀青、毛烘、足烘、复焙四道工序，成品后的它面色舒展、叶色苍绿、绿中透红，茶汤清绿明澈，入口醇厚回甘，色香味形独具一格。极品猴魁魁伟壮实、苍绿均匀，香气鲜灵高爽，独具"猴韵"。本不是懂得吃茶之人，更不晓得复杂的茶道，只感念于太平猴魁的神韵和缘分，才有了这一番胡言乱语。

　　屯溪老街，热闹非凡，太平猴魁安静地伫立在那里，玉树临风教养温良，不争不亢不卑，谦谦有礼，让人如沐春风。在春光明媚的阳光下，尤其苍绿乌亮，入杯冲泡，芽叶徐徐展开，舒放成朵，两叶抱一芽，或悬或沉，茶汤清绿，三泡四泡幽香犹存，兰气冲鼻。"幽而不洌，啜之淡然……饮用后，觉得有一种太和之气，弥沦于齿颊之间，此无味之味，乃至味也"。

　　"吃茶吃到这会，才吃出味来……"阿庆嫂淡定地调侃着，周旋在"风声紧、雨意浓，天低云暗"的现代京剧舞台，春来茶馆也成了智斗顽敌的战场。有茶相伴，实乃人之大幸也。

　　朋友经营茶行，每每茶道曰津，眼里带着笑意，通身被时光打磨得淬炼、凛冽，如那老白茶，饱含岁月的凝重豁达，茶的质朴蕴含在人到中年之后洗尽铅华的醇香厚重里。

　　太平猴魁正是春天里大自然珍贵的赏赐，看似风霜不羁，却儒雅有度，一派学者风范，风清气扬。它像怀素的草书，"奔逸中有清秀之神，狂放中有淳穆之气"，披了袈裟依然狂傲，那气壮山河的姿容，有着前无古人，后无来者的滂沱，欲醉又欲仙。自唐代以来，庄严又惊风地颠倒众生，如狂风骤雨、满壁纵横，又恰似千军万马驰骋沙场、醉卧黄沙……此时此茶此情怀，安也！

2018. 2. 17

徽剧·徽州故里的一声惊粹

其实，我是没有听过徽剧的，对于许多的地方戏，关注越剧最多，钟情于江南烟雨中的点点滴滴，吴侬软语丝韵缠绵的美妙动听。特别是结识了越剧名家萧雅后，对越剧的喜爱更上一层楼，喜对舞台上才子佳人的同时，感怀江南越韵的柔媚。而徽剧是衍生在皖南乡村的地方戏，也是地域意义上江南的范畴，缘于对京剧国粹的痴爱，"四大徽班"进京奠定了京剧的形成发展，想去充分了解徽剧，想更深入地知晓京剧的渊源，也许是爱屋及乌吧，也是对古徽州文化的一种敬仰。

漫步逗留在徽州大地，看亭台楼阁、小桥流水，品徽州文化，在白墙黑瓦间感怀徽韵丰厚的历史和深沉的底蕴，惊叹这样人杰地灵的地方必然有让世人折服的惊粹，徽剧就应该是在这种欣欣向荣的时光里喷射出来的一股浓厚的乡音。古徽剧的代表作有《七擒孟获》《八阵图》《白鹿血》等，这几天在网上看安徽省徽京剧院改编的《惊魂记》，颇有感慨，此剧在继承古老徽剧艺术的基础上大胆创新，以虚拟写意的形式表现莎士比亚经典名剧，为让麦克白的故事与徽剧更好地融合，把故事背景"移植"

到我国春秋战国时期，演绎了一位英雄人物子胤面对权欲的诱惑，最终走上自我毁灭的故事。

徽剧版的《惊魂记》遵循传统，但不拘泥于规程。音乐唱腔以"皮黄"为主，夹杂着"徽拨"，再用青阳腔点缀，并汲取了话剧、舞剧、雕塑等艺术表现手法，视觉上融合了时尚唯美、绚丽的当代审美情怀和浪漫夸张及深刻古朴的艺术风格，入木三分地刻画了原著中麦克白等人物的性格灵魂，看后颇觉震撼。

故事发生在春秋战国时期的卫国，赵国前来侵犯，卫国江山不保，子胤将军临危受命，力挽狂澜扶大厦于将倾。得胜归途中遇到三位神仙，告诉子胤三个预言，第三个预言是他将要成为卫国的国王，子胤全然不信，可是随着前两个预言成为现实，他犹豫彷徨了，最后在夫人的怂恿下，杀死国王，自己称王。当国王的日子并不快乐，他每天都沉浸在欲望和道义的痛苦挣扎中。几年后，被他赶走的前朝忠臣良将兴师复国，子胤大王也在战败身亡的结局中得到了解脱。

子胤吻剑自杀，大幕落下，一场人心角斗的好戏更是被优秀的徽剧演员们演绎得酣畅淋漓。

《惊魂记》是一次对古老徽剧传承发展的探索创新，显示了中华文化和中国戏曲艺术的博大精深。《惊魂记》的精髓在于通过莎士比亚的诗还了古徽剧的一个魂……是站在巨人的肩膀上，把古老的徽剧传承保留下来，徽京剧院的这些非遗的传承人勇于挑战，用徽州的官话念白，诙谐幽默、豪放洒脱。徽剧的表演可以用十六个字形容：唱腔上大喊大叫、锣鼓上大鼓大号、服装上大红大绿、表演上大蹦大跳。极具粗犷的表演风范，极具古徽州民间质朴的精粹。

元朝末期，南戏和北方杂剧分庭抗争。弋阳腔流传到安徽衍化成徽州腔和青阳腔为主的徽池雅调，就是徽剧的前身，并相继产生了徽州腔、青阳腔、太平腔、四平腔等多种声腔。徽州腔产生在明嘉靖年间，盛行于万历年间，而当时的中国戏坛有两种倾向，一是以弋阳、徽州声腔为代表的适合老百姓口味的戏曲，一种是以昆腔为代表的适合文人口味的戏剧。

古徽剧在明代也称"徽调""二黄调"，内容从列国纷争、宫廷大事、神仙鬼怪到民间生活故事多样化，舞台画面多姿多彩，具有雕塑般的造型美。徽剧的唱腔优美完整，主要分青阳腔、徽昆、吹腔、拔子、二黄、西皮、花腔小调共九类。吹腔、拔子、皮黄为主要声腔。吹腔轻柔委婉、拔子高亢激昂、皮黄则比较通俗流畅，徽剧的表演艺术丰富多彩，技艺精湛。文戏载歌载舞、委婉细腻；武戏粗犷炽热、功夫精深，善于高台跌扑来震惊观众，生活小戏则具有浓郁的乡土气息、诙谐风趣地吸引着观众……

明朝嘉靖年间，昆腔也在徽州一带流传，昆腔的文词深重，以丝竹管箫等乐器托腔伴唱，温文尔雅地悠扬动听，很受文人的欣赏。徽州腔在本地流行时，一些流寓在外的徽商喜欢附庸风雅，以听昆腔为时尚，甚至专门蓄养家班唱昆调。这些演唱昆腔的徽商家班，随主人回到徽州演出，也就把昆腔带到了徽州，徽州腔与昆腔的交流融合，使徽调又有了创新，一变为四平调。四平调又名二黄平板，也是后来"四大徽班"进京时所唱的主要声腔。

在徽商的推动倡导下，徽州腔在清康熙、乾隆时期最为繁盛，班家众多。徽州腔更是博采众长、兼收并蓄，吸纳秦腔、吹腔、高拔子、罗罗腔等声腔艺术，形成了以徽调为主，融合众长，唱念做打并重的徽剧。

清乾隆中叶，徽剧进京，不久汉剧也进京，徽剧又从汉剧中吸收了西皮，进一步丰富发展了自己的声腔。乾隆五十五年（1790）徽班著名艺人高朗亭率三庆班入京演出，轰动京师。之后在乾隆、嘉庆年间还有四庆班、五庆班、四喜、春台、和春、三和等徽班进京，其中，以三庆、四喜、春台、和春四班最为有名，人称"四大徽班"。

"四大徽班"进京奠定了京剧的形成和发展。

嘉庆、道光年间徽班在北京更加兴旺发达。汉剧艺人在北京加入徽班，使徽、汉合流，出现了变"诸腔杂陈"为"以皮黄为主"的新剧种。由于徽汉两剧长期同台演出，又从昆曲、弋腔、秦腔不断汲取营养、融会贯通，彼此有了割舍不下的血缘关系，从而形成了京剧。

京剧形成后，风行京城，出现了慈禧太后这样资深的高端戏迷，据说她一年最多听过 40 多天戏，大臣们陪她听戏苦不堪言。她非常懂行，文戏唱错了能听出来，就是武戏打错了，她也能瞧得出来。作为普通戏迷，听戏、入戏、赏戏、评戏，拍手叫好，但论及一个戏迷的终极影响力，慈禧已经是达到了"我听戏、戏听我"的境界了。

清朝末年，从皇宫到市井街头，京剧无处不在，天桥热闹的场景早已载入历史史册，湖广会馆至今每逢周末依然热闹非凡，京剧茶座叫好声声不断，综合性的艺术活动频繁。当年，谭鑫培、余叔岩等均在此演出，可想京剧鼎盛时期的影响。

徽剧在京剧形成发展的过程中是功不可没的。咸丰、同治年间，徽班渐少，但独有的艺术形式保留至今，形成了自己特有的徽戏体系。民国时，由于京剧的盛行，并以其博采众长优美动听的唱腔流传，为适应市场而生存，徽班改京腔者渐多，徽剧也渐渐衰落，新中国成立前夕几乎成了绝唱。

古徽剧中绝活众多，如旦角的表演，因早期没有水袖，故有许多的手腕、手指的舞蹈动作；净角亮相时则双手过顶，五指岔开，形如虎爪，用"滚喉"喑呜叱咤，辅以顿足，粗犷激越、气势豪壮，正是这样独特的绝技让徽剧保持着独有的韵味，但也存在着艺术特色消融的危机。

徽剧与京剧同根同祖，一脉相承，但徽剧艺术这一珍稀的文化遗产也面临着艺术人才匮乏、传承后继无人等严酷的事实，它对于研究中国传统文化具有十分重要的意义。目前，珍视、抢救保护这一份中国戏剧文化遗产，是历史赋予的重要责任。

这两天刚好看到席慕蓉的《回眸》"今生我寻觅前世失落的足迹，今生我仍旧频频回望……前世的种种哀愁，开成了一树繁密的丁香……"诗人用莲心佛语般的语句，深情地道出了对人生美好的感悟和期盼，纵观历史烟云中那些前世今生的纠纠缠缠、绵绵密密的情情缘缘，谁又能说得清呢？

我看徽剧不多，因为这篇文章恶补了一下，感慨中华文化丰厚的底蕴、感慨徽州文化的质朴亲切、感怀国粹京剧给自己带来的愉悦……一个戏迷说：自己这辈子最幸福的事情就是爱上了国粹京剧。可不是吗？这是一种历久弥坚的深爱！

徽州古城中，悠然漫步在白墙黑瓦的小巷，喜遇徽园里旌旗飘扬的徽班文化介绍，红红绿绿随风摆动的徽班大旗，向游人展示着当年徽剧的辉煌，看四大徽班的历史图展，随悠远的徽音聆听古徽州的风雅声声。前面一个不大的戏台，摆设完好，好友说唱一段，呵呵，来段京剧《穆桂英挂帅》吧："猛听得金鼓响画角声震，唤起我破天门壮志凌云，想当年桃花马上威风凛凛，敌血飞溅石榴裙，有生之日则当尽，寸土怎能够属于他人，潘王小丑何足论，我一剑能当百万兵……"京剧穆桂英的风姿在徽剧的舞台响起，可不是痴爱京剧的一个缘分融合吗？

是的呢，戏子在舞台上流着前世今生的泪，而热爱戏曲的我们，在戏曲缥缈铿锵的声韵中，感怀生命无限美好的真谛，找寻那些朦胧旖旎的影子，可是今生前世的自己？如若有冥冥中的感应，定会在喜悦中感激生命，珍惜拥有的一切！

2018.1.10

青衣

牌坊·徽州文化的一道泪痕

　　最早认识徽州牌坊是在琼瑶的电视剧里，那应该是在八十年代后期，琼瑶阿姨的小说运用了永远不会过时的爱情主题，用女性独有的视觉，以风格婉约、台词隽永、意境优美、诗情画意的众多特点成为了言情小说女王，至今被人们津津乐道。她笔下的女性虽然个性独立，但还是比较传统。一时间风靡大江南北，琼瑶剧的魅力渗透在每个角落，是言情文学在一个时代深深的烙印。也因此捧红了一批演员，林青霞、秦汉、刘雪华等等，这些个"琼瑶女郎"们惊艳了岁月，温柔了时光隧道，在今日依然被认可赞美。

　　琼瑶的小说符合人们内心深处最朴素原始的渴望，让人在一口气捧读的时候，达到同喜同悲的效果。民国故事的画面，一波三折的剧情，印象最深的是悲剧女王刘雪华泉涌般的泪水，苦涩的表情，在牌坊前情感情景的纠缠纠葛。可能是突出牌坊对于女性的重要，导演安排在牌坊前的拍摄镜头，折射出徽州女人大于常人的悲苦人生，也是作者传统思想观点的展现，颂扬的是传统礼教下的伟大女性。刘雪华把徽州女人悲切无奈的人生，演绎得入木三分，而牌坊的影像，在我的意向里也一直是无比悲催孤冷的，是女子贞洁的象征。

徽州系列的散文走到牌坊下，一直是迟疑畏惧的，为恐言语不慎，亵渎了那巍峨的身影和高洁的灵魂。其实，我也是极其传统的女性，惊艳于牌坊耸入云天的壮举，惊奇于徽州文化的壮大，也惊叹牌坊中那些峥嵘的岁月故事，方才知道牌坊不仅是颂扬徽州女人的伟大，亦是古徽州文化的一个个锦绣骄傲的展现。

"慈孝天下无双里，锦绣江南第一乡"。

棠樾是徽州一个古老的村庄，棠樾牌坊群是古徽州人伦道德、宗法思想的表现，七座牌坊逶迤成群古朴典雅，蔚为壮观，无论是从前还是从后，都以"忠、孝、节、义"为顺序，每一座牌坊都有一个情感交织的动人故事。在和煦的春光里，一片诗情画意的风光美景，被大片大片的油菜花包裹着；到了秋季，周边池塘里的荷花盛开了，亭亭地静立在牌坊周围，光洁贞静，仿佛贞节牌坊的写照。欣赏田园风光的同时，感怀牌坊历史文化的厚重和神圣，那是几百年来徽州人为之奋斗的见证，那些被岁月风雨打磨成斑斑点点的痕迹，无言地诉说着沧桑艰难的过往，多少辛酸多少泪，多少曾经沧海巫云，都付与尘世的修缘中。

牌坊是封建社会最高的荣誉象征，是用来标榜功德、宣扬封建礼教的。棠樾牌坊的发展与徽商的发展兴旺息息相关，也与程朱理学的发源影响有着源远流长的密切关系。古代徽州人以儒学思想为精神世界的主要内容，土地少而不足耕种的自然条件，成为了他们向外拓展生存空间的动力。徽州男人从小就背井离乡外出经商，足迹遍布天涯，少则三五年，多则数十载，为了高堂双亲有人照应，临行前一般都要完婚，发迹后钱财显赫荣归故里。

明清时徽商达到鼎盛，出现了"无徽不城镇"的盛况，其财力左右国家经济命脉达三百余年之久，朝廷对徽商刮目相看，恩宠有加，此时的徽商进入了"以商重文，以文入仕，以仕保商"的良性发展轨道。浪迹天涯的徽商，为了光宗耀祖，奏请皇上恩准，荣归故里兴建牌坊，旌表功名、义寿、贞节等，树碑立传，以求流传百世。明清两代的牌坊甚多，而棠樾牌坊群是最出众的代表，彰显着古徽州牌坊文化的厚重，让人在肃然起敬的同时，深深地感动折服在其中。

看小说和电视剧对牌坊的感觉，是一种简浅的视觉影像，当来到棠樾，站在牌坊前抬头仰望这些被岁月风雨打磨过的牌坊时，被一种巍峨的高昂震撼了，在深入了解了牌坊历史的时候，又被古徽州文化背后的发展及引发的毅智撼动。那一道道矗立的牌坊，刻画着谁人的荣耀？那些黯然销魂伴随的苍茫，在风中传来了声声叹息，风干的过往中，斑驳在艰辛的记忆中……夜晚的马头墙，在经年风雨中变幻莫测，昏黄的灯光照过来，幽然沉静，相伴的还有那极目远眺的泪光和徽州女人坚毅又孱弱的身影。其实，那是一种命运，也是一种不幸无奈，也更是一种坚强，可以说徽州女人亦是成就徽州的脊梁，这一道道挺拔壮美的牌坊，是多少徽州人用青春和性命架起来的呀！

牌楼附近有一个女祠，中国境内唯一的女祠，是没有正门的，只能从侧门进入，看里面那些歌功颂德的图展，感觉太虚无，心中不免哽咽唏嘘一时。在所有的赞叹声中，可有听到一声声的悲鸣，那个被沉了塘的女人，到死还是爱心不悔，又可曾想到这里也会有她的魂魄徘徊呢，爱有错吗？她的错是违背了封建桎梏下枷锁一般的族规，其实是违背了封建理念对人性的残害。在这压抑窒息的地方，只有墙角里一棵瘦弱的花草，露出了一线生机，也许是女祠里飘荡的一缕不情愿的魂魄，是绝望中的一个虚妄吧。我想所有的女性朋友看到这些，都会多少在心中弥漫起一丝疼痛，触目惊心的牌楼文化，殷殷地透着冷酷不可侵犯的威严……

远观棠樾牌坊群，呈现出灰色调的剪影，两侧寒风萧瑟的田野，只有在春风中方才露出灿烂的光华，走近它、细读它，恍然看到当年显赫辉煌的时代。我们看白墙黛瓦，看到的是散发着岁月沉香的宁静，是一幅幅淡墨素描的画作，那些画中飘忽不定的烟云，不会流转至今日，但却弥漫着最寻常质朴的民俗烟火。

如今，这些刻着灿烂辉煌的旷世牌坊，静立在蓝天下，在白墙黑瓦间风韵独存，冷寂、骄傲的身姿犹如一位时光美人，历经岁月的沉淀后，一颦一笑尽显优雅，曾经的苦涩都融化在历史的烟云中，繁华落尽是铮铮风骨的站立，是魂牵梦绕的叶落归根。

越来越相信前生今世的轮回，大概我的前世是在江南的徽州，穿着精致的民国绣花的弋地长裙，斜倚在雕龙画凤的门窗边，仰望四方天井上面的星空，等待着远行的良人，想着刻在门窗上永远也不能飞的凤凰，感念它毫无生机的哀怨和无奈。每每念此情怀，内心便有了一阵柔软的疼，原来一次次踏上徽州的青石板路，是为了寻觅那个经年旧梦而来，为了仰望那个属于自己的牌坊，是不是有点悲情呢？

忽然觉得《春闺梦》这样的戏，应该是在徽州唱起的，"可怜无定河边骨，犹是春闺梦里人"呀……徽班进京奠定了京剧的前身，一声声皮黄腔优美大气，每每唱起程派幽咽婉转、含悲低泪的段子，都觉得是在徽州的古巷里，水袖随风摆动，惊扰了夜空，幽沉的唱腔飞出了好远好远……因为徽州而动了心，因为牌坊又流了泪。

2018.4.20

徽州女人·徽州崛起的一个脊梁

　　写了一篇徽州牌坊，迫不及待地想说说徽州女人，而一座座牌坊里的故事，徽州女人绝对是称职优秀的主角。也许是女性多愁善感的特质、也许是自己坎坷命运的感受，让我对徽州女人感同身受地肃然起敬，与她们相比，生活在现代的我们，少去了许多的不幸和无奈。

　　纵观徽州发展史，徽州女人的影响力是功不可没的，用勤俭持家、通情达理、忍辱负重等等表述徽州女人是实至名归的，在徽州，看那些饱含沧桑泪痕的牌坊，更能激起对徽州女人善良天性的赞美共鸣。从一个重要的角度说，徽州女人亦是成就徽州文化的脊梁，也印证了那句话：军功章上有你的一半，也有我的一半！

　　从古至今，星空夜阑，沧海桑田，日月都是同辉的。一直期待去安庆，期待在黄梅戏的发源地去看一场黄梅大戏，一定要在安庆这个黄梅戏的故乡，看一场黄梅戏名家韩再芬演绎的《徽州女人》，岂不是更有意义呢？也许是我的戏曲情结太深，每每想去探寻那些戏曲舞台上关乎人生悲欢喜乐的奇闻妙音，因了美丽的越剧结识了好友涓眉，优秀善良的她是个大才女呢。人世间有一种情谊是共同爱好的欣赏和冥冥中的牵引，让彼此心灵相吸走进。她落户安庆，心慈善念、才情洋溢，续写着徽州大地上善良女性的优良品质。曾多次相邀，终是没有成行，也许会在特定的时候，我们相聚在黄梅曲音环绕的历史名城安庆。

在上个世纪初的古徽州，有一个或一群女人，她们一生的命运围绕在白墙黑瓦间，守候在枯井一样的巷院中，眼睁睁地由少女到老年，空守了三十五年的光阴，守的是一份虚无的爱，守的是一份苦涩的情。故事凄美，十五岁的少女怀着对爱情的美好憧憬坐上红红的花轿，却在婆家开始了一生漫长的等待……

《徽州女人》中，黄梅戏名家韩再芬调动了全部的感情，为观众讲述了这样一个故事。婉转悠扬的唱腔浅吟低唱，细细听来，沁人心脾，韩再芬用她特殊的嗓音，通过"嫁、盼、吟、归"四个场景，讲述了一个徽州女人的痴、执、贤、忍，从十五岁的花样年华，熬到垂暮之年，熬的仅仅是一枚空有的名分、一份绝望的悲哀。古老的礼教和文化让她不识斗大的字，但她却懂得万种深情，内心是寂寞挣扎的，更是宁静的，是徽州女人宿命里的一种大悲大美。看了《徽州女人》的所有介绍，不知不觉地流下了清泪，忍不住地倾泻而出。

"隔着窗棂偷眼望，细雨蒙蒙遮青山，青山脚下一把伞，伞下书生握书卷。高高的身材宽宽的肩，一条乌黑的长辫垂腰间……"欣喜羞涩藏在盖头里，小心地收藏在心头，怀着对美好生活的向往，被抬进了门，从没有怀疑过等待她的是什么，即便知道了未曾谋面的丈夫为求功名已然离去，也是在失望后擦干眼泪柔柔地说：求功名，好啊。于是守着一条辫子，度过了一个孤独的洞房花烛夜。少女欣欣的小喜已然有了悲的开始，继而度过

111

了三十五个春秋。压抑、绝望、隐忍，没有力气释放，纵有千言万语，也只能和泪而吞。女人恪守本分，看年复一年的花开花落，冬寒、夏燥、秋湿、春暖，只在梦里见过他的模样。人老了，心也冷了。他回来了，叶落归根，却带着家眷……

看她陌生的面孔和踉跄的脚步，男人疑虑丛生，不禁问：你究竟是谁？

女人答：我是你侄子的姑姑。

女人的心最是柔软的，尽管经年岁月中怀抱冷风，只能悲叹上天的不公，当看见他踟蹰蹒跚的荣归故里，一腔哀怨变成了缓缓的亲情，想她说出这句话的时候该是怎样的复杂心情呢？韩再芬的唱腔温婉甜美，动作柔美曼妙，深情地刻画了一个徽州女人的人生传奇，把徽州女人的一腔心事，从喜到悲到绝望，幽幽地展现给了观众，展现给了关心古徽州女人的现代人，也充分展现了黄梅戏艺术的无穷魅力。她扮相甜美、俏皮可爱，把徽州女人的柔媚、隐忍、释然，用她娴熟的唱腔和肢体动作，完美地呈现在了黄梅戏舞台上，据说上演了数百场，不同程度地再次引起了人们对徽州文化的探究，在全国轰动一时。

该剧的舞美非常唯美写意，黑白的皖南民居背景缓缓地从舞台上方垂下，朦胧诗意的山水、烟雨中的小桥、徽派建筑的粉墙黛瓦，都营造出了徽州宁静淡泊的风光画面。在这些特定的场景中，揭示了徽州女人喜悦与痛苦、渴望与焦虑、坚守与动摇、生存与死亡的心路历程和生命深处的深刻体验，凸显了生命存在的价值和意义。这样优秀的展演，在当下应该具有很大的教育意义，呼吁网络时代的年轻人知晓历史，喜爱传统文化精粹，传播传统戏曲文化的精髓。

古徽州的牌坊威严高耸，那些为贞洁烈女建造的牌坊和祠堂，记载了徽州女人高洁宽厚的情怀，彰显了中国女性伟大而慈祥的母爱。自古以来，男尊女卑思想传统，女人是一根肋骨、是一棵藤蔓，就是现在也还是说"干得好不如嫁得好"，事实上，女人承受的责任更大，而一个个瘦弱的肩头真的能承载那么多的重任吗？命运强加的压力让她们不得不故作坚强地撑起一方家园。如那徽州女人，她不愿意离开吗？可封建桎梏的天井让她只能仰望星空悲鸣，那巴掌大的一方天地，常年的云霾雾重，不见天日，古徽州舞台上的女人，在日复一日的淡然中翻看着一本记录她自己心理活动的书，给族人看、给世人看、给历史看、给自己看，一生啊，就那么几页，很快便翻完了，可书页上的泪痕却是斑斑血迹，刺痛了双眼。

历史上的徽州，一共出过十七名文状元，两名武状元，还有无数大大小小的官吏和成功的商人，曾富甲一方，并形成了徽州特色又丰富多彩的文化底蕴。徽州人用勤劳智慧撑起了古徽州的一片蓝天，在这些明媚的光辉里，徽州女人亦是最闪亮、最动人、最明媚的那一颗明珠，她让徽州斑驳清冷的墙壁增添了无限的柔情，在烟锁重楼的徽州历史中，展现了一页深情的画面，是一张张浓淡相宜的中国式的水墨画。

漫游在古徽州大地，品赏徽州文化，感怀牌坊下的徽州女人，心生疼惜，我想最应该送给她们一束大大的红玫瑰或者康乃馨！

2018.4.17

徽州遗韵

　　徽州在我的印象里，如泼墨山水画卷一般镌刻在脑海，有一种苍阔朦胧的古典美，深沉、雅致、质朴，它的轮廓风貌一直徘徊缠绕心头，挥之不去。而我更愿意称它为徽州，而不是黄山市。古徽州大地的一点一滴都蕴含着古往今来的传统色调，古意缭绕、烟雨迷蒙，远远望去，大写意一般的古村落好似一颗颗淡雅光华的珍珠镶嵌在江南大地，看似轻描淡写，实则绽放着珍贵的历史光华。

　　再来徽州，已是金秋时节，那菊花黄色迷离地晕人眼帘，灿灿地挑逗着人们的视线。晒秋中多姿多彩的丰收果实映入眼帘，放眼望去，一派烟雨过后的丰收景象、一种季节栽种的收获，都在眼前明晃晃地扑面而来。当我回到家，坐在电脑前用笨拙的手指敲打古徽州历史与时尚交织的烟雨时，眼前漫山遍野的都是古徽州的模样。古巷中白墙黛瓦间的那些古旧窗棂里一个个幽丽的身影，或妩媚，或贤淑，或俊朗，或精明，都在眼前晃动、游离，忍不住地想走进她们，去捕捉古徽州的人和事、去打开关于古徽州那一页页发了黄的古典书页，聆听一个个关于古徽州沉淀的烟雨故事。

古村拾遗

十多篇徽州系列之后，意犹未尽，古徽州烟雨朦胧，那一层薄雾般的面纱始终萦绕在眼前，似乎不见庐山真面目。这次古村拾遗，让我又走进了徽州深处，在金秋冬月里再次找寻古徽州的脉络和筋骨，撑起心中一片对徽州的感情、感激和对古典文化深沉的敬仰。

菊径村，一个据说是中国最圆的乡村，隐匿在婺源古徽州大地，是典型山环水绕的小山村。村子对面的半山腰处就可见整个菊径村貌。一条小溪圆圆地环绕在村子周围，小溪与公路的连接是一座座小木桥，村口有大樟树，村内有祠堂，巷陌交错，整个村子符合八卦"前山后水"的设计，小桥、流水、大山，如果不是公路修进来，这里定然是一个世外桃源般的仙居。

这个古朴幽静的山村建于宋代初期，村中文物多处，祠堂内有大明崇祯皇帝亲笔御书"黄阁调元"，意思为"荣登宰相之位，执掌天下大政"之意。村人何姓，千百年来繁衍生息成大族，是明代名臣何如宠的故里，这样保存完好的古村落，实为稀有的历史文化珍宝。

登山远观菊径村，其圆其境圆满如意，符合中国传统理念的思维结构，在大山深处，村民安享一份遗世清雅，夕阳中流水潺潺、柔和温馨，照在水边浣洗的身影上，从里到外透着一个安详。

徽州深处的古村落披朝阳、衔斜阳，徽风古民居与自然风光互相交融依存，形成了一种地域性特色的风光符号，引得游人趋之若鹜、镜头婆娑，长枪大炮地流连忘返。

长溪村相对落后，如果不是旅游，应该很少有外人进入村子，村民会一直过着自给自足的原始生活，而旅游带来的商机也让他们开阔了眼界，更给世人一个了解古徽州历史的契机。

清晨的古村边，一丝凉意萦绕在周身，河边躬身浣洗的村民，含着露珠的菜叶、五颜六色的衣物悠悠地漂浮在水面上，远处河边一棵古樟树、一个简易的木桥，倒影在水中，被流动的河水和晨起劳作的村民不停地搅动，层层波影、清气升腾。村内炊烟袅袅、鸡鸣躁动，都给早晨的山村增添了日复一日的生机和动感。岸上边的竹篱笆内，生长着萝卜青菜，一垄垄一席席，规整生机，依傍在山村与村民一起在大山深处休养生息，描绘着古徽州应有的浓墨淡彩的图画。

沿着河边漫无目的走着，观赏晨雾中的村容村貌，猛然间一个看似跛脚的村民随我行进，看他面黄肌瘦营养不良的样子，让人既怜悯又有点胆怯，他眼睛定定地看我，而我却不敢注视他。他身后一个看似也有点跛脚的女人跟在后面催促他什么，我快速走远，不忍看他们的状态……想这大山深处的生灵，更也是遵循着自生自灭的自然规律，虽质朴，却原始落后，要改变山区贫困群体的生活质量，也还是一个漫长的过程。

世人都言修仙好，却不知人间仙境中的人们需要先填饱肚子，画面中长溪的日出日落、春景秋意，美不胜收，但大都是摄影后期制作完成，实际的画面却要淡白了许多呢……

最喜欢严田古村水灵灵的样子，村口有1600多年的古樟树，相传是皇帝赵构被金兵追赶，到此躲过一劫，至今被百姓奉为神灵，被村民们膜拜祈福。村前一条充满灵气的小溪缓缓地流淌而过，欢快的溪水清澈见底，岸上的古树倒映水中，被柔和的光线照着，碧绿碧绿如翡翠一般。微风中的水波懒散阑珊、缱绻可爱。几块石头横排在溪水中，行人可以越溪而过，潺潺的流水声给人静谧安详的感觉，在这里待上一会儿吧。树缝中的阳光照在身上，立刻有一种自然和谐的光阴感袭来，休憩中倾听着流水欢歌，如乐曲美妙，迷眼日头慢慢升高，暖洋洋地照在身上，最是放松身心的美妙之所在。

一个耕夫牵着牛走在前面的拱桥上，其影子倒映在溪水中清晰可见，蓑衣荷锄，一幅田间归来的模样，原来是摄影人请来的村民模特，城市人追求自然古朴的田园生活，生出许多的创意，而原始的古村落满足了人们不远万里追求自然美的情感。田园牧歌随着照相机卡卡的声音，落在了画面上，温馨淡然，古樟树苍劲挺拔，镜头感十足，画面中的牧歌嘹亮源远流长。

此行古村落中的石城程村，是最具打卡的地方，太多远方的镜头是冲着那一幅朝阳升起、烟雾缭绕的山村画面而来，那个镜头的确让人憧憬神往，是一幅美不胜收的乡村美画。

石城是一座山的称呼，山上有姓程的程村和姓戴的戴村，两大家族分居两村，据说历来关系僵化，以前为了水源和土地经常发生矛盾，现在发展旅游，为了共同的经济利益，也摒弃前嫌开始合作共赢了。

石城主要的秋色美景在程村，当村子里那些千百年树龄的红枫开始变红的时候，精彩来临。枫叶火了，晨雾悬挂在树腰，那红叶在晨雾中若隐若现，炊烟和烧油茶壳的烟弥漫一起，袅袅而作。旭日东升，温和的阳光从树缝中穿过，照在白墙黑瓦的山村，梦幻、缥缈，树缝中的光线被拉长了，直直地从上到下倾泻下来，变幻出许多温和的意境。每到11月中下旬，这里成了摄影爱好者的天堂，太多人扛着长枪大炮，拍摄程村的晨雾和日出，用镜头追逐这人间仙境的诗情画意。

程村的枫树可是很出名的呦，远看巍峨高大，超过房屋许多，金秋时节，这个小山洼美得让人心颤、粉墙黛瓦、马头墙、窄窄的小巷、袅袅炊烟、村内陈旧的祠堂，四处层林尽染、披红挂绿，身临其中，总以为是幻觉。村子里的红土墙、黑瓦房鳞次栉比，柿子树掉干了叶子，唯剩下红彤彤的柿子挂在枝头，映在黑瓦上，一幅淡雅淡然的美，摇摇晃晃地走进了镜头。

山村的乡土气息淳朴动人，于生活在水泥城的人们来说，的确是个世外桃源，白墙黑瓦、斜阳炊烟、鸡犬争鸣、枯藤老树昏鸦，金秋绽放的红枫，披着朝阳的薄雾，这景致入了眼，是够回味一生的呀……

去李坑是朝阳还没有升起的时候，漫步古村等候阳光，也是一份旅行的浪漫吧。清晨的古村安静了许多，小桥流水依旧地重复着昨天的故事，街道上沙沙的扫帚声、石埠上浣洗的妇女，三三两两说笑着，捶衣板不时地举起放下，有开门早的商铺老板在卸门板，一块一块……居然有敲锣巡街的人，一边走一边敲，嘴里叫着什么，因为离得远，听不清楚，这古村在现代文明里依然保留着古时的模样，行走在里面，嗅着朝阳初生的味道，一种穿越的惬意油然而生。

一条九曲十弯的溪水，穿越村内，粉墙黛瓦的宅院沿溪而建依山而立，参差错落，青石板道纵横交错，石、木、砖之各种溪桥数十座沟通两岸，身临其中，感清涧流水、柳碣飞琼、道院钟鸣、仙桥毓秀……构筑了一幅小桥流水人家美丽静谧的画卷，这李坑古村也是徽州景致中一颗璀璨的明珠。

据说古村十分盛行一种叫"傩舞"的舞蹈，脸谱生动、忠奸贤愚、喜怒哀乐都是表现的主题，动作粗犷朴实。傩舞原是流行在我国古代长江流域的一种舞蹈，舞者戴着各种质朴而夸张的面具，带有鲜明的巫术色彩，最早是一种祈福祷告的仪式，后来逐渐发展成为民间舞蹈，盛行至今。

中秋舞龙更是李坑的习俗，每年如此，热闹非凡，舞龙队伍每到一家，主人都会燃放烟花，据说谁家的烟花爆竹能放多久，龙灯就会在家门口舞多久，意味着来年平安、幸福，这风俗一直延续至今。由此看来，古徽州历史中散落的一个个古村落，不仅沿袭着一如既往的质朴，更保存了传统文化的内涵，今时今日，依然保持本色，继续前行。

朝阳慢慢升起了，阳光暖洋洋地照在身上，漫步村内，有一种幸福感袭来。游人也渐渐多了起来，走在溪水岸边，商铺门外摆放着黄灿灿的菊花，明晃晃地冲着游人微笑呢。

徽州三雕

徽州三雕源于宋代，至明清极盛，初期雕风粗犷，以平面浮雕为主，在平雕和浅浮雕中借助线条造型，对称成趣味雕饰。明朝逐步精雕细琢，多层透雕成为主流。明中叶以后，徽商财力的显现，炫耀乡里的意识逐渐浓厚，木雕艺术也逐步向精雕细刻过度。民间故事、戏文故事、花鸟瑞兽、龙狮马鹿、名胜风光、民俗民情等栩栩如生，浮雕、透雕、圆雕、线雕等多种技法相结合并用。明清年间尤其鼎盛，刀工技艺达到了"天工人可代，人工天不如"的艺术意境。

三雕是徽州人民艺术创造智慧的结晶，在国内外具有极大的影响力。以歙县、黟县、婺源最为典型，保存也相对完好。主要用于民居、祠堂、庙宇、园林等建筑装饰，以及古典家具、屏联、笔筒、果盘等工艺雕刻。在婺源游古村，最让人驻足流连的就是这些古意琳琅的雕刻，木雕、砖雕、石雕，在白墙黑瓦中穿插点缀，蔚为壮观。

那些木雕相映成趣，或大或小、或方或圆、或长或扁，冰裂纹、回纹、云头、梅花雕等等各种花卉图案、花鸟鱼虫、祈福祷告、吉祥祝福的寓意都在其中展现，凡走过徽州历史，自然被这些深沉雅致的风景吸引，更会被徽州文化的点滴细腻而打动。

中国的木雕分布极广，此衰彼兴潮起潮落，由于各地民俗、文化资源各异，其取材工艺不同，形成了诸多具有浓郁地方特色的流派。徽派木雕就是在历史的发展中形成了自己特色的徽调风格，融合于徽式建筑里，色泽淡雅、深厚端庄、远山近景，氤氲成了一幅幅浓淡相间的水墨画，是最具有中国特色的建筑艺术雕刻。

徽州的木雕艺术取材广泛，技艺成熟，选材大多是松、杉、樟、楠、白果等亚硬或软木材质，并根据建筑物体的需要雕刻，运用线雕、浮雕、圆雕、透雕有机结合，于宅院内的屏风、窗楹、栏柱、床、桌、椅、案和文房用具上均可一睹木雕的风采，几乎无村不有、无宅不精，人物山水、八宝博古、文字锡联、吉祥图案等比比皆是。徽州木雕的作品，更多时候追求表现的是画面的题材内容、雕刻技艺和构图线条的完美，所以，徽州木雕看起来特别漂亮，那一扇扇窗棂门楣殷殷地泛着古雅的色彩韵味，具有极强的艺术感染力，徽州木雕形成了独树一帜的艺术风格，对周边地区的建筑雕刻工艺也产生了极大的影响。

徽州木雕以建筑家具装饰为主，以美轮美奂的大面积雕画著称于世，男耕女织、渔桥耕读、田园生活、神话传说、历史故事、古典小说等艺术图饰都寄托了主人美好的理想与追求，也体现了主人的身份地位，具有极高的历史文化艺术价值，可以说件件皆为珍宝佳作。

黟县宏村的承志堂和木雕楼里的"百子闹元宵"，妙趣横生、喜庆祥和。始建于宋，大修于明嘉靖年间的绩溪县龙川胡氏宗祠的木刻雕花艺术就是一个佐证。古祠木雕采用浮雕、镂空雕和线刻相结合的手法，除了梁勾、梁托和门楼的雕龙画凤、历史戏文之外，整个落地门窗的木雕布局有荷花、花瓶、百鹿三种图案。在艺术上有千姿百态、亭亭玉立的各种荷花随风招展；有悠悠漫步、回眸引侣、幼鹿吮乳、母鹿抚舔等各种形态的梅花鹿自如生趣；各种形状千刀细刻，精致美观的花瓶，犹如仙境般的雕版令人拍案叫绝……荷花意味着"和为贵"，教育后人清清白白做人做事；百鹿图意祝愿祖祖辈辈延年益寿；花瓶图象征着世世代代平安的生活憧憬。曾经背井离乡、辛劳一生的徽商们，为了回报桑梓，叶落归根光宗耀祖，他们修祠堂、建宅第、造水口，有足够的财力雅趣用于精雕细刻上，尽显豪华富贵气势。

特别好奇那些木雕门窗里的故事，徽州历史深厚，自然衍生了太多太多悲欢离合的故事，一扇扇看似隐匿于世的门窗、若隐若现的人物、雕花的太师椅、千功床、小姐的梳妆台上的铜镜朦胧含蓄……透过木雕花楶看徽州历史，拨开烟云看那些经年的痕迹，那些曾经沧桑的烟雨，在徽州大山里的亭台楼阁中，含悲带泪地书写着一页页发了黄的徽州故事，浓墨重彩地渲染着徽州文化的典雅馨香。

今日我们去旅行，每当走进一个个深宅大院，总会曲径通幽，扑面而来的都是散发着木香的雕刻，它无处不在，渗透在家家户户的院墙内，伴随着朗朗书声，让徽州历史在今日依然散发着古雅诱人的光华，花窗楶里的故事或悲或喜、或忧或离，都沉浸在古往今来的漫漫烟雨中。我看那些浮想联翩的木雕，虽雾里看花一般，但能看到一个个飘移的身影，感受一种徽州风情与文化在眼前的晃动游离和竖毅伫立。

感怀木雕花翎的情意，让人如听昆曲一般屏气窒息，其实那些窗棂的故事如果用昆曲演绎，更能增加荡气回肠的感情。

与木雕相比，石雕则拥有俊朗的情怀，没有了小女人的矫情，用硬朗的身影点缀在古徽州大地。石雕在徽州城乡分布很广，主要用于寺宅的廊柱、门墙、牌坊、墓葬等的装饰，属浮雕和圆雕艺术，刀法古朴大方层次分明，享誉甚高。

在历史的发展中，徽州石雕吸收了"新安画派"的表现手法，讲究艺术美，提倡镂空效应，有的镂空层次多达十余层。亭台楼阁、树木山水、人物走兽、花鸟鱼虫集于同一画面，玲珑剔透、错落有致、栩栩如生，显示了雕刻工匠博大精深又高超的艺术才能。清朝时徽州石雕就享誉在外，新中国成立后的徽州黟县人曾赴京参加人民大会堂安徽厅的石雕制作，严谨的刀法、细腻的构图，充分展示了徽州人民的聪明才智，成为徽州文化的重要组成部分。

歙县的棠樾牌坊群和黟县西递的"松石、竹海"姐妹石雕漏窗，左右各一，对称而立，更达到了"无字诗、画意对"的艺术佳境。

扬州园林大多出自徽州匠人，曲阜孔庙大成殿石柱上的雕龙等也出自徽州石匠之手，他们身怀绝技，精湛的技艺隽永完美，大有登峰造极之势，尽显石雕工艺之妙丽。石雕的精美饱含着徽州人细腻的心思，江南人杰地灵，心思玲珑，把情感渗透在建筑里，有张扬有释放、有辉煌有传承，一脉脉水墨清韵呼之欲出……

砖雕是在徽州盛产的质地坚细的青灰砖上，经过精致的雕镂而形成的建筑装饰，广泛用于徽派风格的门楼、门套、门楣、屋檐、屋顶、屋瓴等处，使建筑物显得典雅庄重。

徽州砖雕装饰艺术花样繁多，相传始于明代，于清朝最繁盛，以秀丽精美、清新淡雅而著名。它的用料与制作极为考究，一般采用经特殊技艺烧制、掷地有声、色泽纯清的青砖为材料，先细磨成坯，在上面勾勒出画面的部位，凿出物象的深浅，确定画面的立体感，然后根据各个部位的轮廓精心刻画，并局部"出细"，使设计图案逐步凸显出来。徽州大地青灰的砖雕，经过岁月的磨砺和风雨的剥蚀，在今日依然玲珑剔透耐人寻味。歙县博物馆藏的一块灶神庙砖雕，见方仅尺的砖面上，雕刻着头戴金盔、身披甲胄、手握钢锏的圆雕菩萨，据考证，这块精妙绝伦的砖雕花费了1200个匠工，堪称徽州砖雕的经典作品。

屯溪滨江长廊里的"五百里黄山图"大型砖雕，无论从入画景点之多、画幅面积之大、透视层次之众及雕刻手法之全来看，都是登峰造极的绝世佳作。砖雕也同样具有浓郁的民间色彩，朴素中尽显细腻，精妙处美感陡生。

据《史记》记载，古徽州历史悠久，从东汉建安十三年建郡迄今两千年，地处皖、浙、赣三省交界，黄山脚下，山水毓秀人杰地灵，历以商贾众多、文风兴盛而蜚声海内外。徽商的发展繁荣了文化教育事业，造就了新安理学、新安医学、徽派朴学、新安画派等徽州文化，徽州三雕就是在这样发达的徽文化大背景下逐渐形成发展的，更是徽州人民智慧的结晶。

徽州三雕融汇了秦汉以来中原文化艺术的优秀传统，吸收了徽州地域文化的丰富营养，强调社会教化功能，重视审美中的情感体验和道德伦理的自然融合，用精巧的心思营造了玲珑剔透、清新雅致的徽州风情风貌，是民间情趣与文人情趣的完美结合，是中国文化史上的一朵奇葩，流连其中，深感徽州文化之博大精深，回味悠长。

歙砚春秋

漫步屯溪老街，大大小小形状各异的砚台映入眼帘，黝黑色的外观，从里到外浸润着墨香的味道，在徽州历史上绽放着幽深的文化光华，引人注目，让人陶醉。不知不觉间周身被晕染了墨色缭绕、香气四溢，辗转眉间，仿佛掉进了墨池，一种感激袭来，不觉热泪盈眶。

南唐后主李煜说"歙砚甲天下"，并下令开采制作，一度繁荣盛行，成为御赐品；苏东坡评其"涩不留笔，滑不拒墨，瓜肤而縠理，金声而玉德"；米芾说"金星宋砚，其质坚丽，呵气生云，贮水不涸"等，历代笔墨大家都极高赞赏歙砚，奉为中国四大名砚之一。

歙砚产于黄山和天目山之际的歙州，歙石最优为龙尾山下溪涧的材质，又称龙尾砚。其矿物粒度细，微粒石英分布均匀，固有发墨益豪、滑不拒笔、涩不滞笔的效果。歙砚造型浑朴，浮雕、浅浮雕、半圆雕等手法新颖雅致，雕工繁简有度，画面张弛有型，诗意盎然，受到古往今来书法家的喜爱，成为文房四宝的珍藏品之一。

据资料研究分析，歙砚有可能始于汉代，晋代及南北朝时期也不断出现，唐宋时期已经遍及中华大地，明清时期又有了较大的发展，也是歙砚成为一种工艺品的重要历史阶段。在当时社会不断进步的条件下，歙砚的观赏性不断提高，并受徽州三雕的影响，工艺日趋完美，达到了空前的繁荣，无论是造型还是构图，都达到了一个沉稳精炼的程度，具有端庄敦厚的艺术特征，由朴素的实用品演变为精美的艺术品，成为文人雅士玩味翰墨的收藏珍宝。

由于父辈的喜爱，受其影响，我也珍藏砚台一二，由于水平有限，实非细研雕琢之人，只是把玩藏之，近日学习观察歙砚的历史踪迹，得知其丰富的文化内涵，收获颇丰。

细观歙砚的纹理丰富和品种之繁多，金星闪耀、聚散有型、细如尘沙、斜风细雨、变化无穷；"金晕"如晚霞中的烟云，团团奕奕，松如团絮，吹之欲散、触之欲起，诗意盎然，朦胧之美瞬间送入眼帘；有"罗纹"旖旎，丝滑晶莹，素雅之美似春风中水皱连连，荡漾在细风微波之中，温柔恰似淑女罗裙绮丽，珊珊而动，飘散了一片芳心惬意；"眉纹"又称眉子，多好听的名字，如古代女子之柳叶细眉，石质坚硬且温润、雅静中丝墨横溢，深受历代文人推崇。"眉子""金晕"，丝滑润泽，如有红袖添香、琴瑟相合，岂不是人间挚爱吗？苏东坡的《眉子砚歌》"君不见成都画手开十眉，横云却月争新奇。游人指点小瞿处，中有渔阳胡马斯。又不见王孙青锁横双碧，肠断浮空远山色……小窗虚幌相妩媚，令君晓梦生春红……"。

歙砚色如碧玉，恰似美人肌肤，又如美人懿德，坚、润、柔、键、细、腻、洁、美之八德兼备，入水一灌即莹洁，神清气爽焕然如新，墨香入脾如腾云驾雾一般，陶醉墨意成诗意，飞流直下三千尺。

一方古砚，用它深沉的情怀给世人轻轻诉说着徽州久远的文脉、历史的变迁和江山的更迭……老街有宋城遗韵足迹，我流连一番，附庸风雅一番，与墨香的情缘因了歙砚而撞击生情，其缘深厚、其情阑珊、其思敬畏、其心欢喜。

端然徽墨

西递古村一个窄小的巷子里，一个饱含历史风云的商铺，在白墙黑瓦下幽幽地光影乍现，进门一股发霉的味道扑面而来，那些无续摆设的物件满目疮痍、沧桑未眠。一方徽墨徜徉一角默默无闻，却又引人光芒，老板说是老墨，因年代久远了，外观显得斑驳陈旧。细看表面泛白，有零星黑星点缀，仿佛披了民国的绣衣，线脚婆娑、色彩深沉、松烟缭绕，一腔古意袭来，倒也是一个文化、一个商家的心怀……一个徽州文化的发掘与展示。

宣城徽墨，国家地理标志产品，长于高山桐籽树、漆树之果实榨油炼制，新安江的泉水，辅以金箔、麝香、冰片、香料、骨胶、珍珠粉等，成品徽墨落纸如漆、色泽黑润、经久不褪、香气浓郁，那丰肌腻理，叫人不禁轻轻拈来，嗅尽馨香。虽坚如玉、研无声、一点如漆，如美色在侧、珍珠玉成、光寒优雅地万载存真。

《金陵十三钗》里的玉墨，一个妓女叫玉墨，却极具讽刺意味，然影片结局玉墨和她的姐妹们，用生命保护了一群女学生，用灵魂最深处的光华照耀了天空。徽墨是那墨中女子，含蓄、内敛，像极了黄梅戏中的白娘子，典雅、清秀俊美。

徽墨在徽派文化中犹如一阕优雅小令，有苏东坡的豪放，也有李清照的婉约，有着宋词的风骨，淡然飘荡。一方精美的小墨，穿越了千年，在当下盈盈润润地静待芳华，它的芳华在歙砚的浅泽中，有泉水溢出，潺潺地融化了身心，像那寒冬中开放的梅花，不辞辛劳凌寒馨香。亦如流淌在月光下的溪水，黑的色、白的光，简约高级，丝绸一般的心思，细腻缠绵，厮守自己的一片光华。

在上海的一个路边小店，我得遇几枚徽墨，看上去保存完好，拿起来硬邦邦的，身心却蕴含诗意。老板看我挚爱，就介绍这徽墨的身世，看到这青山士子、清风道骨一般模样的墨块，终是忍着不住地收入囊中，幻想着化作长衫拂袖，有红袖添香，笔走龙蛇地墨香扬鞭。

中国字，没有墨怎么行呢？文房四宝中，墨的样子最可爱，横竖撇捺的汉字风姿在徽墨中再现风流，至今不衰，乃中华瑰宝也。

其实徽墨是低调成熟的，犹如京剧舞台上的青衣，倾国倾城，醉扇一顾再顾，让人随她陶醉。那端庄的姿态、细碎稳重的台步，不紧不慢地站定舞台中央，唱腔出口，雷鸣一片。

据说，古时制墨大师的墨，经久耐用，磨过的墨锭，利如刀刃，可裁纸张，墨中传奇，令人惊叹。徽墨若女子，就是贾宝玉唱到的"似一朵轻云刚出岫，娴静犹如花照水，行动好比风扶柳，眼前虽是外来客，心底恰是旧时友……"岂不是因缘使成，故事悠长呢？

徽墨是端庄的、脱俗的、文化的，它浓缩了一个民族的精髓，宛若一枚邮戳，深浅有致地镶盖在徽州文化中，在千年烟云中淬炼，在一张张宣纸中，梅落花开香飘万里。

现在研墨写字的人越来越少了，传统文化的沉淀让徽墨在现代繁华中默然了，但它的风骨犹存，它始终姿态优雅地端然一方，微笑大方地静候知音。

2019.12.20

安庆古城·黄梅小调续烟火

　　"盛唐之阳，皖江之北，八百年霞舞云涌，八百年日落月升，安庆古城是岁月的积累，是历史的叠加……"在南宋统治者"直把杭州作汴州"的温奢中，安庆以一种端庄的姿态，悄悄站立。从此长江边这个著名的港口城市以"万里长江此封侯，吴楚分疆第一州"的风水气势雄踞战略咽喉要地，曾被东晋诗人郭璞称为"此地宜城"，故安庆别名为"宜城"。

　　远观安庆城四方城墙，宋朝婉约的诗词缭绕，城内烟火弥漫、小调蔓延；书院朗朗诵咏、声声送听；谯楼上白日青天明镜高悬。地势之利，踞高面江，亦有"楼不倚江江倚楼"之气概。牌楼四柱三门，汉白玉石坊艺雕，繁简虚实、精湛高超……安庆古城拥有历史文化名城具有的各种特质，是追寻历史聆听江风唱诗的好地方呢。

　　一直想去安庆古城看看，于我还有一个戏曲的情结，黄梅戏的曲音，多年来萦绕心怀割舍不下，想近距离走近它，嗅一嗅黄梅儿的甜润清香，感受江边古城时代中的意气风发。

　　安庆，是黄梅戏的发源地，一缕妙音唱响了这个长江边上的古城，清新流畅的雅韵，在古城里律动昂扬，里面有黄梅小调的婉转、有长江边上氤氲的历史故事。

南宋绍兴十七年，长江边极目远眺，水天一色、船帆飞扬，寓意"平安吉庆"的安庆城端然伫立，得长江润泽呵护，在历史风烟中清风道骨、宋词灿烂，更有无关功利的生命之交代"生当作人杰，死亦为鬼雄……"。婉约词人李清照，历尽北宋南宋战乱颠簸，却正直刚强。安庆城清凛、古意芬芳，诗词歌赋都在历史的回音中吟唱，蕴含着不可多得的古雅之美。

可不是吗？有位佳人，在水一方，安庆古城白墙灰瓦，一袭素衫罗裙素面朝天，恬淡如一个蕙质兰心的女子，静立长江边，铸家园、绣烟火，休养生息。

从安庆长江大桥上望去，江风悠悠、江水涟涟、帆影绰绰、渔火点点，安庆城尽收眼底，它是怎样的一个情怀呢？随江风飘来一阵清爽的曲音，绵柔灌耳，古城烟火的铿锵、黄梅小调的甜润，瞬间爽至了心头……

安庆，也是我旅行的一个情结。

这里，有一个知音的牵缘，有徽州故事、黄梅小调的延续，有长江水润的记忆。往事成风、成景，却温良始终，每每掠过眼帘，在脑海中驻足、滋长。

好友说，她在长江边的安庆安家养老了，二百多平方米的大平层，设计合理，装修简易，处处是书香的味道、处处是情趣的展现。拍了视频让我参观，一间一间，几乎每个窗子都有长江的影子、有江风拂面的惬意、有四季观景的雅兴。每每临窗唱景、诗性而发，一张张清风爽意的图片、一首首古意琳琅的诗词都在这里随江风吟诵。而房间里悬挂的苏绣装饰画，透过江风的抚慰，成就了一种文化与另一种文化的碰撞融合，都在她的组合中落幕成景、成卷、成册。

我把安庆放在徽州系列中，是因为觉得安庆有徽州遗韵的影子，尽管安庆不属于古徽州辖区，可它身上有淡墨色的白墙黛瓦、有泼墨入画的徽州式记忆、有祁门红茶的深沉、有太平猴魁的阳刚、有贡菊花茶的缠绕、有徽墨润滑的烟云……有我好友涓眉的清风身影，那身影，衣袂飘飘清淡如花，每每倚江唱诗、词韵流丽、越韵婀娜、曲音呢哝……

黄梅小调的清丽，让安庆拥有了"文化之邦、戏剧之乡"的美誉。众多的名人名家把安庆的历史和文化点缀成一道道靓丽的风景，渗透在长江边，流淌在江风惬意中，飘扬悦耳。

最喜欢严凤英的《天仙配》《女驸马》等黄梅戏传统剧目，她扮相俊俏，唱腔质朴委婉，甜中带着一种可亲可爱的娇媚。黄梅戏的妆容讲究晕染、神韵，类似于古代仕女的淡妆，给人一种真实亲切的印象。小生眉眼上扬、眉峰微聚中风神俊秀；花旦则眉目含情，顾盼之间，自然一段潋滟风流展露。不同于其他剧种力求艳丽旖旎，黄梅戏更像一汪清媚山岚，缭绕缠绵缱绻万千，于清秀淡雅中慢慢渗透出万紫千红，让人听来欲罢不能，恨不能同台高唱。

《打猪草》《对花》《牛郎织女》等脍炙人口的唱段，流行于大江南北，令观众随演员在台上同唱共舞，黄梅戏贴近生活的风格，让它独树一帜，成为全国五大剧种之一，流行甚广。每听黄梅小调，都会不自觉地哼上几句，陶醉一时、回味一时。

黄梅戏的起源最早可追溯到唐代。据史料记载，早于唐代时期，黄梅采茶歌就很盛行，经宋代民歌的发展、元代杂剧的影响，逐渐形成民间戏曲雏形，至明清，戏风更盛，清乾隆末期到辛亥革命前后为黄梅戏发展的早期。

黄梅戏原名"黄梅调"或"采茶戏"，是十八世纪后期在皖、鄂、赣三省毗邻地区形成的一种民间小戏。其中一支逐渐东移到安徽省怀宁县为中心的安庆地区，被称为"怀腔"或"怀调"。也有说黄梅戏最早起源于湖北黄梅，发展壮大于安庆，由山歌、秧歌、茶歌、采茶戏、花鼓调等因素形成，先于乡村，后入城市，与本地方言相结合，经严凤英老一辈艺术家的继承和发扬，逐渐形成发展起来的一个剧种，并成为蜚声海内外的优秀剧种，其中《天仙配》《女驸马》等最为脍炙人口。黄梅戏不仅有独特的地方特色，还吸收了汉剧、楚剧、高腔、采茶戏、京剧等众多因素，形成自己清新独特的艺术风格，抒情流畅、质朴活泼，具有极强又丰富的表现力。

早期的黄梅戏表演，是用山歌、茶歌等结合旱船、龙舟民间歌舞形式，在过节或庙会上演出，纯粹是自娱自乐的自发组成，也是一种谋生的手段。记得有个电视剧《女人花》，就是演绎了以女主角黄梅儿为主线的黄梅戏艺人的坎坷故事，展现在画面中的黄梅戏演出是街头茶肆、酒店廊棚处的一些简易场所，也有专门搭建的戏台，定时定期演出，也有宣传通告的海报展示，但还是相对简陋。黄梅戏的清爽悦耳，使其追随者甚多，每次黄梅小调出口，都能引来观众的掌声与热情的叫好声。戏班出身的女孩黄梅儿，单纯可爱，通过演出经历了种种艰辛，在民国时期的战乱中，逐渐成长为一个有担当、有正义感的女子，并收获了自己的爱情。通过黄梅儿命运主线的演绎，反映了黄梅戏立足于社会江湖的艰难，更反映了戏曲伶人命运的艰辛，在社会偏见中要站稳脚跟，的确是一件不容易的事情。

正如当前戏曲不景气的现状一样，要发扬、传承这些祖国的传统戏曲文化，需要一代代的戏曲人和爱好者共同努力，新时代新体制下的戏曲文化，更需要理性、智慧的思维来传承和发扬。我之爱戏曲，怀揣着对传统戏曲文化的一种敬仰，执着于历史展现于戏曲舞台的一片掌声，也是对传统戏曲文化诠释真善美的一个感知。

黄梅戏由于起源于民间妇孺皆知的里巷歌谣、灯会社火之中的欢歌劲舞，这就是黄梅戏活泼的源头，再经过戏剧浪头的打磨，具备了戏剧性音乐的一些特质，形成了一种民歌式的曲牌体制。黄梅戏的唱腔有花腔、彩腔、主调三大腔系。花腔健康朴实，优美欢快，具有浓郁的生活气息和民歌小调的色彩；彩腔则曲调欢畅，与花腔相融而广泛使用；主调就是黄梅戏传统正本大戏常用的唱腔，曲调严肃庄重优美大方。黄梅戏以明快抒情见长，韵味丰厚，唱腔淳朴清新细腻动人，其通俗易懂更易于普及，深受广大群众的喜爱。戏曲的魅力无限，而黄梅戏清新朴实亲和的表演唱腔，更是令观众心情大悦，调节情绪，包治百病呢，呵呵……

行走在安庆古城，耳畔总能听到黄梅戏的曲音，从街头巷尾到艺术中心，古城的端庄淡然与黄梅小调的清爽，犹如大树与藤蔓，缠绵且诗情盎然。古城墙下、街巷深处，仿佛战火的车辙印迹犹存，残缺不全泥泞不堪，却无言地诉说着古城沧桑的命运，井台上那些幽然成景的青苔，带着历史的烙印，散发着久远的星光。安庆古城以铮铮铁骨的温润多情，成就了中华文明史上灿烂的一页，浓笔淡抹地意味深长。

从迎江寺远眺长江水系，渺渺烟云、呖呖风声，都在古刹身边掠过，振风塔临风傲立，几百年来依然神采飞扬为"万里长江第一塔"。身边华丽的殿宇，被江上波光粼粼的霞光反射着，散发着红彤彤的柔和，那是千帆过尽的释怀，是风云散去的淡定……

好友每每在朋友圈晒图，是她临窗远眺长江，感江风习习，看帆影婆娑，船只缓缓驶过，两岸绿树成荫，一个个风景荡漾在眼前。云朵远近蹉跎，任意地漂浮在天空，有霞光漫步窗外，弥漫在长江上空，都入情入理地飘进了她的窗子，成就了她的诗词。她说特别喜欢江风拂面的惬意，其实是清淡性情的流露，一腔才学，在古城苍茫的诗情画意中，淡然地吟诗作赋、安居乐业。

2020. 1. 20

人生路程崎岖，却也是风景无限。

走过山水林间、都市楼台，携取自然之光之雨丝风片，编织成我的样子。

一行墨意的风景、一曲瑰丽的妙音，伴随行走的脚印，在路上倜傥清扬。

不经意间，

日子一天天地溜走，素食素面素心肠，独自唱曲独自欢。

看朝霞灿烂，也看晚霞斑斓，任凭风云变幻，我心依然。

漫游散记

成都漫游记

都知道成都的慢，是一个来了就不想走的城市，适合养老的地方；都知道成都的辣，翻滚着红彤彤烟火的锅子，再看川妹子笑声爽朗的样子，可爱极了。此次抱病来成都，一直有些沮丧，因了身体的原因选择在市内漫游。曾两次入川，周边的景致走过不少，印象颇深，天府之国的美誉和古蜀发祥地的历史渊源及雪山美景相辉映，现在想起来依然心旷神怡。可能是老了，尤其喜欢安静、缓慢的生活节奏，比如看一朵花开，看夕阳西下，品一壶老茶……而成都的幽、慢、闲和文气都是极其入眼的，这座幽深的城市，有它独特的韵味，尽管有着大都市一样的热闹和人流，但它是最文艺范的城市。

成都是一座拥有三千多年文明史的古都，历史悠久，在天府之国中有"蜀中江南""蜀中苏杭"的美誉。初秋的早上，雾蒙蒙的，仿佛一席白色的纱衣笼罩，就连玻璃上滚动的露珠上都笼罩了一层面纱，迷离中有几分诗情画意。

最先去了杜甫草堂，特别喜欢草堂的幽静，树木森森、竹林掩映，这样的地方就连日光也浸入了丝丝绿意，温和了许多。草堂为杜甫作《茅屋为秋风所破歌》之地，诗人在此留有 240 余首诗作，这个历史名园因了诗人的情致而更加具有诗情画意，大雅堂、大廨、诗史堂、柴门、工部祠、少陵草堂、梅园等建筑精美巧夺天工、古朴典雅、清幽秀丽，具有北方建筑的框架，又兼具南方庭院的玲珑，经宋元明清修葺扩建，演变成纪念祠堂和诗人旧居为一体的著名文化圣地，是非常独特的"混合式"中国古典园林。

大雅堂陈列的国内最大面积的大型彩釉嵌磨漆壁画和 12 尊历代著名诗人塑像，形象地展示了杜甫生平和中国古典诗歌发展史，故居的田园风貌、诗情画意浑然天成。看园内草木丰茂、流水萦回、小桥勾连、竹树掩映，置身其中更能体会人与自然的和谐。草堂前面的河塘里居然有人在垂钓，围观了不少游人，那鱼儿欢跳，笑声一片，人间的烟火气在这里滋生蔓延，这样养老的好地方，杜甫老先生在几千年前就为我们选好了呢，呵呵……"万里桥西一草堂，百花潭水即沧浪"，仿佛看见诗人穿越而回，聚友草堂曲水流觞、忧国忧民的诗意昂扬，草堂因诗名扬天下，因诗圣而流芳后世。

成都的街道也很宽敞，没有钢筋水泥高架桥的闷挤，没有让人崩溃的喧嚣，绿树成荫、气候温宜，安逸之感油然而生。想那年三国争蜀，诸葛亮站在城头观风景，羽扇纶巾下文治武功，那一派高风亮节为后人敬仰。武侯祠内已然看不见三国鼎力的硝烟，只有一些让后人警醒的碑文对联。清人赵藩"能攻心则反侧自消，自古知兵非好战；不审势即宽严皆误，后来治蜀要深思"。借三国成败得失警示后人，在治国治家时借鉴前人的经验教训"攻心"和"审势"，这样的理念在文字上虽然不力，但在现代社会依然受用，灵活多变、白道黑道兼具的手法潜伏在我们生存的角角落落。历史中的人和事有消极的一面，也有积极的一面，作为我们能扬弃地学习借鉴就好。如电视剧《那年花开月正圆》里的女主告诉慈禧太后治家理念一样：祖宗之法能帮我挣到银子就用，否则就不理了。慈禧大悦，赏了她东阿阿胶，打赏了这一治家"理论"，做人做事要活络取优，但前提要合乎法则。

今日刀光剑影暗淡，黄尘古道淹没，兴衰无凭皆是缘。武侯祠内著名的红墙上将纷纷芸芸的英雄将士、文化名人都影印在册，一个个鲜活的面容依然折射着不朽的历史光芒。抚摸着墙壁上斑斑痕迹，心生感慨，兴亡谁人定，离合总关情，盛衰岂无凭……一切皆有定数吧。

逛累了吧，去隔壁的锦里古镇转转，这里有太多可爱的小酒馆，有高颜值的帅哥，知名度不高的餐厅里火焰薄饼在频频招手，浓浓的芝士搭配榴莲，就是不吃榴莲的人都会爱上它。茶馆亦很多，一杯清茶随意坐，看喷着火的变脸，五颜六色，看川剧里小媳妇整治不听话的丈夫，满口四川方言飞蹦，诙谐逗人，这样的剧情是编剧用来展示演员功力的，演员很卖力，点个赞吧。曲径通幽的街道上游人如梭，绿树掩映中的古戏台不时上演一段老戏，让时光在树林的缝隙中颠倒一回。两个浑身涂满土黄色颜料的伙计鸣锣吆喝着，舞台上一个丑角亮相，逗笑了台下的观众，放慢脚步边走边看，沐浴在这市井闲趣中。

下一站去宽窄巷子吧，宽巷子是一个有着老脸庞的怀旧地，一幢幢清末民初的青瓦灰墙建筑，当年西洋教会留下的遗迹，风格迥异，是老成都生活的再现，是一个城市往昔的缩影，风土民俗淳朴，在此漫步最能体会出"闲"的惬意；窄巷子则是一条小资情调的延长线，是"慢"生活区，这里的院落重重叠叠、错落有致，参天树木攀墙越户，连绵不断生生不息，这里是成都院落文化的集中地。从窄巷子便可穿越到宽巷子，一些具有格调的酒吧、餐厅、咖啡店、艺术休闲吧、文化走廊混迹其中，是一个极具文化主题特色的健康生活馆区，是文青们扎堆的地方，在这里可以体会到时光的停驻，可以悠闲地度过一个下午。踏着岁月留下的青石板，闻着淡淡的古檀香气，有一种恍若隔世的错觉，拍个文艺范的照片如何，我可是带了满满一箱子应景的衣服呢，呵呵……

走出宽窄巷子，慢慢地把喧闹声抛在身后，迎着霏霏细雨，跟着手机导航沿锦江一路行走。江边公园狭长窄小，人也不多，间或有行色木讷、手提菜篮的当地人，也会碰到骑单车的旅行者，慢成都的节奏渗透在城市的每个缝隙中。望江楼公园就坐落在锦江南岸，藏匿在茂林修竹中，买了20元一张的门票，再20元请了一个导游，给我一人讲解，给我一人拍照，好不惬意，嘿嘿……

进门就是翠竹夹道，细雨中的青竹泪眼婆娑，惹人怜爱，悠闲成都的样子扑面而来。园内岸柳石栏、波光楼影、亭阁相映，此园是明清时为纪念唐朝女诗人薛涛所建。望江楼又称崇丽阁，每层的屋脊都饰有精美的禽兽泥塑和人物雕刻，阁顶为鎏金宝顶，丽日之下，金光闪闪耀眼夺目，飞檐翘角雕梁画栋，设计巧妙显雄伟壮观。登楼远眺，对面城市面貌和锦江秀色尽收眼底。吟诗楼四面敞开、三叠相依；濯锦楼两层三间，状如舟船。一阁两楼与毗连的五云仙馆，构成极富四川风格的园林建筑群。

望江楼公园以竹为主，据说囊括了亚洲70%的品种，幽篁如海千姿百态，清趣无穷。薛涛纪念馆就静置在绿竹翠影中，她一生爱竹，用"虚心能自持，苍苍劲节奇"的美德激励自己。她发明的"薛涛笺"颜色花纹精巧鲜丽，在我国制笺史上占有重要的地位，用来与元稹等人诗词唱和，乐趣妙生也。想那时的薛涛斜倚在望江楼上，沐天空微湿、感阵风微波，江中雨点恍惚，泛起一个细小细小的圆圈，不远处一把彩色的小伞轻轻移动，如一朵翩然婀娜的云，江中几竿长篙，撑破了锦江中的楼影，真真叫人生出几分薄醉来……一幅雨景油画爽然入目，而粉红色的"薛涛笺"上也多了几笔秀丽的诗行。不远处有茶舍休憩，名为"薛涛茶馆"，坐下喝杯清茶吧，听着似懂非懂、抑扬顿挫的川话，忽略了那些雨丝，和薛涛一起感怀成都人日常生活的模样，数着时光片羽，淹没在竹林幽深处。

一城幽雨薄雾、潇洒缱绻，成都是温和典雅的。

成都的美食可是不能错过的呦，餐饮历史悠久，形成了独有的文化特色，随时随地到一家川菜馆，那些小吃小菜的香气飞扬跋扈，什么"耙耳朵""惊风火扯""日不拢耸""飞飞儿""侠肝义胆""草船借箭""翻江毛肚"等等。成都的水也是隽永的，酿就了这些多姿多彩的方言菜名及"三国美食"，好奇中品味这些让人目瞪口呆的小吃，看着都会食欲大增。路过一家冒菜馆，选了楼上一个临窗的座位，点了特色的冒菜，煮熟的菜沾上用中药和各种调料配制出来的汤汁，一勺一勺耐着性子慢慢吃。有人说"冒菜就是一个人的火锅，火锅就是一群人的冒菜"，将四川特色菜融在一起，辣出了新境界，吸引着国内外的游客。

晚上在九眼桥周边逛逛吧，具有400多年历史的九眼桥两侧，分别是平民酒吧的九眼桥酒吧和白领酒吧区域的兰桂坊，是成都夜文化的标志，大大小小的酒吧，闪着夜魅的光芒，你可以一边欣赏风景，一边品酒买醉，只可惜，古老的文化被现代的荷尔蒙冲击绑架了。

几天来，流连在成都市内，还是更喜欢它历史文化中的那一种文艺范姿态，就连公园里每一个石块上都篆刻着红色的印章，或一个独立，或三两个相守，上面有关于前朝今生的诗文飞扬，有古今名家名诗名言，有成都文化人的沉淀。

成都的美在于它有着"闲看云卷云舒"的从容，天然浸透着浓郁的文艺气息，就连那一个个茶馆里飘出的茶烟，都有着高山流水的胸怀，古色古香、沁人心脾。

2018.10.23

蓉城·绿苔之恋

成都又称蓉城，相传五代十国后蜀国王孟昶为讨王妃花蕊夫人欢心，令成都遍植芙蓉花树，待季节到来，成都便是十里芙蓉如锦绣，满城生辉，因此又被誉为芙蓉城。蜀国被灭后，花蕊夫人被赵匡胤掠入后宫，因思念孟昶不从而被杀，后人敬仰她的忠贞，尊为芙蓉花神，称芙蓉花为"爱情花"。自唐朝起，成都每年农历二月都会举行盛大的花市，此时芙蓉城里百花齐放争奇斗艳，古城尽展妖娆富丽，令人眼花缭乱，蓉城的美誉也流传至今。

当芙蓉城上空弥漫着浪漫花香的时候，俯瞰市容绿茵覆盖，依偎隐居在葱茂繁华中的是赢赢弱弱的绿苔，它无处不在，绒绒的绿意醉人，仿佛那绿色丝绒的礼服，放射着一种低沉高贵幽深的光芒，在它独自的舞台上旋转、安恬。

恋上成都的散漫、恋上蓉城的绿水青山，绿苔用弱小的身躯倾诉着与蓉城缠绵的倾城之恋。

如果说苏州冬日的瓦上霜是一个诗意的景致，那么成都遍地的绿苔，则是最有情意的风景，它陪伴缠绕在城市的每个角落，用深情述说着无限的依恋。蓉城潮湿的气候特别适宜绿苔的生长，给一点滋润就会繁荣兴盛，像极了一个纯真的孩童，活泼灵性，被忽略了也依然故我，无拘无束地阳光灿烂。它悄无声息地依附在城市深处，用深深的情意装点维护着这个城市的容貌，绿苔是蓉城一道不可或缺的独特风景，凡是来此的人，都会看到绿意盈盈、情深款款的绿苔，也自会生出几多感叹。

绿苔极具生命力，青瓦间、砖墙上、石缝中、树干上、马路边都有绿苔的影子，它攀爬在斑驳的墙缝中，漫铺在老屋的旧瓦上，用深情的意念点缀着关于古城的浪漫梦靥，催生出层层绿意和唯美的诗意。它不喜欢生长在阴暗处，要在一定散射的光线和半阴环境的潮湿中，才会有绿苔蓬勃生长。它不耐干旱、不喜烦躁，其实绿苔是一种性情清宁的植物，贞静、温和、内敛的性格特别适合生长在蓉城，看似单薄卑微的生命，却拥有一颗清明澄澈的心灵，温婉幽雅，宁静安详与世无争。特别喜欢这些干干净净、情意绵绵的绿苔，淡淡的植物芳香溢出，无声地折射出意味深长的生命内涵，教会人们热爱生活。看似野草般的冷清寂寥，实则是一幅深入浅出、浑然天成的青绿山水画，用细腻的画笔勾勒出蓉城绿茵茵的样子，一边听着浪漫的故事，一边数着散漫的日光，安享悠闲。如果没有了这些绿意绰然的青苔，蓉城会少去好些生机盎然的诗意，古城的光阴也会有许多苍凉和寂寞，绿苔正是衬托芙蓉花最好的陪伴，让人们在欣赏风景的同时，感悟生活的真谛，珍惜拥有。

绿苔之美清远又香腻，悄悄地舒展着幽幽的骨骼，与岁月缠绵成一抹素简淡香的缘分，那摄人心魄的苍绿落在眼里，忽闪着微弱的荧光，竟然在心里泛起了一丝丝疼惜，不忍踏过。屏住呼吸看它的微小，虽微小，但闪烁刚毅，这生命的气息，是给人宁静希望永恒的。小小身躯亦比得过高山的刚强，看似微弱里蕴藏着许许多多积极向上的意念，它坚强的生机，让浮躁的灵魂慢慢沉淀安然。在成都漫游，绿苔是最好的沉淀剂，看到它与这个城市的纠缠融合，力量居然是那样的强大，这份绵绵的情义又是那样的源远流长。

想那花蕊夫人浪漫的爱情故事，在这天府之国中，任凭天上地下共缠绵；也有"青蛇"在山林湖水间畅游，想来四川这地方滋养了妖娆莽撞、天真未凿的小青蛇仙，着绿装，妖媚可爱。张曼玉的《青蛇》极尽妖娆，风情万种地在人间走了一回，把人和妖都演绎得特别到位，怎么描写都不过，美丽的传说自然美妙多情，也被世人每每搬上舞台。这绿苔和蓉城的缠绵如那美丽的故事一般，增添了天府之国的神秘和浪漫情怀，自然也多了几分"小乔初嫁了"的雄姿英发。

陶渊明的田园之美"采菊东篱下，悠然见南山"，可也是行走在绿苔阶上？刘禹锡"苔痕上阶绿，草色入帘青"的景致古雅恬淡，则是别有一番风味呢；是"空山不见人，但闻人语声"的幽暗与疏旷？诗人们经常借绿苔抒发寂寞怀故的默然情怀，绿苔已然成为了孤寂、冷清的美学象征。有时候那些最寻常的所在亦是有着大美的格局，有着一种古老悠久的启迪，像绿苔，在蓉城铺满眼底的样子，盈盈地被吸引了，这恍若梦境的青绿色，氤氲在浓稠的湿气中，摇曳在大街小巷，讲述着那些老城老街的时光故事。

记得袁枚有诗云："白日不到处，青春恰自来。苔花如米小，也学牡丹开。"原来绿苔的寂寞并非忘记了时间呀，它比牡丹更灿然，自有一番情怀涤荡在心间，绿苔在蓉城一年四季都散发着清新的味道，它才是繁华中最长情的一缕，也是低微处最灿烂的自我盛放。

2018. 11. 8

锦城·花心嫣然

都说择一城，爱一人，相伴一生。非也，只要爱上心之所爱，一样可以愉悦一生，芳华不老。

在成都漫游，心心念念想去"蜀锦博物馆"，因时间原因没有成行，遗憾了好久。对于非物质文化遗产传统刺绣的喜爱，让我一直惦念，也一直想写一篇关于那些花花朵朵的文章，成都归来已经放不下了，就让那些清绝艳丽的花朵绽放在我拙劣的文字里留个纪念吧。

虽然没去看蜀锦绣品前朝今生的故事，但传统刺绣的脉络一直萦绕心怀。四大名绣为蜀绣、苏绣、湘绣、粤绣，也还有一些更细致的地方绣品，进贡到紫禁城受到喜爱，毕竟皇家用得起这样奢华的绣品，在不断改进中形成特色的宫绣，自然有了自己独特的贵族风格。眼下热播的清宫剧，冲击视觉很耀眼的那些绣衣，奢华贵气，让百姓望而兴叹的同时，也感叹传统文化的博大精深。作为四大名绣之首的蜀绣，自然有它不凡的底蕴和兴盛，在天府之国的宝地上，它的繁荣引领着社会的发展和进步。

成都也称锦城，特定的地理气候条件，丰富的物产资源，具备了制作锦绣需要的桑蚕丝，及草本植物染料的形成生产。战国时就已经出现，三国时，诸葛亮把蚕丝生产放在重要位置，一度成为军费开支的主要来源。蜀锦又称蜀江锦，大多以经线彩色起彩，彩条添花，经纬起花，先彩条后锦群，方形、条形、几何骨架添花，对称纹样、四方连续，色调鲜艳，对比性强，是一种具有汉民族特色和地方特色的多彩织锦，与南京的云锦、苏州的宋锦、广西的壮锦一起并称为中国"四大名锦"，具有 2000 多年的历史。

四川桑蚕丝绸业起源较早，是中国丝绸文化的发祥地之一，被列入第一批国家非物质文化遗产名录，日本国宝级传统工艺品京都西阵织就是以蜀锦为基础形成的。品种花色众多的蜀锦，用途很广，传统构图雨丝锦、方方锦、条花锦、散花锦、浣花锦、民族锦六种都十分精美。任时光荏苒流转，这些美丽的锦语绣履一直在恬静地低吟轻唱……锦城、锦江、锦里，这些文化符号渗透在成都的大街小巷，因锦而盛，旧时拥有蜀锦的衣服代表着地位和权利，因此有了"锦衣玉食""衣锦还乡"这样的成语，可想而知，四川锦绣的繁荣在全国的影响有多么深入。

"濯锦江边两岸花，春风吹浪正淘沙。女郎剪下鸳鸯锦，将向中流匹晚霞。"诗人刘禹锡《浪淘沙》将蜀锦与晚霞交织成影，描绘了蜀锦的绚烂、曼妙与温和，这一幅美妙绝伦的织锦图画，可不是要"惊奇鸳鸯出浪花"了吗？这样祥和温润的画面直入人心。

成都的蜀锦艺人善于巧妙地运用动物、植物、器物、字纹、自然景物和各种祥禽瑞兽作题材，图案吉祥如意、祝福、长寿、昌盛等美好吉利的寓意，其产品在"丝绸之路"沿线外销量极盛，丰富了中国和东南亚、地中海周边各国等贸易往来，受到了极大的欢迎。丝绸路上驼铃声声及茶马古道的足迹，都深深印证了蜀国锦绣文化的发展和精进。那花鸟鱼虫、鸳鸯白头翁、如意百合、牡丹芙蓉海棠惊……不仅渗透在百姓生活中，也是官服中常见的题材图案。特别是清朝，官服运用绣品最是盛行，蜀锦耐磨精致的特性，盘金绣、打籽绣、手推绣、缂丝等，祥云缠绕、富气贵胄，彰显了皇家气派和达官贵人的富贵骄傲。蜀绣则是后宫佳人的最爱，不同于蜀锦是织出来的，蜀绣是用彩色的丝线在丝绸上刺绣出来的各种图案，更有温和漂亮的容颜，这些老祖宗留下的非遗文化，在经验丰富的老绣工手下跃然出彩。有时候看到一件漂亮的绣品，都不忍心用粗糙的手指去碰触，而是小心翼翼地就用眼睛触摸感怀那一段段锦绣沧桑的历史，在一针一线的讲究中，感叹织锦刺绣工艺的深奥，体会淋漓尽致的文化内涵，感念古人丝丝润润的柔情和追求，瞬间就会对中国传统文化敬畏有加。

成都平原水土丰美，气候宜人，百姓们栽桑养蚕，巴蜀丝蕴锦绣，古人将锦绣和金银珠玉同列，可见其昂贵珍稀，曾经是蜀国对外交易的主要物质。由于织锦绣品的精美程度独步天下，发展鼎盛时期，带动了货币业的发展，成都出现了我国最早的"交子币"，享有很高的国际声誉。

电视剧《延禧攻略》运用的传统锦绣文化甚多，据说也用了接近史实的"莫兰迪色"作为服装的基本色调来进行刺绣，在人们津津乐道掌声四起的时候落下了帷幕。同时另一部清宫剧《如懿传》上场，相比色彩艳俗，但正是这样花团锦簇、红花绿叶的俗风，渗透出传统刺绣文化的骨髓，细品那丝丝扣扣、密密缝缝，深深膜拜，实乃有着烟雨初霁的舒展惬意，那美了数千年的中国花色，让我们为之安慰、欣喜、自豪。

青衣

　　漫步在成都的绿荫中，从未有过的安然，看生机勃勃的花草含羞开放，这些润泽的树木定居在锦绣花园，开在四季、开放了数千年依然是东方不败，依然妖娆嫣然、仪态万方，俨然一个端庄秀丽的古典淑女。

　　"盛唐牡丹"就是这样的女子，在灰色古旧的宽巷子里，是茫茫人海中的灵魂伴侣。"得之，我幸；不得，我命。"有人用徐志摩的爱情诗句形容那嫣然的绣品，那灵动的喜悦，胜过人生之初见的美好呢，这一个花心，荡漾了几十年，随生命昂扬。进门来，有温润的女子微笑相迎，淘了一件暗玫红的绣花上衣，抱着衣服心花怒放，感恩遇见。是的呢，对于女人来说，关于爱好服饰的喜悦是超越一切的精神陪伴。

　　走出街巷口，一个瘦小的老太太坐在路边卖栀子花串成的手链项链，再看游人中不乏香风送爽，我定睛看老太太，她冲我微微一笑，我也报以微笑。那一刻就想这锦绣城中的女子该是怎样的温婉娴静呢？尽管岁月有痕，可传统文化的滋润，让成都女人如花般的行走此间，如那翠绿的手镯在阳光下泛着淡淡的光芒，也如那栀子花的手链，随风飘着淡淡的花香，那是一种沉淀了人间滋味的淡然，即使繁华落尽，心中仍有花开的声音。心中的安逸，给自己、给岁月一个花香萦绕的温馨。又如那清丽的锦绣花品，历经数千年越发显得精湛、清醇，风韵绮丽地风情万种，艺术气息浓郁，令人们趋之若鹜，得之我幸也……

　　岁月是永远年轻的，但当我们慢慢老去的时候，你会发现，童心未泯其实是一件特别值得骄傲愉快的事情，有这样的花心陪伴，也是我能想到最浪漫的事情了，呵呵。

2018. 11. 20

2018 之园林情怀

都知道苏州园林甲天下，而园林文化并不只是在建筑上面有着极高的考古和艺术欣赏价值，同时也在于人文情怀上，成为了一种探寻江南文化的象征，让我们从中窥探更多的古今园林的一些历史状貌，了解江南精巧典雅的古典建筑园林文化，让流连于江南园林的情怀更加温馨和感恩。

中国古典园林是中国古建筑和园艺工程高度结合的产物，是自然美和艺术美的结合体，是中国优秀传统文化遗产中的重要组成部分。它也是中国传统居住、休闲、观赏、文学艺术等综合营造的艺术空间的体形环境。园林里的山山水水和花草树木，使园林显得生机勃勃、情趣幽逸。"石本顽，有树则灵。"树木让顽石有了灵气，画面才有气韵，植物是人类生存的命脉，古人说："山借树而为衣，树借山而为骨，树不可繁，要见山之秀丽；山不可乱，须显树之光辉。"人类让林木的生机塑造了顽石的雅趣，有了文化的内涵，古往今来，苏州古典园林滋养着后人休养生息，也是文人风雅的综合体现。

在苏州，流连于苏州园林文化的精巧和经典，跟随昆曲光影行动，从昆曲魅影的角度徜徉在假山石林间，更能体会白昼之间不同的园林景观，那些光影里变幻莫测的山石林木，幽然神秘，无声地诉说着一个个古往今来的园林故事。

耦园，一个安静的小园林，没有拙政园的大气、没有留园的精巧、也没有狮子林的调皮……它独处一隅、端坐一处、恬然文静，尽显姑苏"人家尽枕河"的意境诗境。

清同治年间安徽巡抚沈秉成抱病下野，建耦园偕爱妻双隐，有诗为证"耦园住佳耦，城曲筑诗城"，"耦"通"偶"，指佳偶连理。夫妻俩摒弃了世间纷争，汇聚自然精华打造了耦园古朴典雅沉静和谐的基调，二人流连于诗酒联欢吟风诵月的风流岁月，书生意气地潜心修道自在逍遥，如今虽佳偶不再，但诗城已然门额"耦园"两字一面为隶书，一面为篆书，古典韵味斐然。大门框内是用上等的竹片拼制髹漆而成，细密的交织中把沉涩剔除了，生动活泼的生活情趣跃然而出，男耕女织的和谐生活气息越发浓厚了……

从耦园正门进来，一下子就走进了一个地道的江南小院，曲折幽深，使人想起欧阳公的《蝶恋花》"深深深，杨柳堆烟，暮霭无重数……"狭长的过道给人一种凝重感，感思着慢慢前行，陡然开阔如临梦幻，就像一个人长期在黑暗中行走，突然置身于光明一样，恍然不知所措。仿佛再见沈氏夫妻缠绵于亭台楼阁，看小桥流水、长廊曲折，从任何角度都透露着和谐甜蜜。沿着夫妻廊向前就是"吾爱亭"，相传女主人严永华每日在此弹琴，亭前正对曲桥流水。左边是"听琴轩"，这是男主人听女主人弹琴的地方，缠绵的琴声就是一座传递爱的桥梁。夫妻俩在此度过了八年的美好时光，置身于花园的每一个人都会被感动，流连于黄石假山的最高园林境界，感叹这爱意浓浓的园林庭院，也感叹古代文人不得已的仕途无奈和淡然一切的人生情怀。当沈秉成再次入仕重回耦园，已是佳人不再，在绝望中修整耦园，守护这爱的见证。可想而知，这样的孤独是心有所属的，其实也是一种幸福呢。如那李隆基和杨玉环，马嵬坡前魂亦断，天上人间共缠绵。耦园相对于沈秉成而言，既是浪漫的回忆，又是此恨绵绵无绝期的长恨歌，人世间的爱恨情仇，谁能说得清呢？

从晋代开始，文人们在战争频繁、党权争霸、政治主张难以实现的情况下，采取了一种以退为守的内敛式的生活方式，桃花源的创造、乌托邦的具像构造，以一种出世的心情去过人世的生活，于是，园林式的家宅庭院兴起。江南气候宜人，文人富贾纷至沓来，纷纷效仿玩味风雅，形成了江南特色的园林，名扬天下。

江南湿润柔和的气候特点让园林文化诗意盎然，文人小隐、浪迹江湖、寄情山林的一种文化形式逐渐形成。具有园林情怀的沈氏夫妇，打造了耦园叠山理水、坐拥山林的自然美景，诗文酬唱、风雅无限。耦园内兰桂飘香，四时景致各异，催发了主人雅兴，细听松子落地，奏和高山流水，琴瑟和鸣，只羡鸳鸯不羡仙……园内那三扇冰裂纹的窗户在黯淡的室内织起了一张思想的网，宜静定、宜小聚、宜清乐、宜雅淡，而作壁上观，推窗即成三幅绿意盎然的诗画作品。特别是月正中天时，光辉落在树梢，景致清宁，饶有禅机，令人深思遐想。这样园林中的夜晚，最是享受红栏曲水的欢畅与安宁幸福的和谐，遥想当年沈秉成夫妻临流照影、昆曲清唱、情动山水，恰似神仙美眷也。

耦园具有江南园林所有的特色，粉墙黛瓦、小桥流水、靡靡之音、风韵情浓，叫人怎不流连忘返呢……耦园具有浓郁的士大夫私宅风格，看苏州园林，味道最重要，而耦园的味道最是让人回味的，设计上奇巧的心思，精于心灵的安逸，也是人性的美好追求，更是古代文人墨客风骨的体现，耦园集静雅浪漫于一身，是苏州园林中的一朵奇葩。

　　江南一代富庶，自古有"海潮过昆山，苏州出状元"的说辞，夙称人文荟萃之地，尤以苏州一府，自唐代至清代苏州就有文武状元六十位，是名副其实的"状元之乡"。苏州园林的形成发展与这些文人的思想密不可分，这些状元都有着不同寻常的故事，与状元有关的遗迹也蕴含着丰富的状元文化。那些状元府邸，都是苏州园林文化渗透的最好见证。明代的申时行、文震孟；清代彭定求、彭启丰祖孙状元和石韫玉、潘世恩、吴廷琛、洪钧、陆润庠等人的宅邸，有的重门叠户气势恢宏，有的雕梁画栋小桥流水人家，是居家养生的最佳住所，至今都保存完好，系古典园林建筑中遗存的传世精品。

　　这天的活动安排在平江路边的花间堂（原探花府），在一片粉墙黛瓦之间，潘宅的大门低调内敛，只有门楣上的"探花府"三个字，隐隐地透出名门望族的富贵风雅，苏州望族潘氏老宅，就静静地伫立在南石子街上。潘家门第显赫，人称"贵潘"，家族之中，状元、探花、翰林、举人不胜枚举，享有"天下无第二家"之誉。潘宅因收藏"大盂鼎""大克鼎"而闻名于世，收藏者潘祖荫曾中探花，故名探花府。潘祖荫的祖父为乾隆年间的状元，历事乾隆、嘉庆、道光、咸丰四朝，被称为"状元宰相"四朝元老。得到了御赐圆明园宅第的恩赏，为谢皇恩，其儿子在改造苏州南石子街老宅时，特仿北京圆明园赐第的格局，营造了这座大型古宅，建筑风格虽取法圆明园，仍带有鲜明的江南特色。由门厅、茶厅、正厅、内厅、走马楼五进组成，四座四合院由五进楼围合而成，步入其中，一座比一座宽敞，一座比一座恢宏，一座比一座精美，特别是收藏青铜器的攀古楼庑廊高大、户窗敞朗、砖雕精美、凭栏梁枋的木刻隽秀细腻，仰面四望，别有洞天。整个设计防火防潮、通风采光、瞭望射击等功能在苏州古建筑中所见极少，目前仅潘宅一处，若非名门深府，绝无此等配置。就整个建筑而言，潘宅堪称南北融合的典范，也是封建社会朝中重臣呼应君子的乾坤气度，也是江南雅士怡养情性的别样情致。然而再显赫也敌不过风云变化，抗战期间，日本人频频至潘府寻宝，老宅遭到破坏，但盂克二鼎被埋入地下，躲过劫难。建国后，潘家后人将二鼎捐献国家，现分别为中国国家博物馆和上海博物馆镇馆之宝。当历史的烟云散去，也抹去了曾经的富贵荣耀，历经浩劫的老宅只留下一个沧桑的轮廓，可那一廊一柱皆有渊源，一砖一瓦皆有来历，修缮后留下了我们眼前的探花府——花间堂。

修缮过的探花府玲珑多姿、假山清泉泛漫而下，一座船舫临水而建，置身其中，让人不由想起《红楼梦》里的藕香榭，同是在水畔，史湘云开海棠诗社，设螃蟹宴，一行人煮茶烫酒，吟诗作对，是何等风雅。而潘宅如那般设宴，竹林乱石旁，再有昆曲度水而来，又是何等的惬意呀！自古风雅都是文人墨客的情怀展现，现下的花间堂拥有当年探花府邸的辉煌，也揽住了当下的繁华，进门犹如越过桃花源之隐秘入口"初极狭，才通人，复行数十步，豁然开朗"，有茶香飘来，苏州两千年的富贵风雅伴着淡淡的茶香，在这个充满了繁华故事的私家园林里弥散开来。看门厅里那个刻满花朵的青铜色长柜，花朵的胭脂色、花蕊的萌黄色、枝蔓的花叶色、暗纹的栗皮色等交织辉映，宛若记录在古器上的神秘暗语，与春天园林内的山石树木有了时空的交集，与来此探幽的人们有了穿越的切磋。

155

青衣

　　流连在探花府（我还是愿意称它为探花府），看不够这座老宅的风雅故事，竹山堂充满了文人气息，步入其中，音乐舒缓清雅，空气中若有若无地飘过缕缕墨香，这是老宅私家定制的特殊熏香，浸入嗅觉，让你忍不住地要挥毫落笔、吟诗作画呢。而这里的一切，也绝非老宅主人叱咤朝堂的文韬武略，而是姑苏才子的至真至性至美。今日古典与现代的碰撞，也同样是精致和高雅的苏式园林生活方式的风流模式。推门便是池塘，锦鲤成群、碧波荡漾；登楼凭窗可远眺，坐观古城风貌。只待情性风发，便可焚香煮茶会友聊天，别有一番情趣、别有一片洞天。这种大隐于市的书香气质，让有心人在翻阅古雅的书写白板时，收获了意想不到的惊叹……浸润在探花府的每一寸空气、每一次呼吸里，都是在自然地绵延苏州探花府两千年的富贵繁华高雅。在这样一个充满怡然雅趣的园林里大隐小隐，周身环绕着浓郁的文化气息和生动气象，也立时有了一种"结庐在人境"的况味了……

　　几天来，穿行在苏州小巷内的园林里，走走停停，竟然也沐浴了一身的诗词曲调，受益匪浅感慨颇多。这些园林很紧凑，也不远，转过几个小巷就可看到隐匿在寻常巷陌里的深宅大院，古典士大夫风格的私家园林，精致奢华却低调内敛。

　　路过一个寻常门户，推门进去，走不远就有人阻止不能再前行了，转身才看见几个着红色古装的服务员女孩，我说自己走累了，想找个地方喝茶歇歇脚，她们说这是私家园林，只能参观到此，里面是私密住宅，没有预定不能进去参观。看里面曲廊回流、林木葱绿，越发好奇，商量片刻才勉强同意进去看看，也不好意思走太远，深幽的园林，静谧安详，只记住了"墨客园"三个字。

　　继续前行吧，好在不远处就有一个茶舍，终于可以坐下歇歇脚了。一个戴眼镜的女孩过来，我点了茶点，慢慢地让自己奔波的疲惫放松下来。茶过三巡，精力恢复了一些，浏览室内，柜台堆满了茶叶，对面的茶海上几个大小不一的养壶茶笔，蘸着茶水放在黑色的茶海上面，墨色的样子与几案上的毛笔无二，透着一股淡淡的墨香。再看旁边的小桌上，是一叠叠写就的毛笔字，看着稚嫩，如眼前的女孩一般清秀，定是她的大作吧。女孩拿来糖果让我吃，我们对面喝茶聊天。聊起茶舍东边的私家园林，她给我讲了一个故事：茶舍开业早期，不时有两人来喝茶解渴，着布衣、戴草帽、穿布鞋、拿锄头，如农户一样朴素，烈日当头也一样汗流浃背地沉默不语，喝茶完了就离开。时间长了就觉得奇怪，终于有一次开口询问，原来是爷俩，就是隔壁"墨客园"的主人，当时正是建设期间，主人张桂华爷俩都是亲力亲为，找来专业团队，拜访苏州园林专家，保持"修旧如故"的理念再创新，历经十年的打磨，才有了这番景象。能花心思用十年来重建园林的人，想必一定是富有人生阅历、热爱中国园林传统文化之人。这个九二年出生的女孩感叹地说，园子主人也是一个特别有情怀的人……是啊，且不说巨大的投资，没有园林情怀，成就不了这样的事业。

历史上的墨客园是明代画家张灵等人开办的学府，学子文人们常聚此品茗作诗，举办各类雅集，也是吴中四才子唐寅、祝枝山、仇英、沈周经常雅集的地方，一度高朋满座、舞文弄墨。据传曲园、怡园、耦园、网师园主们都曾在这里挥毫命素、吟诗作文。丰厚的人文底蕴，薪火不断的历史传承，在墨客园诗意地进行着……自然与人文融合的风貌，符合现代文人的风雅理念。掩门是一个悠然隐逸、法道自然的精神世界，推门而出即是车水马龙充满人间烟火的市井世界，这是一种热爱古典园林文化的情怀，把苏州园林的诗性和品性，一代代地传承下去，也让更多的人走进园林、感受园林、理解园林、融入园林。漫步平江路，一转身就可以走进这座花园的园林，感受主人的园林情怀，感受新时代文人雅集的浪漫书香之气，感受这熙攘闹市藏山水飞瀑松林之乐趣也。

都说择一城，爱一人，终老一生。而苏州就是那个可以携风望雨、浪漫天涯的园林城市吧。据传墨客园旧址就是当年伍子胥建姑苏古城的地方，历史中一个人与一座城的千古传奇，大可以让我们学学伍子胥和苏州城的故事，在园林情怀里感受姑苏城历史的问候。女主人命名的"同心"拱桥，借了耦园的风雅，再瞧那拓金草书"墨客园"三个字，大气厚重，又具有了一番素净和谐的文化气息。当下，春日绿肥红瘦，芭蕉海棠依旧。知否知否？吾亦寻雅误入亭侯……假山隐约朦胧，仿佛一片水墨丹青，白墙上竹影摇弋，雀儿掠过松枝荷塘，叽叽喳喳地飞翔在园林内，这一番景象，疏密时时为画，上下处处是景。三亩园林、天井小院、巧妙造景、一方富丽、一种情怀，苏州园林甲天下。

岁月变迁，不变的是园林的清雅气质与翰墨书香，看那些隐于闹市的园林画卷，在人间天堂、百园之城里缱绻缠绵，沐浴郁郁葱葱香樟木树，望小巷花木交相辉映，枕小桥流水抚琴一曲，听磨人昆曲源远流长……一个园林情怀，一种文化期待，有朋自远方来，不亦乐乎！

2018.6.6

2018 之胡杨情怀

对胡杨林的敬意由来已久，只碍于路途遥远，一直不得见真颜，今秋成行，终了夙愿。当一年中短暂的观赏期到来，一行数人一路狂奔，来到了额济纳境内，来到了胡杨林的身边。

胡杨林生长在沙漠旷野中，枝干极尽舒展，有一种赤条条来、赤条条去的洒脱不羁，有在蛮荒之地仰视苍穹、问责宇宙的气贯长虹。是"一千年不死、一千年不倒、一千年不朽"的精神被世人感动颂扬，在太多摄影作品中欣赏到胡杨不屈不挠又优美的姿态，感慨于大自然造物的神韵。在夕阳西下或者朝霞初生时，特定光影下的胡杨林极尽妖娆缠绵，美的不可方物，恬静中仪态万方，以不动应变动，随潺潺流水、绚烂霞光尽抒诗情画意。这时的胡杨林浑身充满了情意，温柔大方地把自己充分展示给了镜头，披一身金黄灿灿、耀眼夺目，不自觉间游人沐浴其中，陶醉、不忍离去……到额济纳已是傍晚时分，突然间出现一大片波澜壮阔的金黄色，在夕阳下熠熠生辉，极大地冲击了视觉影像，好像走进了童话世界，美得有点不真实了。

科学家从发现胡杨化石断定胡杨树有 6500 万年的历史，有着惊人的抗干旱、御风沙、耐盐碱能力，能顽强地生存繁衍在沙漠之中，被誉为"沙漠英雄树"，人们赞扬它的精神，学习它的坚韧，感谢大自然赐予这宝贵的财富。细观金黄的叶片呈心形又饱满，有细小的叶刺围绕，中间树叶的纹路清晰、骨感硬朗，再看它的躯干，那一身的沧桑让人肃然起敬。斑驳、粗犷、坚毅、乐观、忍辱负重、自强不息，小小的叶片依附在看似毫无生机的树干上，实则充满了灵性，与大漠孤烟长相厮守不离不弃，见证了风流天子、君王"驴友"周穆王和西王母那缠绵缱绻若即若离的爱情故事，演绎了一场天上人间"爱江山也爱美人"的传奇。从而阅历了那时金戈铁马、飞扬闪烁的交河神骏和环佩叮当……亦听见丝绸路上驼铃声声，望尽孤烟远直的漫漫长路，张骞的隐忍和卧薪尝胆、玄奘的佛心善念，那些刻骨铭心的孤独和荆棘丛生的艰险，终究没有改变心智，最终修得正果。

胡杨的守候见证了北方历史的变迁。几千年后的今天，金秋送爽，胡杨林依然在蓝天下燃烧，炽烈的叶子金黄耀眼，一尘不染，那果敢、壮烈、凄婉，如泣如诉、如梦如烟，它是一首洋洋洒洒的散文诗，是一幅旖旎多情的美画，在大漠深处独自妖娆、独自吟唱。

仰望胡杨，感触秋风中的朔朔落叶，禁不住去抚摸这饱含沧桑的过往，当残阳如血、漠风当歌时，去寻觅那些烽火狼烟、羽翎飞翔，思绪沉甸甸地飘扬，古道蜿蜒笛声幽咽，对视着胡杨竟然泪水也潸然……这是沙漠的脊梁，扛起了担当。飞旋的落叶，天籁般的笛音撩拨着感动的心弦。因了相见而澎湃，因了情怀而浪漫，在无垠的辉煌殿堂中，咀嚼蓝天下的金黄，感怀天工雕琢之美景，感受胡杨寂静无语却博大精深的隽永情怀，感叹三千年美不胜收的思念。

　　白娘子说：千年修得同船渡。与许仙天上人间的情缘每每感动在民间。那胡杨林三千年的等待又该是怎样的情缘呢？胡杨不需要誓言，却将秉性根植于大漠而无怨无悔地怒指苍天，用坚韧不屈的精神诠释了生命的辉煌。当我们在水泥城市中变得麻木、踟蹰彷徨的时候，应该去聆听茫茫沙漠中胡杨林的呐喊，去唤醒灵魂深处的昂扬。

　　其实，胡杨也不孤独，在它身边，依偎着一丛丛一簇簇的红柳，温柔娴静，它便是胡杨的知己了，它们相依相偎、相守相存，在沙漠深处完成了一场英雄美女的红颜故事。

　　在漫天的黄叶中，两个红衣女子飞舞穿梭在蓝天下，在湖面上和胡杨林飘洒的黄叶中翻卷打斗，五彩斑斓色彩缤纷，据说这么多美丽的黄叶可是收集了三个等级才完成的呢。一部《英雄》电影让深闺中的额济纳胡杨林名扬天下，章子怡和张曼玉在黄叶中厮打的场面像飞鸟掠过，如蜻蜓点水飘逸美妙，将如梦如烟的孤傲、悲凉和狭路相逢的犀利，展现在镜头中的大漠胡杨林深处，看后有一种酣畅淋漓的视觉震撼，震撼且遐想。突然明白了为什么在胡杨林拍照大红色的衣饰最多，原来胡杨精神最适合用红色来炫耀，胡杨的万丈英雄豪情，也更能衬托出与红柳相依的一腔柔情，此时的我，红衣红巾裹身，亦做了一回胡杨林的红颜知己，守候了不远千里寻觅的胡杨情怀。

　　信步沙丘，置身于胡杨林内，千姿百态的胡杨风骨尽入眼底，每一片金灿灿的黄叶上、每一个铮铮的身躯中都篆刻着"倔强"两字，是生命的绝唱、凄美的站立、绝世的丰碑！是时，上千年的你和现代的我站在一起，本身就是一个生命的奇迹，关于你的奇迹。而你的前生今世互相融合，不用喝奈何桥上的孟婆汤，亦找到了世世情缘，在风沙肆虐中杀出一条血路，成就了沙漠中最光辉耀眼的风景，成就了自己独有的精神力量。

　　浸润在胡杨林的秋意中，仰视苍穹，天那么的蓝，没有一丝云彩，纯粹洁净远离尘嚣，一时间陶醉其中。那饱含着金黄秋香的叶片，缓缓地坠入眼帘、潜入心底……体会了唐朝诗人王维"大漠孤烟直，长河落日圆"的意境，感怀沙漠的壮美，这最美的秋色让人们如赴约般的虔诚，去膜拜它的尊严，维护着它不亢不卑的宁静，感动的同时有一种原始的律动在升腾，那就是胡杨林一样顽强不屈的民族精神。

2018. 10. 28

2018 之草原情怀

　　每个人都有一个不一样的草原情结，特别是在炎炎夏日，纵情草原，当是一件美妙豪爽的事情，但要具有草原情怀，需要相当的魄力。今年夏天，走过了江南小巷，又纵情草原腹地，此情怀、彼情怀，于我就是用文字诉诉欢喜的情怀，虽都在计划之内，但草原的奔放和朋友的热情，让我将草原情怀的释放提升到最前沿。朋友电话说明天去草原，于是一行数人寻着马头琴悠扬的琴声，行进到内蒙古境内，那缠绵细腻的琴声倾诉着人们对草原的无限依恋和崇拜。

　　从承德出发，天蓝了、云朵灵动了，迫不及待地在车窗内就拍照，朋友笑着说：美景在前方，越走越好看。不知道行程的路线如何，可越来越蓝的天和伴着蓝天缥缈旖旎的云朵告诉我，是的呢，美景在前方，可我们能看到的蓝天白云是多么的珍贵呀？

　　草原第一站到了乌兰布统，在内蒙古自治区赤峰市克什克腾旗的西南部，这里曾是清朝皇家木兰围场的区域，是个古战场，与河北围场县的塞罕坝林场隔河相望，属于皇家猎场的一部分。当年康熙皇帝以 20 万大军与噶尔丹大战于此，古战场的乌兰布统东北有白桦和红柳，峰西南乌兰公河绕山而过，峰前有"将军泡子"，广约千亩，这些看似贞静黝红的植被和山川河流，都默默见证了曾经壮烈宏伟的格斗厮杀。据史书记载和民间说辞，这是康熙帝亲征，击溃漠西噶尔丹叛军的地方，清军万炮齐鸣，惊散了噶尔丹的骆驼战阵，取得了胜利。强烈的震动改变了地理结构，致使地下水涌出并形成了一个大泡子，而康熙的舅父佟国纲将军就是在此处血浴沙场，因此得名"将军泡子"。

骑马一路走来，绕过一个个山丘，草原的夏天真是美呀，蓝天白云，微风吹过，绿茸茸的草地，野花摇弋，那娇艳的格桑花透着靓丽的高原红，在这个季节，在草原上肆意地妖娆开放。牵马的小姑娘说自己是暑假勤工俭学，与游人讨价还价地玩笑着，看她一脸的稚意，终究不忍心杀价。连绵起伏的山丘、草原上间或生长着或疏或密的白桦林，远远望去，风景不一。最喜欢白桦树的姿态，大块白色的树皮可是能用来写字的呢，说它是最具文艺范的树也最贴切。而红山军马场的植被是此处草原上最好的区域植被，据说有着欧式风光区的美誉，山丘连绵显线条流畅，色彩跌宕处处风景，放眼过去是一幅幅清旎的风光大片。

美丽的野鸭湖就在这个区域内，远远望去，天边的白云唾手可得，朵朵连绵着随风变化，水天一色。湖中生长着细密黄色的小花，宛在水中央亭亭玉立，娇嫩、婀娜、妖娆，像个羞惭的少女，让人不忍心多看一眼，至少不能带着世俗的眼光去亵渎她的纯净和美丽，而是要用温柔的眼光去欣赏她的静美和纯真。周围略带点风波的水纹缓缓地衬托着这些细细密密的花朵，小心翼翼地托着，像宠着一个骄傲的公主，而公主亦是大方地微笑点头，对到此的人们示意问好。这些小花在山野白云下，居然带着一种

纯正的贵族气，实属难得，让人爱恋不已。对面山坡上有悠然吃
草的羊群，洁白洁白的，在蓝天下形成了一个个圆绒绒的球，仿
佛要从山坡滚下。我们嬉戏在湖边，拍照、大笑，惊起了一滩鸥
鹭，和着鸟儿的鸣叫，在微风中形成了带点口哨的笛音，响彻在
天空，柔和清亮，随风又慢慢地跌落草地上，泛起了一阵阵透着
青草香味的涟漪。那边有人叫着骑马跑过，听马声嘶叫，看天空
微风浮云拂过，云彩也低眉含笑，轻抚着连绵起伏的山丘，这样
人与自然的和谐应该是最祥和的吧，一切都是浑然天成，没有任
何雕琢的痕迹，没有尔虞我诈的狡猾，只有我们这些来此寻幽的
城市燥人，忘我地陶醉一时，不知可否带回去一缕草原的清风，
抚慰千疮百孔的心容……

　　离开乌兰布统草原，继续行进在草原腹地，车子疾驶在草原
公路上，窗外的羊群逐渐多了，朋友说我们已经进入牧区，越来
越多的羊群散落在绿地上，看前面好大一群羊，在头羊的带领下
过马路呢，恰似千军万马一般的队伍在行军。我们下车静待羊群
走过，忍不住走进羊群拍照，又怕惊了它们，突然一个被拴住的
小羊叫了起来，看着慢慢走远的伙伴，凄凄地叫着，那声音着实
地让人心颤，也许它已然知道了自己将成为草原美味的命运。看
着孤单的小羊，心里生出一丝柔软和疼惜，可在这草原上，牧
民、游人、牛羊、狼群等各类自然生物，共同维系着草原生态，
维护着草原上的一方净土，是一种生命载体的自然体现……那些
走过马路的羊群，越来越远，从远处看像一条白线牵着，穿插在
绿意盎然的草地上，这白色和绿色交织一起，是多么纯净的一幅
画呀！

　　对于游人来说，骑马看草原，体会草原的广袤和蓝天白云的

风光，看风吹草低见牛羊的风景，其实就是人生旅途中一种白驹过隙的瞬间，短暂的游程很快过去，依然会投入繁忙世俗的事务中，而打造草原风情的人们，除了寻常的旅游节目外，当是一种人生情怀的展现，而这种情怀，最最体现在在乌拉盖草原上安营扎寨的王虎城总经理的身上。

这个八零后的小伙子中等身材，黝黑的面容，他自嘲说是草原的黑风吹的，在草原上生活，防晒霜是不起作用的。初见就被他能言善谈的口才折服，以为是位有经验的成功人士呢，谁知是位八零后的创业人，不由得肃然起敬。能投资草原旅游产品，对他来说应该是不差钱的，在这里我称他是具有草原情怀的了不起的年轻人，是个有思想有事业心的创业者，相对于城市里安逸的年轻人，他是不安分的，正是这种激情才让他自由地驰骋在草原上放飞自己。

午饭后，伴着霏霏细雨，车子驰骋在草原间，穿行在羊群过往的道路上，据说这里已有半年没有下雨了，而我们的到来带来了丰厚的雨水。我们看草原美景是不希望下雨的，来到距离家乡几千公里的地方访问草原风情，也不希望留下遗憾的，但如果雨水能给草原带来滋润缓解旱情，我们也是乐意的，也许是留当下回游览的一个理由吧，呵呵……

乌拉盖草原由乌拉盖河得名，地处锡林郭勒盟、兴安盟和通辽市三盟市的交界处，动植物种类繁多，是世界上保存最完好的草原，具有"天边草原"的美誉。有著名的古战场遗址，据载成吉思汗在统一蒙古部落中，在这片神奇的土地上歼灭了不可一世的宿敌塔塔尔部，为统一蒙古大业扫清了一个巨大障碍。由于乌拉盖草原具有完好的草原生态性，原始草原、湖泊、湿地、白桦林、芍药沟等独特的草原自然风光和布林庙、成吉思汗边墙、固拉卜赛罕国际敖包等历史文化遗迹，还有独特的乌珠穆沁部落蒙古族民俗风情文化等等，被法国导演让·雅克·阿诺选中拍摄的由冯绍峰主演的电影《狼图腾》。

这个故事讲述了一位知青在内蒙古草原插队时与草原、狼、游牧民族相依相存的故事。20世纪60年代末，中国大陆内蒙古最后一块靠近边境的原始草原，这里的牧民还保留着游牧民族的生态特点，他们自由浪漫地在草原上放牧，与成群强悍的草原狼共同维护着草原上的生态平衡。他们憎恨狼也敬畏狼，草原狼帮助牧民猎杀草原上不能够过多承载的食草动物，如黄羊、兔子和草原鼠，狼的凶悍、残忍、智慧和团队精神，狼的军事才能和组织分工，曾经是13世纪蒙古军队征战欧亚大陆的天然教官和进化发动机。

草原狼是蒙古民族的原始图腾。

狼是蒙古人敬畏的敌人，也是他们相伴一生的朋友，正是蒙古人带着狼的精神征服了差不多半个地球，开通了东西方商业贸易与文化的交流。正是蒙古民族的历史和神秘，草原的广袤和浪漫，将北京青年陈阵带进了草原，但残酷的现实让他发现草原上不全是自由和浪漫。由于管理者的无知，猎杀草原狼、开垦草原土地，对草原生态的破坏，致使大片的草原沙化，小说的结尾沙尘暴肆虐……人类失去的不仅是草原是狼，更是失去了人与自然和谐共存的价值观，失去的是中华民族早期的图腾：自由、独立、顽强、勇敢、不屈服的精神、意志和尊严，这是《狼图腾》的主题和作家悲怆的呼喊。作者以一种全新的历史视角，以"狼图腾"为精神线索，对几千年的中华文明史进行了全新的梳理，提出中华民族信奉的"龙图腾"极有可能源于游牧民族的"狼图腾"的惊世骇俗之说，认为正是由于历史上游牧民族强悍进取的狼性精神，才不断地为汉民族输血，中华民族才得以成长发展并从未中断。

《狼图腾》运用了"狼性"和"羊性"等两组对立的民族性格划分方式，解释了中国历史兴衰、王朝更替的内在逻辑，蕴含着某些合理性和深刻性，尽管还存在简单化，但历史是复杂的，国民性格的改造是可以汲取"狼性"中的积极成分，强悍勇武、锐意进取、抱团合作等，继续发扬中华民族传统的优秀性格特质，学习其他民族的优秀品格，引领中国走上一条持续长久的、和平崛起的道路。

《狼图腾》的故事勾勒出了一幅幅真实的草原生活图景，逼真而艺术地再现了原始游牧草原的残酷和美丽。而我们今天看到的草原风光亦是和平改革年代下的景色，感受着草原美丽风光的同时，亦感恩和平年代带给我们宁静祥和的美好生活。

住在乌拉盖草原九曲弯旁边山坡上的帐篷内，凌晨4点就早早地起来了，等待草原日出的美景，静候朝霞初照的旖旎草原风光，在盈盈绿意的草原上，当有别具一格的诗意吧。这个时间的草原还处在沉睡状态，踏着脚下泥泞的土地，看天边芳草萋萋，九曲溪静谧逶迤，虽是天苍苍、野茫茫，可眼前这满眼的绿色萦怀，便忘记了无穷的烦恼。看静水流深、光洁无瑕，当是抛下一切，只有眼前的诗意和远方的云朵……

周围的帐篷和蒙古包都还在沉睡，我和同伴便独自享受了这雨后草原清晨的宁静，一边拍照一边等待日出，看车辘辘满是泥土的沧桑和奔放草原的驰骋，那些越野车风尘仆仆的样子可爱极了，是现代草原的模样，豪爽地像个摔跤大汉，又像那唱着祝酒词的蒙古汉子，热情刚劲。而晨雾中安静的帐篷又像一个女伴，贞静温和，哦，原来草原雨后的清晨是这般模样呀，动静相依相合。

天边的云层慢慢地滑动了，阴阴的天空，霞光始终冲不开沉重的云层，只在上空缓缓地移动，默默地变换。手机里的照片没有如期的朝霞出现，九曲溪上空雾气皑皑，终究是犹抱琵琶半遮面，不得见笑颜。早饭后，小雨袭来，依然霏霏靡靡，草原沉浸在湿漉漉的雾霭中，我们一行也在遗憾中离开了乌拉盖草原。也许这是再来草原的一个理由，好风景哪能一次就尽收眼底呢？但草原的苍茫、九曲溪的水、沉静的帐篷、安然的牛羊等一幅幅静美的草原风光画面，在这个炎热的七月，爽至了心底。

车子继续奔行在绿色的山水间，一闪而过的羊群，伴着点滴成行的雨水，滋润了手机画面，坐在车内，看雨中的草原却也是别样的风光无限。车子颠簸了一下，哦，原来是到了知青小镇，这也是王总的大本营之一，利用原来兵团知青遗留下的厂房打造的旅游阵地。乌拉盖兵团小镇是内蒙古建设兵团的历史记忆，位于锡林郭勒盟的东北部，是当年生产建设兵团51兵团的原始驻地，这里的建筑还是青灰色的墙体、古色的大门、斑驳陈旧的房子，随处可见"团结紧张、严肃活泼""为人民服务"等红色醒目的毛体大字，仿佛穿越了四十多年，看到一排排在边疆建设中一身戎装、胸配红花的知青，咚咚的锣鼓声震天响……看到这些承载着历史特殊符号的所在，仿佛看到了当年发生的那些人那些事。当年那些青春勃发的兵团战士现在已是青丝变白发了吧？青春的容颜早已被皱纹遮盖，而时代雕刻的沧桑地记录了兵团知青人不屈不挠的故事，曾经青春的酸甜苦辣，刻骨的思念和永久的牵挂也留在了这里……

据说九曲湾景区将知青小镇打造成知青养老社区，专门接待全国各地的老知青前来观光旅游和抱团养老，真是一个创意的设想和敦厚的情怀。《狼图腾》拍摄结束后，当地政府结合历史文化优势，对当时的革委会、医疗点、邮局、供销社等按原貌进行修复，使兵团的优秀文化得以充分保护，也成了一个全新的旅游亮点。

外面依然下着小雨，坐在简陋的屋内，看着墙壁上发黄的报纸、老知青照片、房间摆放的老物件、原始的锅灶、长长黑黑的大勺子等，服务员摆放了大小不一的军绿色茶缸，喝酒的喝茶的都一样，显得很整齐，饭桌上可见一种带着历史酸涩的穿越展示。我想着知青小镇古往今来的模样，看窗外院子内细雨中摇弋的小花，五颜六色的蓬勃艳丽，可想花儿年年岁岁如旧，曾经的青春年少早已华发盈面，不复再来。知青小镇的建立让老知青兵团战士们魂牵梦绕的情感又重新找到了家，这里也许就是当年那一个青春情感的栖息地和温暖的港湾呢。

从 1969 年至今，乌拉盖草原知青小镇的发展史不长，但的确是一部波澜壮阔的历史，在草原深处，伴着清风细雨，在蓝天白云下，沉静毅然地站立在它的历史坐标上。

我拍了一张小镇门口的照片发在了朋友圈，有飘扬的红旗、"建设边疆、扎根边疆"的标语，画面有着风尘仆仆又动感十足的年代感，好友说：你在那里扎根边疆吧。虽然我的年龄比起知青们小了许多，但那个年代的动荡和浮躁，可在太多的文艺作品中体会感怀。一个时代的烙印有深有浅，而"文革"的烙印却是酸涩不堪的，特别是孤身一人、远离家乡的知青们，空有一腔热情，其实不知路在何方。

时至今日，我们可以纵情草原、放飞心灵，亦可以在草原深处修整心情、在边疆坝上吟诗作赋，但最能感怀历史、抚慰心灵的还是这些具有草原情怀的创业人，是他们创意的打造，让一个个游离怀旧的灵魂，找到了最初的温暖，找到了一个可以回忆青春的地方，而青春的记忆可是人生中最值得回忆、最美好的东西，如那九曲溪畔清香的草原美景，怎么能让人忘记呢？

2018. 8. 19

青衣

召庙·一道神秘的草原祥瑞

　　初听"召庙"的名字特别普通，像极了乡野里的土地庙，还有可爱的、肥嘟嘟的土地神，还有被仙女点化的槐荫树和《天仙配》董永、七仙女的爱情故事……呵呵，扯远了，这思绪怎么从草原飞到黄梅戏了，想来是有相通相似的地方吧。

　　行进在去往召庙的草原公路上，一路颠簸一路歌，窗外的景致清美，车内的气氛也和乐。李总在草原打造的旅游景点叫召庙，在赤峰市巴林左旗境内，只听朋友说：越走越好看。一路行来，总是渐入佳境、惊喜连绵、惊奇纷呈，虽感怀草原的广袤辽阔，当身临其境时，对于生活在内地的我们，还是不由自主地意外惊呼这草原美景。

　　进入牧区，道路两侧牛羊成群，伴着蓝天白云绿草地，没有了城市噪音，只听任难得的心情放飞。赤峰是中华文化的发源地之一，境内有红山文化、兴隆洼文化、富河文化、小沿河文化，发掘的石器、骨器、玉器、青铜器等证实早在 8000 多年前这里就有原始先民过着农耕、渔猎畜牧的定居生活，自明清以来就是关内商旅的必经之地，有着"金朝阳，银赤峰，拉不败的哈达，填不满的八沟"之称，赤峰地区的古文化和中原地区一样，都是远古华夏文明的重要发祥地之一。

到了召庙景区，改变了我对草原一贯肤浅的认知，总认为草原广袤辽阔，草地、牛羊、蒙古包，没想到草原深处蕴藏着这么多的宝藏，想想也是自己知识太浅薄，五千年的中华文明古国，境内都有老祖宗留下的印迹呀。召庙建于辽王朝，由石窟和外殿两部分组成，石窟开凿于辽代，史称"真寂之寺"，外殿建于清代，有"善福寺"和"千佛殿组成"，是内蒙古自治区重点文物保护单位。"真寂之寺"位于群山之中，圣水、别愣、灵岩三山鼎力，形成了自然的一个箕形山谷。石窟开凿在桃石东南陡壁上，分中、南、北三窟，窟内千佛像、卧佛像、浮雕形态各异，形象逼真，共有大小佛像 112 尊，主佛释迦牟尼，枕右手面东侧卧在石床上，据说是佛祖脱离了世俗的寓意。佛经上说佛祖的涅槃像是头北脚南枕右手面西，而真寂寺的卧佛是世界上仅此一尊的头南脚北枕右手面东的雕像。这里每年都有大量的游人来此烧香请愿，据说很灵验，也是国内现存的唯一一座辽代石窟古迹，是研究辽代佛教思想、美术史、造型艺术等珍贵的实物资料。

窟前清代的喇嘛庙"善福寺"，飞檐斗拱雕梁画栋，佛音声缭绕香火旺盛，亦是国内草原上闻名遐迩的佛教圣地。灵岩山从谷地骤然拔起，悬崖峭壁十分险峻，一个桃形巨石仅以三点支撑，耸立在峰顶崖端。地质专家考证桃石山所在的地区正是典型的第四季冰川在发育期孕育而成，山峰险要、风光旖旎。正面看像极了仙桃，侧面看又酷似鸡雏凌云，山上有金龟探海，山中有人生三关的奇特景观。

攀登山中"人生三关"爬阎王道、转如意石、钻洞再生，还会走过天堂、地狱、人间的六道轮回。爬阎王道，解人生苦难，在桃石山的一个缝隙中，全部为裸岩峭壁。只有手脚并用才可以爬上去，爬完就解除了一生艰难险阻，体会"无限风光在险峰"的惊妙，平添了一份爬山的激情和刺激，也增添了些许苦乐音符；转如意石是圆梦，在风吹欲摇、云漂欲走的桃石下转动，屏心静气，小心着碰头呢，据说千百年来它一直未曾动过分毫。砖石三圈平安吉祥，桃石的西面可以看到一面灵镜，据说有缘人在此可以看到自己的前世；钻再生洞获人生解脱，一个十多米的山洞，初入洞内可以直步而入，接着是侧着身体，最后要头先脚后钻出来，像极了婴儿出生的景象，攀登的路上好友亲情相携团结拼搏，犹如再生。出来身上碰了多处的伤痕，气喘吁吁地满脸通红，据说可以解除苦难，一切向好。人生经年的磨难都会有结束的时候，走过去一片蓝天，祝愿走过三关的亲朋好友，一生幸福安康！

景区的天然护法金翅鸟是三大奇观之一，山体山岩自然形成一个巨大的金翅鸟，与山下的真寂之寺直线中心相对，与石窟的卧佛上下左右同心，天然完美结合。金翅鸟展开双翅，一直站在崖端，忠诚地守护着佛祖的安宁和世间的和平。这片佛国圣地让每一位来此的有缘人都能由衷地感受到一种祥瑞和安宁，感叹大自然的鬼斧神工，也为世界唯一的金翅鸟和卧佛能够完美融合而拍案叫绝，这样的美景奇观在草原深处熠熠生辉。

远观圣水山仰天大佛，形态安详、轮廓清晰，在夕阳中佛光四射，走下山来，满脸红扑扑地在卧佛下拍了一张照片，背后有同样闪着金光的三面观音像，这也是中国唯一能把三面观音与观音三十二变完美结合的圣像，更是草原上独一无二的观音圣像。在卧佛山下，今人与古人共同打造了召庙这个草原祥瑞圣地。想来也是有缘人有情怀的展现，更是心存善念造福了一方百姓，为开发草原旅游做出的巨大贡献，是功德无量的善举。

当时没怎么在意，拍照就急匆匆地跑了，回来细看照片才发现它的精妙所在，卧佛周身金黄灿灿，观音低眉含笑，而我也傻傻地笑着，在草原深处独享了一份难得的静和。千百年来这一方佛国圣地，一直是默默地守护着一方家园，而我竟也意外地沾染了一身祥瑞之气，也是有缘了。据说最神奇的还是佛祖额头的肉髻，每逢初一十五都会和天眼一起有佛光发出，每晚与月光同辉，照耀着召庙这片神奇的土地。传说当年辽人也是看到佛祖显灵，才在此开凿石窟请佛祖，供世人敬养，召庙史称"格力布尔召"，意思为发光的庙宇，可见其佛缘深厚、祥瑞天成。

其实召庙的奇观盛景数不胜数，辽代门神、六字真言、修心石、放生门、戒定慧三穴、大佛台、升天石、九叠溪瀑布、圣水湖、飘着五彩经幡的青铜大鼎等等，都神秘莫测，来此参观需带着一颗敬畏之心细细体会，方能悟出更多的道理。这里的山水草木都蕴含着佛教思想，虽是游人观赏、祈福、参禅悟道的佛国圣地，其实真正的寓意也是人类充满灵性和人生智慧的体现，教导世人珍惜一切，幸福生活。

现在的召庙景区是自然景观和人文景观珠联璧合的游览圣地了，在广阔的草原上更是一个神奇所在，看那些斑驳陈旧、色彩暗淡又神采飞扬的浮雕，被经年岁月打磨得越发深厚耐品了。当人们打马纵情草原的时候，看到这一处祥瑞之地，都会下马虔诚地把心留下。

细细回味中国北方历史，契丹族、女真族、鲜卑族、东胡族、匈奴族、蒙古族等都曾是当时强大的北方民族，它们的发展壮大同样有着历史的根源，只是上学时学习的历史，几十年来似乎都还给老师了，而我还是很喜欢历史的，实在惭愧！此行等于复习了中国北方历史，收获甚大。正因为远离中原文化，草原深处这些文明古迹和少数民族的神奇智慧，让追寻历史的考古专家和游人兴趣盎然。

离此不远的克什克腾石阵，处于大兴安岭余脉向西部草原过渡的地带，是典型的丘陵地貌，四周险峻，山顶平缓起伏。据专家分析，是冰盖冰川的刨蚀、掘蚀和冰川融化时形成的大量冰川融水的冲蚀作用下形成，所以叫做"冰川石林"，是第四季冰川长期精雕细琢留下的这片奇特的草原石林。外观浑厚粗犷，在荒野中突兀而立，十分醒目，在广袤的草原上更是鹤立鸡群，再有蓝天苍云相衬，风景如画，吸引了众多的游人趋之若鹜，更是摄影家的天堂，巴林奇石作为艺术瑰宝蜚声海内外。

随导游穿行在石阵中，听讲解，感怀大自然的神奇伟大，山连山、峰连峰，集华山的险、黄山的秀、泰山的雄奇于一体，峰回路转、远观近赏，都是满目秀色美风光，让人心旷神怡，流连忘返。

赤峰市克什克腾旗历史文化底蕴深厚，享有塞北金三角之称，境内集草原、沙地、森林、湖泊、河流、火山、温泉、名胜古迹为一体，堪称"浓缩的内蒙古""百宝箱"，6000 多年前的夏商先民就已经在这块土地上繁衍生息，2005 年成就了世界地质公园的美誉。这样地质地貌形成的景观，撒落在草原上，点缀诉说着那些曾经金戈铁马的历史故事，不曾想美丽的草原风光里竟然承载了这样厚重驰骋的历史。

路过辽代萧太后的点将台，朋友说这是一块巨大的石块，很有气势，值得一看。下车不远处一块完整的大块岩石，浑然方正有型，在这荒原里尤其引人驻足，黑黑的岩体粗犷霸气，沧桑的痕迹刻录着经年的风云变幻。而契丹族建立的辽王朝曾历时 210 年，历经9位帝王，全盛时疆土东北至今库页岛，北至蒙古国中部的色楞格河，西至阿尔泰山，南至今天天津的海河及河北雁门关一带，与当时的北宋交界，并形成了南北对峙之势。京剧舞台上常演不衰的《四郎探母》《杨门女将》等都反映了当时的历史战斗场景，背后的历史深重，只是被"杨家将"的故事占了上风，那萧太后一出场是何等的威风呀。历史的硝烟早已散尽，这点将台在草原上依然耸立，给游人带来快乐的同时，也应感怀历史，珍惜当下。

召庙及周围这些神奇的自然和人文相融的优美风物，吸引着南来北往的游人驻足观赏，走过之后神秘感好奇感油然而生，也增添了游人对中国远古历史的探究兴趣，特别是对于生活在城市的我们，遇此旖旎风光，不知不觉中披了一身霞瑞，惊喜之余亦是真诚的祝福：一切安好！

2018.8.28

须弥山

可能是对京剧梅派艺术的痴爱，当听到导游说观世音及两旁的善才龙女，立时想到《天女散花》中那段著名的唱段"云外的须弥山色空四显"而兴趣大增。李胜素雍容俊俏的扮相，把仙女的美丽、慈爱、善良、翔云仙域的神韵表现得极好，据说梅兰芳大师的那身装扮也曾被李胜素等名家用来演绎这出代表戏，大师级的制作打造，从唱腔、表演、服装、头面都充分展现了梅派艺术经典的特色和传承。祥云冉冉波罗天，天女手持拂尘，照看芸芸众生，慈悲庄严之相，乘风驭气过微尘，看毕钵山头好风景也……故意问导游"须弥山"为何景物？导游一口的京片子说：那是一种境界。很巧妙地回避了烦琐深奥的解释，是啊，她哪里有时间与我啰嗦呢。

随着熙熙攘攘的人流在山庄内兜转，想着"须弥山"的意境，笑拂导游的回避，实在是妙趣横生。山庄正宫门前康熙帝御笔亲题"避暑山庄"的鎏金铜匾上，写"辟"时多了一横，原来"辟"有复辟之嫌，加上走字部则又是逃避的"避"，康熙帝之所以多写了这一笔，是要告诉世人，他既不会让明王朝

178

复辟，也不会逃避治理国政时遇到的各种困难。此典故无从考证，而中国书法艺术的落笔随意也时常有之，何况是九五至尊的皇帝呢，说辞合理，解释有意，世人也一笑了之，但字里行间流露出的霸气遒劲厚重高远……康熙8岁登基，14岁亲政，志存高远、坎坷砥砺。除鳌拜、撤三番、收复台湾、平定准噶尔叛乱、签订《尼布楚条约》等，建功立业，大风大浪中意气风发，保社稷伟业繁荣昌盛，花甲之年的康熙盛世，当然不屑于逃避。避暑山庄内的一景一物，彰显了帝王家的气势与奢华。徘徊其中，于国于家于人生，感慨颇多，一边想一边感受山庄内的皇家贵气，虽是盛夏，依然凉风习习，的确是避暑颐养人生的好地方。还是皇家的避难所，就连导游的解说都很会避重就轻、圆滑世故，让人愉快地接受，看来康熙创业守业的风水理念在此深入人心呢。

　　承德避暑山庄是中国四大名园之一，又名"承德离宫""热河行宫"，位于河北省承德市，它是中国园林史上一个辉煌的里程碑。地处内蒙古高原和华北平原的过渡带，属温带大陆性季风型山地气候，冬暖夏凉，特别是夏季，雨量集中，基本没有炎热期，是清代皇帝夏天避暑和处理政务的场所。每年大约有半年的时间都会在承德度过，清前期重要的政治、军事、民族和外交等国家大事，均在此处理，因此，承德避暑山庄也成了北京以外的陪都和清政府的第二个政治中心。

　　山庄经历了康熙、雍正、乾隆三朝，以朴素淡雅的山庄野趣为格调，取自然山水本色，吸收江南塞北风光，成为中国现存最大的古代帝王宫苑。内分宫殿区、湖泊区、平原区、山峦区，皆是中国自然地貌的缩影，中国古典园林艺术的杰作。作为皇家园林的典范，避暑山庄最大的特色就是山中有园，园中有山，大小建筑 120 多组，康熙帝题 4 字 36 景，乾隆帝题 3 字 36 景，即是避暑山庄著名的 72 美景。

康熙至乾隆年间，随着避暑山庄的修建，周围的寺庙也建造起来，普宁寺就建造在山庄东北部武烈河畔，寺内的大乘之阁供奉着世界上最大的金漆木雕佛像千手千眼观世音菩萨，相传是一株大榆树雕刻，是目前世界上最大的木雕佛像，已载入吉尼斯纪录，这里僧侣云集香火旺盛，为北方最大的佛教圣地。

站在殿内需极力仰观，方能看见菩萨慈悲的面容，左右分立善才龙女，在菩萨面前，我等都是微尘一粒，而佛国世界的"须弥山"更是高深莫测广埌虚空，层层佛国化境，烟波浩渺。想那山中花果繁盛，香风四起奇鸟相鸣，祥云冉冉，天宫阁浮提界苍茫，诸神往于其中，这样的仙界瑞和当是凡夫望项不得，而游人只需心存善念，觅得此时心旷神怡就好。

"须弥山"一词来源于婆罗门教的术语，后为佛教引用，还是听任导游的说辞，当是一个境界来颐养人生吧。而京剧于我，乃是三生有幸结缘于心，无需啰嗦兴趣爱好境界高低，它是一个心灵的陪伴，生命长路的情缘。

尘世中的人们，欲望和负累太多，步履蹒跚，总有一些让自己释放的窗口聊以自慰。随着年岁渐长，越来越迷恋那些干净纯粹的东西，比如看一朵花开，晶莹清透，阳光般的美好。渴望一场雪落，拂去所有的灰尘和阴霾，让身心重回人生之初见，阅尽世景万物亦为之清宁而灿烂，行走吾国须弥之境界，当是最最温暖含怡的穿越……呵呵，是不是有点阿 Q 精神呢？

避暑山庄作为皇家园林的设计建造，清政府也是追寻佛国境界，希望超脱、开阔、喜悦，有着怡情养性的宗旨，但也终究没能跳出三界外，在此频频处理纷至沓来的人间俗事。当年咸丰皇帝以"秋狝"为名，逃往承德，又迫于压力，在"烟波致爽殿"的"西暖阁"签订了丧权辱国的《北京条约》，以割地、赔款让自己遗臭万年，而咸丰帝也自觉无颜面对朝野而久不回銮，苟且于避暑山庄，以"醇酒妇人自戕"，最后竟然死于"西暖阁"，去了他追求的须弥山境，不知到了他所谓的佛国境界，吃斋念佛，可否心地安好呢？

随着导游手指的方向，看到长1米左右，宽不足50公分的炕桌，这就是咸丰帝签署条约时用过的原物。隔着玻璃看那条形炕桌，不由令人感慨良多，他签字时是何等复杂的心情，逃避了战火却逃避不了责任，逃避了一时却难以逃避自己内心的煎熬，逃避了朝野的目光却逃避不了历史的责问！转过拐角，在"烟波致爽殿"西边的墙上，有一块"勿忘国耻"的铜匾，用中英文介绍了咸丰帝在此签订条约的经过，从落款可知是承德市委市政府在香港回归之际特意设立，旨在警示后人。显然，"烟波致爽殿"已然成为一个爱国主义的教育课堂，只不过，这是一个很特别的反面教材。

300年后的今天，我们用现在的眼光去观看当年康熙帝大兴土木建立木兰围场，举办"秋狝"的举动，事实上也饱含着防范逃避的意思。清朝是马背上得天下，"秋狝"传承了祖宗的骑射文化，行围亦有整饬武备、巩固北疆的考量，康熙帝开疆扩土，而一个半世纪之后，他的五世孙咸丰割地赔款、饮辱而终，败去了他创立的家业，还给中华民族留下了不可磨灭的耻辱。假如时光倒流，康熙帝看到"勿忘国耻"的铜匾，不知这位千古一帝作何感想呢？那"避"字又该如何写就呢？

天意无常，帝王将相都希望筑起铜墙铁壁护国安邦，可皇家的厮杀蹉跎，更是残酷至极，哪里有期望中的须弥仙境，终究被

青衣

现实伤得遍体鳞伤。佛说：尘世中过多的欲望，都是一种负累。皇家自有它的烦恼责任，我等凡人，不涉虚妄，拥有佛心，安于本心，清淡随缘，宁净致远是也。

2018. 8. 28

玉兰花·港

玉兰花，是连云港的市花。

在玉兰花开的季节，来了连云港，朋友安排去看玉兰花，才知晓玉兰花是该市的市花。一直以来，非常欣赏玉兰花昂扬的花枝，正是这样的姿态，才让玉兰花有了不一样的风姿，大气、稳重，是北方的性格。

连云港在改革开放的大潮中，脚步是相对缓慢的，可能是地域的原因，或者没有引起足够的重视，但它依然步履稳健地走着，使得这个北方海滨小城的面容似乎蒙了一层薄纱，而雾里看花的感觉也是美妙神秘的。爬到海上云台山的山顶，一览无余的集装箱码头色彩斑斓整齐有序，新开发的海上通道，显现出海滨城市的优势。

游人不多，春天的气候宜人，三三两两的，都是些悠闲的中年人。雾气很大，雨后的天空碧蓝如洗，远远望去，码头在海边姿色矫健地伫立着，是一道靓丽的风景。虽比不得香港澳门的繁华大气，可海滨城市的优势不可小觑，在潜移默化的发展中凸显了不一般的神韵。

据说山上有几株近千年树龄的玉兰花树王，也是因此玉兰花被选为了连云港的市花。不是旅游旺季，爬山的人不多，山风吹得很凉，海滨的气候要比内地低一些，此时的我，倒是很惬意地享用这春寒料峭的冷，内心是欢喜的，游兴淡化了湿冷的气温，催开了脚下的步伐。

东磊风景区有奇石林立的石海，苏北历史上的道教中心延福观旁边的玉兰树王有三株已经800多年的树龄。每到花期，花枝满头如雪如云，在山上俯视远眺，一片白茫茫，间或紫玉兰点缀，海风吹来，带着朦胧的晨雾，有情有韵、端方有范。不时有飞鸟掠过，留下一阵叫声，和着一阵风声，惊了游人的脚步、惊了玉兰的花容，颤巍巍地跳跃在枝头。这里还有五千多年的太阳石，春天的红色、夏日的蓝色、秋天的黄色和冬天的黑色当属最美风光。这些耐人寻味的风景宛如春天的樱桃、夏日的山泉、秋天的银杏和冬天的山石，值得你流连其中，细细品味。

山野的风吹开了春天的玉兰，这样的季节来连云港是真心美丽。整个城市依山傍海气候宜人、山海相拥、港城一体。孕育了古典名著《西游记》的花果山，喷珠滴翠的渔湾和浪漫神奇的海滨浴场，孔子登临的孔望山摩崖造像和将军摩崖画都是一项难得的重大发现，被国家文物局鉴定为中国最早的一部天书，为一级保护文物。

多年前来过一次，只记得带着儿子去寻他钟情的花果山水帘洞，和那个孙猴子。曾经一度，儿子痴迷地要改姓孙悟空的孙，被爸爸训斥拒绝，好有意思的儿时顽皮，每每被拿来取笑一乐。一晃儿子早已长大，花果山也改变了模样。登临顶峰，山岚清逸拂面，松涛阵阵低吼，在江苏第一高峰处伫立，望见了古往今来的沧桑巨变，不知在未来的风云变幻中又该是怎样的落笔刻字呢？

　　玉兰花俗称辛夷、木兰、望春、玉堂春等，花繁而大，美观典雅。花从白色到淡紫红色，大型芳香，花冠杯状，花先开放，叶子后长，花期十天左右。其外形极像了莲花，盛开时，花瓣展向四方，具有很高的观赏价值，为美化庭院最理想之花型，是宜室宜家的贤良女子。

　　关于玉兰花的传说，贯穿着中国传统的民间故事色彩，都是人们对美好事物的一种追求向往。玉兰花代表着报恩，有诗为证"新诗已旧不堪闻，江南荒馆隔秋云。多情不改年年色，千古芳心持赠君"。玉兰花在一片绿意盎然中开出大轮的花朵，株禾高大，开花位置较高。花如玉，香如兰，荣盛之时，千蕊同放暖玉生烟，玉树临风地观涛走云飞，风姿绰约，甚是大气磅礴。

　　离开了连云港，去了黄山市，从北方小城到了徽州故里。温湿的气候令万物盎然，黄花绿叶摇弋。极目山坡，水墨画般的一幅幅翻过，烟花三月的江南是多情妙丽的，忍不住地浮想联翩。

　　细雨绵绵地打在窗上，车子极速地上了马路，眼前闪过一排排看似凋零的玉兰花，还是紫玉兰，只是在雨中落红无数，残留在枝头的也是玉手掩面红泪偷弹，一番楚楚可怜的娇模样。问了导游，证实了玉兰花也是黄山市的市花，想起连云港山坡上高昂的玉兰，在多雨的江南，此时的风吹雨打，可惜了美丽的玉兰，毕竟那花期也只有十多天呀。

　　其实，玉兰花更适合生长在北方，高大的枝丫挺拔阳光、柔媚端庄。有女汉子的豪性，又有小女子的柔情，在短短的花期里，尽可以无拘无束地开放，在春风中，年年岁岁集春光之灿烂，知人生之短暂，微笑绽放。

2017. 5. 12

重庆雾道

重庆的味道麻辣香腻，又清逸俊俏。

它像一个蒙着面纱的女子，神秘莫则地楚楚动人，又如一朵带着露珠的花朵，在清晨慢慢地伸展着清丽的姿颜。可能是路途遥远的缘故，重庆在我的印象里一直是迷离、好奇的，应该有很多的故事吧。

四天的长江航行，把我们送到了山城重庆。三峡的波浪推开层层薄雾，把重庆的面纱一点一点地掀开，于是，看到了传说中的朝天门码头，联想到了电视剧《纸醉金迷》中那些杂乱的镜头。码头上拥挤的人流，陈好扮演的田佩芝那迷茫的眼神，裹身妖冶的旗袍，香腻的脂粉，装模装样的拆白党，诡计多端的赌局，漫天飞舞的黄金卷……最后，重庆上空的浓雾渐渐消散，嘉陵江无言地流淌着，抗战时的重庆带走了多少人纸醉金迷的发财梦，一去不返。而今，两江交汇的浪花依然清脆悦耳，只是再也没有了硝烟，雾蒙蒙的江面上倒映着现代大都市挺拔的繁华和时尚强劲的气息。

山坡上，那些拾级而上的台阶，长满了青苔，由于刚下过雨的缘故，水汪汪的路面还有些滑，还有细细的雨丝打在脸上，凉凉的很舒爽。因雨生雾，面前的生物若隐若现，只看到行进中匆匆忙忙的背影和都市该有的喧闹和繁华，都让我们感受着雾都特有的气氛。车子在市内的高架路上盘旋地跑着，导游不停地介绍景点，虽然有点晕乎乎的，但感觉甚好。当汽车爬上高坡的时候，公路的前端与天空连在了一起，像是驰骋在高原翻越高山，这种念头一晃而过，汽车就又滑到了坡下，就这样在车上观赏了重庆市内街头的风貌。那些如栈道般穿过住宅楼的小桥小路，悬在空中，三三两两的行人走过，这独特的道路风光应该是重庆的专利吧。

　　离市区不远的渣滓洞、白公馆掩映在风景秀丽的歌乐山麓，虽然看似沉重，但有一股英气在涤荡。战斗是残酷的，终究是正义摧败了法西斯统治，赢得了全国胜利。仿佛看到江姐手捧红旗热泪滚滚，边唱边仰望胜利的曙光。也许是江姐端庄英雄的形象吸引了我，从小至今最崇拜的英雄人物就是江姐。歌剧里的江姐英姿飒爽的身影不时在脑海出现，那些经典的唱段影响了几代人。新编程派京剧《江姐》是程派名家张火丁打造的一出现代戏，《绣红旗》《红梅赞》等唱腔广为流传，是很成功的京剧现代戏。因了江姐的形象神往重庆已久，而今，站在山坡上，看绿色植被环抱，身旁有潺潺的溪水流过，看着来来往往神态各异的游人，不知他们今日来参观，此时作何感想呢？

　　有人在小萝卜头托腮遐想的雕塑前拍照，不知是否看到他那忧伤又憧憬的眼神？法西斯无情地摧毁了幼小的生命希望。在当下，他的愿望应是多么的普通和家常，是孩子们不会考虑的自然问题，而那时的小罗卜头是多么渴望自由的生活，这个可怜的孩子出生在监狱，没有走出监狱就牺牲了……红色教育基地的确给人们留下了很严肃的思考，对英雄人物肃然起敬的同时，一定要珍惜来之不易的幸福生活。

重庆的桥很多，是著名的桥都，弯弯曲曲地像一条条巨龙盘绕在山城内，它不像北京的高架桥那么规矩，山城的特点在桥上体现得很独特。它像随意抛出的彩绸，无限制地弯曲伸展，随性妖柔，在自己的舞台上恣意地舞着，无拘无束，率性高亢地吟唱着关于山城的优美旋律。

就在山舞银蛇的城市道路内外，一个个香腻麻辣的火锅店在晚间幽幽地发出邀请，对了，就是晚上才有味。民国 10 年诞生的重庆第一家毛肚火锅馆"白乐天"，门面精致而时尚，走进大厅，一股火辣辣的气息扑面而来，是一股重庆特有的热情，其热辣程度是任何一个城市都不能比拟的。一个晚上下来，同伴们纷纷摇头摆手：不能再吃了，受不了！满口喷火的感觉，如川剧变脸，面目瞬间变换无穷。

唐朝大诗人白居易，号乐天，"白乐天"三个字将重庆火锅与唐朝大诗人联系在了一起。有诗为证"绿蚁新醅酒，红泥小火炉。晚来天欲雪，能饮一杯无！"以重庆火锅在全国的霸主地位，是完全能配得上这千古奇句的。

重庆人因了潮湿的气候爱吃火锅，卸除体内湿气，避免疾病。对于我们到此匆匆一游的外地人，这样的麻辣只是一个体验罢了，但那麻辣的味道会让你记住不忘，想起来虽大汗淋漓，却回味无穷，更何况是烈火熊熊麻辣火锅高配茅台酒呢……

相对而言，城外的金佛山风景秀丽，尽管错过了最美的杜鹃花期，但清秀的景色宜人。雾依然很大，我们在雾气的包裹中慢慢地向山顶进发，漫漫大雾在风的推动下，像个调皮的孩子捉迷藏一般，悄悄地溜过身边左右，并不停地变换姿态，袅袅地、湿湿地滋润着大地生物。对面的栈道很长很险，在雾气中若隐若现，远远望去宛若仙境，有缕缕雾霭伸长了手背，抚摸着山坡上的植被，手上沾满了幽幽的绿苔，还不停地玩耍着，忽而又抽回去抱住另外一个杜鹃花树，大概它也留恋刚刚离去，香馥弥漫满山的杜鹃花吧，毕竟再见要等明年，有留恋，有些岁月过往的思念。

游人不多，我们走走停停，在山中尽情享受这难得的清新空气，欢愉的心情引得周围团团迷雾也手舞足蹈地跳跃起来。

大足石刻作为中国古代石刻艺术的代表作仍然不能错过，距今已有1230多年的历史，集我国石窟艺术之大成，把我国石窟艺术推上了一个新的高峰。造型秀美雕刻精细，整体布局和谐协调，保存完好无损，堪称东方美神之大荟萃。特别是普贤菩萨，具有东方女性美的诸多特征，表情温和娴静典雅大方，被誉为"东方维纳斯"。就算看过龙门，走过云冈，"北敦煌、南大足"，亦绝对是不可错过的美景。

重庆的景色优美，老乡的热情难却。席间推杯换盏，笑声不断，浓郁的酒香飘出了窗外。霓虹高悬的不夜城倒映在江面上，美不胜收。怪不得老乡选择在这里养老，这座城市简约优雅，性感与理性并存，又有独特的文化内涵，是一个知性与智慧和谐并存的城市。

美丽的重庆，像一个东方端庄时尚的女神，高贵自信，在高速发展的现代社会中，尽显时尚和典雅。

2016. 6. 24

键盘声清澈透明、疏密有致，

吾心下的文字，在思绪的五湖四海畅游，没有章法，却深情有加。

赏云霞翠轩、如花美眷，感世事沧桑，都在笔下酿成幽梦一帘。

一生一梦，一梦一戏，

人在戏中，扮好了自己的角色。

干了一杯陈年老酒，在文字里放飞自我，与灵魂相对而坐。

闲情偶寄

青衣

我的书房故事

不假思索地答应了文友的约稿，就忘得一干二净了，时间紧张，有点后悔自己的冲动了。回想几十年一路走来，自己还是有点书房情结的，喜欢"文房四宝"迷漫室内的气息，喜欢文字里流淌的墨香和情思，覆水难收，还是要写一点经年的书房故事吧。

我的书房故事要把思绪拉回四十多年前，可能是在家庭氛围的熏陶中潜移默化地滋生，也可能是少小兴趣萌发的情结，对文字故事的喜欢，让我如饥似渴地读遍了爷爷负责的学校图书室里的每一本书籍，还把家中书柜里的书翻了一遍又一遍。那时还生活在农村老家，生活条件很简朴，哪里有什么像样的书房，印象最深的是用来做书柜用的砖。家人为了营造一个像样好看的书房，让存留的书刊有一个安静的所在，就用木板和砖头混搭做书柜。为了掩饰砖的尴尬，就用雪白的纸包了砖头垒起来，再用白纸粘贴包裹在木板上，做成了一个不大不小的书橱，不算高大，但很整洁，有模有样的，可里面的书却是很丰富的。这里的"丰富"无法与现在的书柜相比，但它在我心中的位置一直是高大圣洁的，如那包裹砖木的白纸，雪白、纯净……

那些竖版的书本、繁体的文字、殷殷发黄的书页浸润着家庭传统文化的墨香，那时年龄尚小，基本看不懂的，但古典书香的情结早早在心里生根发芽。以至工作后的闲暇之时，在办公室也会捧着竖版的老书装模装样地读一阵，始终觉得记住传统是一件很有意义的事。记得有一次读到一个叫"俊卿"的侠义女子，很是钦佩，于是就讲给一个同名的女同事听，而女同事说自己就是因为崇拜这个古代的侠义女子，才改名为"俊卿"的，想来古今人情世事还是仁义道德最重要，古代的那些侠义女子也更是令人点赞的呦。

简易的书柜承载了巨大的知识库，除了一些古书，还有当时订阅的《人民文学》《旅行家》《文史知识》等杂志，这些杂志应该是在"文革"前家里留存下来的，改革开放后这些被禁锢的杂志又陆续出版发行，让我们看到了更多的知识内容，杂志里的小说、散文、诗歌都让我割舍不下，读、想、写、朗诵，用一片赤诚去感怀这一切。时隔多年，工作后的第一件事就是到邮局订阅了十一种杂志，《读者》《当代》《文史知识》《演讲与口才》等，有一次工资不够用了，就给邮局卖杂志的那个老年人商量借回去，看了再还回来，老人家看我一脸的诚恳，又是邻家单位，就同意了。每次拿走时都准备了报纸小心翼翼地包好，看完之后崭新地送还，毕竟人家还是要卖的呀。就这样，我与邮局卖杂志的那个老人建立了很好的关系，每次都能借到别人不知道的好书阅读。再后来又与送报纸的投递员熟悉，因为我在办公室工作，文书收发接触多了，又特别喜欢看书，好多次他都能"滥用职权"给我一些不用花钱就能看到的书籍杂志，也许他是随手一扔，但我记忆犹新。现在想来那个卖杂志的老人和邮递员可能早已不在人世了，但在我的书房故事里，他们的影子一直都是特别清晰的。这些杂志陪伴我好多年，至今家里还有以前《读者》的精品佳作留存。

小学期间是学校图书室和家里的书柜引领我走进了文学的世界，还有样板戏的陪伴，至今传统戏曲的曲音神韵浸润周身，甚至以为自己与戏曲的缘分是过命的，与文字的缠绕是树和藤一般的不可分割，胜过一切。少不经事的莽撞，一次次走上会堂去演讲和朗诵，穿着粉红色的上衣、墨绿色的裤子，在一片赞扬声中穿行在会场的人流中，颇有"少年不知愁滋味"的感觉，其实每次出场都是爷爷精心辅导和"走台"的结果呢。

中学时期开始阅读《青春之歌》《钢铁是怎样炼成的》等大部书籍，几乎一夜一本的节奏……这样的状态延续到高中毕业，又被改革开放的浪潮激荡，唱着邓丽君的歌，怀想着外婆的澎湖湾，沐浴在春风里。高中的学习紧张，每每也是草草地应付了考试，终不愿放下那些厚厚的书，里面丰富的故事让自己沉浸在书海中迂回穿越。毕业后在家待业，闲余时间读"三言""二拍"《三侠五义》《七侠五义》等古典书籍，那些古书反反复复读了大概都有好些遍吧。四大名著、张恨水的系列作品等等都纳入了阅读范畴，再加上爷爷每每讲的"聊斋故事"等，传统情结沉厚，以古喻今，感怀至今。

工作后的书房节奏慢慢地变成了时尚一些的文学杂志和浸润了生活内容的书刊，不仅在家订阅，出门也会背回一些书籍杂志，陪伴自己在车上或者等待中度过一段时光。父亲出差都会应我的要求带回裁剪书，闲暇时自己学习裁剪制衣，也是小有成就的呢，好些的亲朋好友都穿过我设计制作的衣服，这也应该是我的书房故事里一个彩色的插曲吧，呵呵。也可能是一个年龄段的兴趣需求和改变，让原本枯燥的生活丰富多彩起来，自己也乐于其中。

出门在外最不放过的就是逛书店，无论能看进去多少，总会留出一些时间流连在书店。有一次在苏州的古籍书店，看到了一排女作家写历史女性的书籍，《吕雉》《陈圆圆》《武则天》《柳如是》等，迫不及待地扫遍了整个柜台，那次和书店服务员聊得很好，还留下了联系方式，保持后续上架图书的及时购买。而回家后发现有一本书居然买了两本，少买了另外一本，不知是我拿错了，还是营业员包错了，于是电话告之那个服务员，她又给我寄了一本，也没有要钱，这个故事亦是我的书房故事里一个柔软的江南情结。至今，那些曾经散发着历史光芒的非凡女性，依然优雅地在我的书房里端坐。观前街的书店是很出名的，曾经在那里我邮回了一捆半价书刊，那时我们这里可是没有打折书可买的。苏州的人文在我的精神世界里占有极高极其重要的位置，陶醉在小桥流水的江南园林，感怀江南文化的精致，更何况还有那让人堕落后万劫不复的昆曲和评弹，吴侬软语，让人欲罢不能地想入非非，漫步在烟花柳巷不思归。

现在的书房故事被现代人打造的时尚亲和，具有人性化的善解人意。著名的"猫的天空"书城以独特的姿态占领了书城的空间，吸引了年轻的目光，具有休闲、趣味性的随意，守着一杯拿铁可以在那里泡上半天。上海的一个地下商城里，我和同学在"猫的天空"书城里坐了一个晚上，聊生活、聊友谊、聊世事沧桑，因为在黄浦江边，有繁星陪伴，感觉更加静谧安详。有时候泡书店不全是为了看书，也是为了那一个深沉的书房情结和一颗牵挂的心。

去年，一个人在上海，参观了"宋庆龄故居"，出门来刚好一阵雨丝飘来，急切里毫不犹豫地选择走进了对面的"大隐书局"，一下子又闯进了一个安静的世界。这个外观看着不起眼的建筑，里面的空间很大，周围静悄悄的，屋内却有淡淡的沉香袅袅，书香的氛围特别好。进门仔细浏览书局，错落有序的书架、江南蓝印花布的饰品、禅意的蒲草圆凳、墙上寂静的挂饰、温馨放松的小吧台，这一切让人立时沉静下来，喧哗不得。应我清净的要求，服务员单开了一个房间，也没有多余的收费，偌大的一个房间就我一人，一杯清茶、一碟点心、几本精选的书陪伴我在雨中的上海度过了一个下午，外面细雨绵绵，可室内却是安和放松的。服务员轻声细语的问候声带着浓浓的书卷味，带着江南的旖旎和清香，让浮躁的心变得柔软安详。

有时候出门在外，偶尔寻得一片清凉安静，当是最有回味的事情，何况有书相伴、有茶相佐、有幽幽的书缘情分，这应该是上海人打造的最具时尚人文的书城，让人回味不已。

有一次在淮海路的一个书店，淘到一本《饰琳琅》，爱不释手地挑灯夜读，以致没有看完就想写点什么，书里流淌的年代感，让传统文化在新欢旧爱中缓缓欲飞，以新的姿态面世，美丽了迎面而来的女婵娟，弘扬了传统，又丰富了生活，赏心又悦目。

我的书房故事里很重要的一个转折是在2008年的夏天，因了喜欢观看越剧名家萧雅的演出，结识了两位雅迷，短暂的结识让我们相见恨晚，那时徐才子为萧雅在网上做宣传，每每是佳作连篇，博客每天更新，令雅迷们感动。一时间征文比赛等都做的特别热闹，而才子真诚的付出，也与萧雅老师结下了很深的友情。才女涓眉，低调、温和，旧体诗、散文等也是手到擒来，令人赞赏不已。受她们的影响，我欣然在新浪开博至今，让以往那些飘零的文字，找到了真正的归宿。十年来，尽管颈椎手术活动不便，我也是依然坚持写作，也许里面的文字没有那么优秀，不足以登上大雅之堂，但是于我是一个难得的心灵家园，是心灵最最温暖之所在，它陪伴我走过一个个寒暑，度过了许多艰难困苦的日子。一直以来，自娱自乐地安然度日，不刻意展示自己，惟愿吾心凝结成字，只要清风拂来就好。

如今，这个心灵家园可以说枝繁叶茂，依然是我性情文字休憩的港湾，是最心仪的书房，或喜乐，或忧郁，或茶禅世事，都在这里倾诉，更结交了很多才情博友，大家同学共勉。

现在的生活条件好了，装修房子都会留出一间书房，文房四宝一应俱全，端的是读书人的样子，其实最安慰的是一颗爱书读书的心，是一个爱书的灵魂港湾。现在的网络信息量很大，有时候不需要去翻阅厚厚的书本，在网上即可浏览阅读。但传统的阅读最重要，很欣赏"放下手机，打开书本"这句话，真正的阅读是可以找回内心安宁的呀……

越剧《红楼梦》"焚稿"一折的开始黛玉就唱到"我一生与诗书做了闺中伴，与笔墨结成骨肉亲。这诗书不想玉堂金马登高第，只望它高山流水遇知音……"封建体制下的才女终究也没能逃过封建桎梏的摧残，抱恨离天。而今我们在网络市场下，有太多优厚的条件去学习并幸福地生活，而我的文字情结、我的书房故事最是一个心灵的凝结和陪伴，它与我生死与共，在那些殷殷的墨香里，深情缠绕的文字情缘，是一生的守候。

2018. 5. 10

小满·恰恰好的端然

小满，是谦虚微笑的节气，是恰恰好的端端然。

二十四节气里没有大满，看起来古人也是推崇低调，不事张扬炫耀的认知。逢此时节，初夏青岚拂面，夜莺轻啼，梅黄杏肥沁脾。夏夜的微风拂过，带着荷塘甜甜的水气，泛着凉凉的水花，不远处飘来蛙鸣，清脆响快，还有一丝懒散，草丛中夏虫呢哝，此间万物最是消受这初夏之夜阑人静的舒适惬意。

跟着夏天的脚步，小满翩然而至，小满未满的农作物开始灌浆走向成熟。欧阳修有诗曰"夜莺啼绿柳，皓月醒长空；最爱垄头麦，迎风笑落红"。描述的就是此季此时此美景。

在某个清晨或傍晚，邀友去赏初夏，品一场细雨，捻一支新荷，信步清凉中，哪还有俗风燥心呢？

小满，满而不损、不盈、不溢，充满人生哲理的节气，细细想来如做人，应知足、随缘、感恩，做好自己，泰然处之。

微风细雨夏来早，温润妩"梅"《凤还巢》。

京剧梅派名剧《凤还巢》中二女程雪娥，皓齿明眸、举止娴淑，柔情似水地含羞讨巧，真真的"阳春白雪"俏姿容，端端然的闺阁女子，恰当当的大家风范，满而不溢、沉静内敛，与继母的对唱机智坦然，充分体现了梅派唱腔和表演雍容大气的特色。这一段《本应当随母亲镐京避难》似乎与我有缘，初听喜欢，唱来感觉甚好，最是梅派的风格和喜好，几年来一直想把它如梅似兰地留置在博田里生香怡情，感受梅派的细腻委婉，只是自己太懒，耽搁至今。你瞧呢，梅角儿一出，脚不离地，脚尖和脚跟曲线一样点点揉动，兰花指缓缓悬腕而至，身段弱柳扶风婀娜摇曳，笑不露齿莞尔迷人，言不高声却落落大方。这样一个窈窕淑女如诗如画一般地映入眼帘，缓缓地、捻着莲步朝我走来了……大爱京剧、大爱梅派青衣之妩媚端庄、大爱雪娥花半开酒微醺的那一个端端然的小满情怀。

剧中长女程雪雁，五大三粗、豪气干云，忽扇忽扇地上下场，此角一般都是男演员的"丑旦"出场，一个令人捧腹的"洋葱白学"。与朱千岁（小花脸）的相遇，更是"二丑争斗"，就像传统的相声剧一样，没有乐队也不要助演，绷紧了观众喜乐的神经，满台子疯转，这种技巧是传统戏曲的精华所在，"冷"场子热表演，效果极佳。这姐俩一照面就有无限乐趣，色彩的强烈反差，戏像打铁一样在不断地升温与冷却中渐入佳境。雪雁招摇过度的大满际遇与雪娥形成了鲜明的对比，令观众笑喷的同时悟到了许多的人生真理。

小满又如那九分的京剧唱腔，含蓄内敛，余音唇齿留香。而梅派又如一盅京剧佳酿，最需要用舌尖用深情仔细地品赏才好。没有大开大合，没有肆意放纵，行云流水般的演唱张弛有度，收放自如，观后犹如春风化雨润物无声，余音袅袅地耐人寻味。可不是嘛，《贵妃醉酒》《太真外传》《杨门女将》《满江红》《西施》《霸王别姬》《赤壁》等这些梅派名剧都美得不可方物，让人爱得不忍离去……感受曲音美妙的同时，感悟世间芬芳多舛的人生。

在这初夏的时光里，唱起《凤还巢》，品缕缕馥郁的麦香，闻声声布谷的啼唱，沉醉了一个红红火火的五月，惊起了布谷欢快的鸣笛声声。

小满还是田间几片麦叶折叠的响哨，吹醒了沉醉的知音，那个依然着红妆的新娘，迎来了闯世界的青年，笑盈盈地，陌上野花也缤纷灵动，蝶舞鸟鸣，一片欣欣然喜洋洋的季节清香。

有人说，小满是求学的季节，抽穗、扬花、结籽，一步一步地完成了学业，其实也更像是一个十年寒窗的学子，在最后的冲刺夺了冠。

小满是最具中国文化智慧的节气，月满则亏，物极必反，所谓花未全开月未圆，是一个美好的希望。曾国藩的书房取名"求缺斋"饱含着祈求小满人生的修行，用观赏的态度去期待和憧憬，这样的人生犹如山间揽胜，可笑俯人间灵秀，当是有了"会当凌绝顶，一览众山小"的胸怀呢。

小满的境界其实是要"留白"的，如诗如画，留有空白余地，方显不凡。如素装的女子，是端雅的，是能让人回头看的。朋友间再亲密的关系，也必须给对方留下自由的空间，也是给自己留下空间，不需要试图走进对方太过私密的地方，让自己轻松，让别人舒服，其乐融融也。拥有留白的关系才会轻松惬意，最值得珍惜回味的，自然就有了"我们站着，不说话，就很美好"的境界了。

在京剧中，也常常用到留白的艺术，所谓三步两步走天下，六七人百万雄兵，即是如此，一样的震撼惊场。《杨门女将》中"探谷"一折，三五个演员，几个回合的上下空翻，展示了千军万马绝谷探道、飞越天险、奇袭敌营的英雄壮举，而穆桂英飒爽英姿、智慧歼敌的气概，被京剧精致的装扮和唱腔在梨园行留下了永恒经典的形象。舞台上寥寥数人迂回绝谷踏遍群峰，历尽艰险取胜。剧中穆桂英、七夫人等角色的扎靠装扮英武逼人，用靠旗接打枪等动作，增添了战场上的激烈气氛。唱腔上以高拨子导板开始："风萧萧，雾漫漫，星光惨淡……人呐喊，胡笳喧，山鸣谷动，杀声震天……风吹惊沙扑人面，雾迷衰草不着边……挥鞭纵马过断涧，山高万仞入云端。"回龙、原板穿插，最后用散板结束，抑扬顿挫中高亢有力，听来如临战场一般，也是最经典的梅派唱段。

呵呵，又扯远了，说到京剧止不住地欢喜……

程派名剧《锁麟囊》中的薛湘灵仗义把"锁麟囊"赠与卢夫人，才有了一家团圆，并与之义结金兰的传奇故事。她的留白是帮助了贫困中的卢夫人，留下了人生的转圜、留下了幸福的团圆。只听她幽幽地唱到"怜贫济困是人道，哪有个袖手旁观在壁上瞧！我正富足她正少，她为饥寒我为娇。分我一枝珊瑚宝，安她半世凤凰巢……鳞儿哪有神送到，积德才生玉树苗，小小囊儿何足道，救她饥渴胜琼瑶……回首繁华如梦渺，残生一线付惊涛。今日相逢得此报，愧我当初赠木桃……"优越的富家女子，心怀慈悲，终得回报。此剧乃程派代表作，题材新颖，结局喜庆团圆，程派唱腔的幽咽婉转，把薛湘灵的一腔女儿心事委婉流畅地倾诉给了观众，优秀的程派传人每每上演在国内各大戏院，引起了强烈的共鸣，经久不衰，端端然地伫立在京剧大舞台。

林语堂曾说："看到秋天的云彩，原来生命别太拥挤，得空点。"秋天的云彩是散淡游离的，有太多的留白让人观赏。是啊，人生如一幅画卷，既有浓墨重彩，也要有所留白，这样大概才是最耐看最圆满的。

　　小满亦如那十七岁的乡下少年，敦厚勤劳，在小满里芒种、耕耘，不急不躁，渐渐地有了小满一样的收获，继而又赢得了节节上升的人生风流。

2018.6.14

立春·峭寒展绿意

立春了，空气里带着张扬的绿意。尽管还是天寒地冻的感觉，那一丝丝阳春的气息已经迫不及待地飞扬起来了。

春是温暖，是鸟语花香；春是生长，是耕耘播种。

立春的开始，即令天子亲率三公九卿、诸侯大夫去东郊迎春，祈求丰收，布德、赏赐、施慧兆民，迎春活动也是一年祈愿丰美的开始，从立春开始到端午都是游春踏青的好时节呢。

立春那日的游春叫探春。

《红楼梦》中那个叫探春的姑娘，才华横溢诗趣高雅，又精明决断，发起建立海棠诗社，主持大观园政务，都显示了她是个经世精明的致用之才。尽管出身豪富，在男尊女卑的封建时代，也避免不了悲惨的人生结局。探春是惊喜惊奇的，迎春是可喜可贺的，惜春是感慨感叹的，做了妃子的元春也是无可奈何地春花入泥……在叹息春之短暂流逝的诗意里，理应珍惜当下的明媚日光。

立春的画卷在冰封的时候悄然展开，和着春节气息的将近，春意正浓。街头民间艺人制作的小泥牛，有着春牛踏青的悠然；

蜡梅花开的正香呢，闪着惊奇的明眸，探进了贴上剪花的窗棂，喜气盈盈。立春是从湖州"辑里湖丝"飞来的一席粉艳艳的"福"巾，主题是喜鹊福，"福"字在春风中满含笑意的舞姿，甚是灵动曼妙。喜鹊，传递着万事如意的吉祥；梅花，绽放着五福俱臻的馨香，江南水乡的墨韵诗情，水晶晶地瑞耀融化在丝柔含媚的春景里。

这时的春还是冷峭的，可春江水暖，缓缓地推开了严冰，融化了一冬的寒意，迎来了春节的喜气。喜气暖意都在悄然地蔓延，朋友圈五彩缤纷，春意浓浓，那些爱美的美眉都在忙着置办新年新装，一枝梅花落在了美人头上，看袅袅春幡是也。

立春是年方二八的女子，一切都是欣然含笑的明媚。

陌上田间，春风吹开了笑脸，那个桃花般的妙龄女子，推开柴门，手挽竹篮，笑盈盈甜滋滋，淳朴可爱的模样就像二月里的春风，携风裹雨地跳跃在田陇上，播撒着处子一般的春色，滋润着一年初始的快乐。立春是那"人生若之如初见"的明丽……

立春，是一曲美妙华丽的《梨花颂》，醉了君王、醉了苍生、醉了京剧人的挚爱情怀，那款款深情切切思恋诉说的不就是人间真情，是人之初的喜悦和眷恋吗？

立春，是一曲香甜润糯的越剧《梁祝》"十八相送"，绿柳飘送春风荡漾，窗前一枝梅，喜鹊喳喳叫梁兄，报喜平安归，九妹痴心等重逢。《梁祝》传说是我国最具辐射力的口头传承艺术，也是唯一在世界上产生广泛影响的中国民间传说。在民间流传已有一千四百六十多年，可谓家喻户晓，流传深广，被誉为爱情的千古绝唱，更被誉为"中国民间文化"中的经典。而越剧《梁祝》因电影版的广泛传播，成为这一题材中最引人注目的名剧。"梁兄啊，英台若是女红妆，梁兄你愿不愿配鸳鸯……"春天般初好的情爱，感动着太多的红尘痴男怨女。

京剧张派名剧《状元媒》里的柴郡主，一样是春天般的少女怀春之情，"自那日与六郎阵前相见，行不安，坐不宁，情态缠绵……"一番春色入怀，祈愿国泰民安，有情人终成眷属！这段唱腔京胡一起，就把人引进了喜庆甜美的境界，随着柴郡主闺阁女儿的心思漫漫溢出，那美好愿望唱出了对京剧、对人生的美好祈愿！

都说二月春风似剪刀，早春二月的暖是缓慢深沉的，而早春的寒也是料峭叮当的。《梁祝》结局的寒冷更是彻骨的，但凡美好的开始都有一个凄寒在慢慢地渗透，五味杂陈地叫人唏嘘。

萧涧秋，一个外来的闯入者，回避时代社会的洪流而来到芙蓉镇，他厌倦了喧闹变动的红尘世界，像一个思家的游子一般，希望在芙蓉镇找到"家"一样安全的世外桃源，但最终发现他进入的世外桃源，实际上是又走进了另一个是非的旋涡……最终排除消极低沉的情绪，丢掉逃避现实不切实际的幻想，重新投入到社会革命的洪流之中。柔石的《早春二月》有点小资情调的故事，告诫人们早春不应该是低沉的，那阵阵凉寒里的春色已然朦胧展怀，静待春花烂漫，明媚就在眼前了。

越剧尹派名家萧雅在《秋海棠》中的形象特别深入人心，军阀混战的年代，京剧名伶的命运亦是惨淡悲凉的，那一缕春光始终没有照到他身上，香消玉殒在舞台上。萧雅扮相清丽唱腔优美，表演深情动人，是多少爱越人爱雅人深深念念的形象，可惜舞台上很难再见她演绎的《秋海棠》，明丽生动的身影、甜糯温婉的唱腔都令人回味悠长。女子越剧的特色让她的每一个角色丰满明媚，独树一帜地活跃在越剧舞台，受到痴爱追逐。祝福她艺术青春常在！

立春了，心里也还是郁闷不已，命运悲切切地唱着，苦啊……有几段美妙的曲音相伴，已是少有的人间挚爱，看唐代王之涣的诗歌感怀亲情人情……

"黄河远上白云间，一片孤城万仞山。

羌笛何须怨杨柳，春风不度玉门关。"

带有哀怨的诗歌传颂至今，让后人在悲声里感怀天地万物之壮怀，感叹春色之外的爱恨情殇，虽然悲壮苍凉，但诗人广阔的胸怀，慷慨之情，深沉含蓄中耐人寻味。还是元代白朴的越调《天净沙·春》更带着季节的春意欢喜：

"春山暖日和风，阑干楼阁帘栊，杨柳秋千院中。

啼莺舞燕，小桥流水飞红。"

举目春装点碧玉，万柳绿丝涤荡，在春色萦怀的寒气里，感念春风细微的温暖。一杯花草茶、一段铿锵抒情的京韵，抑或是一段久违的越剧，听一段昆曲《游园惊梦》吧，打发寂寥的春寒，等待春风又绿江南岸的季节馨香。

好友说：只唱京剧了，越剧唱得有点退步了……呵呵，在春风里，温习一段越剧《盘妻索妻·洞房》，或者《红楼梦·金玉良缘》可好，在温婉的唱腔中祈福：春色渐浓，一年安好！

2017. 3. 18

小寒初绽一枝香

小寒初绽，便冷的清凛。

这两个字眼立时给人惊艳的感觉，又觉得它是极可爱俏皮的，冷艳中有它独特的冬季冬月的清香，再佐以蜡梅奉上的花开，凌寒高歌，格调高雅，让人顿生敬畏与欢喜。

小寒是香的，遇见蜡梅花开，是寒冬深处一个明媚的缘分。天地纯净，嗅花淡淡香，嗅雪莹莹白，寒雪冰梅的幽香在月光下的小径中延伸，沐浴着这冬日的清寒，独自清欢。

古往今来，诗语抵人心。"梅须逊雪三分白，雪却输梅一段香""闻道梅花坼晓风，雪堆遍满四山中。何方可化身千亿，一树梅花一放翁"。诗人已然远去，但这些唇齿留香的美妙诗句，却让后人用含泪感恩的目光吟诵至今，体会千年之前的悲悯喜悦之情怀。

今时今日，古雅诗情渐渐远去，自己虽不能吟诗作赋，倒也借得诗人之才情，偶尔附庸风雅一番。寒冬的景致，自有它的妙处所在，雪落无痕，留下的竟也是一个真情。诗歌总因美景而美，人们也因情致而发，有如孩童烂漫的笑声一样，一切都是自然流露。

小寒初绽，便有了一场大雪；蜡梅初放，便多了一行诗歌。三九隆冬寒已至盛，掩门围炉，夜话深情。约了好友喝茶，临窗坐下，煮沸了一壶老白茶。一边品茶一边看那一树在寒风中悄然绽放的蜡梅花，如这友情一般，虽在寒冬，依然如约而至，清香、馨长。

好友夫妻，甚是幸福惬意，夫唱妇随，日子过得睿心安然。欢喜于女友一片热情，并一桌美味，每每是吃着拿着，回味好久。本是个精致又精细的人儿，漂亮贤惠，是持家的好手。执意给我绣一幅十字绣，陈逸飞的《浔阳遗梦》，她知晓我的喜好，我心疼她的付出，毕竟五十向右，不宜过劳，一句她喜欢我喜欢，让我欣然接受。这幅画不仅尺寸大，而且色彩复杂不易分辨，精工细作需要很久完工，很是喜欢，搬了新家，定然收拾一隅书房茶房，高悬友谊，煮暖寒冬。

先生斯文，可也是市场经济下的老板一枚。当下社会，能保持一颗清醒的头脑十分不易，欣赏他的理性思维，可是儿子的楷模呢。他们夫妇俩总让我想起《诗经》故事，在水一方、宜室宜家、布衣钗裙等等，诗情画意一般的踏实可爱。《风·雅·颂》是一种古典情怀，是先人一种真实生活的写照，质朴亲切地颂扬着生活的美好，亦是一种最真实寻常的期盼和回归。

经历磨难后的人心，最能诠释生活的真谛。依稀那些淡然清澈的眼神在镜头里闪过，不时地浮上心头，经年不忘。那时还有些疑虑，待年轮碾过，卸下繁华，方才悟到那浅浅笑靥中所蕴含的深沉，当年的意气风发都归于清风拂面好了。好友姐姐醉心于田园，锄禾弄菜，赏花看夕阳，每每聊天，总能收获一些意味深长，这应该是人类最本真原始的风貌吧，一如现实倡导的回归自然，都是人到中年的规律。

用诗歌种植梅香，在寒冬腊月，横影疏斜花瓣尤香。公园里一树香梅，朔朔含羞地伸出了花蕾，色泽浅淡，幽香岑寂地默默绽放了，在一片萧然的世界里，它用惊鸿一瞥的手笔，雕刻着冬天的画卷，放飞着小寒的诗情。

这时的气候，最适宜坐在窗下，有暖暖的日头照着，一杯暖心的茶渍，红红的茶汤，慢慢地浸润心田，看蜡梅曳着寒香，摇落一地的诗情画意。想着古往今来的心事，记起陈年的不端，挨过多事之秋，渐渐地回归到最本真的自己，甚好！当一个人远离了糟粕和羁绊，慢慢地就会变成一个清淡的茶人，生活的苦涩都被茶意冲淡走远了，一如陌上白袂吹箫人，心中自会生出一树梅香。

那年和几个要好的朋友，一起去了南京梅花山看花，虽然晚了些，还是能感觉到寒梅的清香，飘在寒风中的品格遗世高洁。南宋词人陆游痴梅"无意苦争春，一任群芳妒。零落成泥碾作尘，只有香如故"。托物言志，以清新的情调写出傲然不屈的梅花，暗喻自己虽终生坎坷却坚贞不屈，达到了物我融一的境界，笔致细腻意味深隽，是咏梅的绝唱。

"小亭终日倚栏杆，树树梅花看到残"陆放翁的神情也太可爱了吧，可是志学之年的天真俏皮？抑或是束发年少的才情早发？他对人生的深情还在于那阕著名的《钗头凤》，在沈园的一隅静立，成为了永久的爱情绝唱，每每回响在戏曲舞台上，苍茫、跌宕、久香。

毛泽东主席的《咏梅》大气磅礴，京剧名家李维康唱出了寒梅的各种美好品格，旋律优美，传唱在京剧人的喜悦里，吾也可学唱一二，感受伟人的气场和京剧的端庄。

冬月里寒气逼人，虽然东风已然移步启程，皑皑白雪还是经久不化，天地一角，那梅枝苞蕾正不动声色地悄然撑破坚冰，推转严寒远去，冰凌下的一湖流水，也在用春天的温情静静地窥视着梅花报春……

一杯暖茶，任热气氤氲乱舞，怀想着旧年那些雪花中的寒梅，花香雪莹，依然透过诗词的吟诵，于今冬悄然而至，行走在面前的一纸素笺上，踮着细碎的脚步，盈盈地开放在小寒的节气墨香里。

2016. 11. 10

《芳华》过后……

　　《芳华》过后，一定是风轻云淡的安然……这句话是在没看电影之前写下的，走出影院，心中自然多了许多的酸楚，眼睛也被泪水一再地淹没。儿子说，是我们这个年龄的人经历的一些往昔故事，于是约了好友一起去看、一起去流泪去感叹。

　　《芳华》演绎的林林总总，时代、故事、人物等等，大火了导演和演员的同时，也引发了人性人生的掩卷思考，眼下铺天盖地的都是关于《芳华》的热议。其实《芳华》并不是一部单纯的青春片，"初看，是文工团的盛世美颜；再看，是时代洪流以及战火淬燃中的命运残酷；再细看，是岁月洗礼下的真情悲悯"。

　　故事发生在二十世纪七八十年代，在充满理想和激情的军队文工团，正值芳华的青年，他们正经历着成长中的爱情萌发和充斥变数的人生命运。质朴善良的刘峰、来自农村屡遭歧视的何小萍，"意外"离开了浪漫安逸的文工团，卷入了残酷的战争，在战场上继续绽放着血染的芳华。每个人都在感受着集体生活的痛与暖、故人的分别与重逢，还有时代变革之下的渺小脆弱和无力招架……

世间万物皆有青春芳华，花开一季，草木一春，都有不一样的际遇。气象万千中的风刀霜剑，哪有可以预测抗衡的力量，一切都是排山倒海的气势，哪里又有叫你喘息的机会？假如知晓春红注定入泥，花儿们未必争先恐后地来到春天绽放；假如时间可以倒流，人生可以重来，或许就不会有那样多的悲欢离合。所以当莲花开尽，剩下的就只有风骨，雕刻着岁月的无可奈何，却也活出了自己的一片天地。世人慕莲爱莲，也是在颂扬一个精神、一种力量，它包含着世间所有的善良和欢笑，只能是欢笑，哪怕是流泪，也要笑……

《芳华》里两个善良的人，刘峰和何小萍惺惺相惜，是最懂得珍惜善良的人，但面对那个年代的一切际遇，也是面面相觑得一头雾水，那人生的苍凉油然而生。青春就像一场不可避免的流离失所，在洗尽铅华后，往往是失落至极的，只有那两个相近的灵魂越靠越近，互相取暖。《芳华》怀旧画面的背后，展示的是无助和无奈、丑陋和血淋淋的现实。

人间有多少芳华，就有多少遗憾吧，青春绽放的芳华就如那点点鲜血，染红了崎岖的人生路。韩红悲情的女高音拉长了主人公心中的酸楚，百般滋味都描写在颓然的神情上。

一个人在经历了岁月的磨砺和苦难后，才会发现青春真的是一个人拥有过最美好的东西，中年之后的沧桑不仅写在脸上，更残酷地刻在了心上。人心又是复杂的，构成社会的复杂，争名夺利无非是为了吃穿，宣扬看淡一切也无非是让劳累的心灵得以释然。人类最可悲的是感情丰富，顾左右而言他，真的可以放下了，依青山绿水而居、伴青灯古刹长眠，倒也是美事一桩。可悲的是放不下，就脱离不了万丈红尘的羁绊，市井深处的百姓生灵，兜兜转转日出而作，日息而休，倒也心思澄明心安理得。小巷里的笑声粗犷质朴，满是尘土的味道，这里看似不染芳华的色彩，无风无浪的市井烟火，却是最真实之所在。

安然和简单是芳华过后的风轻云淡，不着粉黛、青衣素食，有了不染风尘的侠风道骨。一朵花的风骨和精神也是世人强加上去的，从草木花朵的深处看人类，丰富了精神，提升了灵魂。世界上最远的距离不是路程的距离，而是心与心之间的距离，假如像思慕花草一般走进内心，碰撞的相惜相知是多么美好的东西呀，于天地万物皆是一种别样的情怀。

有时候，我们怀念逝去的芳华，岂不知是在感慨自己曾经犯下的错误和留下的遗憾。花无百日红，一春一季冬去春来，终究抵不过岁月的摧残，人终究要老去的。片尾，老好人刘峰和何小萍脸上的岁月沧桑定格在了银幕上，留给了人们无尽的思考，善良成全了别人，也微笑了自己才好，至少要留给懂你的人相知。人生路上，大浪淘沙，当狂风恶浪过后，剩下的就是不可多得的情义……苍穹下，人乃微尘，历经了春风秋月的洗礼，虽然芳华不在，一样要拥有初心，活出莲花一样的品格。此时的莲早已芳华失尽，可铮铮风骨却遗世独立。人与花是一样的，经历了，就看淡了，有了气节，且把风霜当作风姿衣袂，随风飘扬，随年轮淡然，让风骨挺拔。

电视里正在播放连续剧《亲爱的她们》大结局，女主角满眼笑意地看着她的那些历经风霜的阿姨们，看她们放飞的热情，询问身边八十多岁的姥姥：怎么看人生的风霜雪打？姥姥昂头轻言：一切过去了，都没有什么了不起的了……

是的，芳华是人生中打马而过的一道风景，"此情可待成追忆，只是当时已惘然"。既然是风景，就让它存留心间吧。

2017. 11. 11

秋天格调

入秋以后，天渐渐地凉了，身体一直不好，每天昏沉沉的，总觉得要写点什么，不然枉费了这么好的秋高气爽。今年的夏天不算热，不知不觉间嗅到了中秋的香甜，忽然发现天际的云彩高了许多，晚霞的斑斓映照着蓝蓝的天空，妖娆了很多。

有风吹过，清逸舒润地神清气爽，比起初夏的青岚，初秋的微风有了缥缈的神情，淡定了许多，秋天的格调已然是饱和盈润起来了。

秋天恰是一个月光宝盒，"有金珠和珍宝光华灿烂，红珊瑚碧翡翠样样俱全，还有那夜明珠粒粒成串、还有那赤金链、紫英簪、白玉环、双凤鬟，八宝钗钏一个个宝蕴光含……"如那《锁麟囊》，收获了人生的光华，收获了至情至性的兰因，皆大欢喜。行走在秋意渐浓的时光里，有京韵相伴的日子，自然是美妙无比，京韵响亮优雅地涤荡在周身，拂去了经年的不悦。

秋天是一杯浓淡相宜的茶，特别在初秋的白露过后，有晶莹的露珠和有点潮湿的晨雾，淡淡的，凉意心意两相宜，甚是美妙。泡一杯绿茶，饮下对夏天的留恋和纪念，涩涩地回味在舌尖。绿茶里喜欢龙井的粗犷，也喜欢碧螺春的柔情，茶香浸润着对江南新春三月的眷恋，有小桥流水的诗意盎然。杭州满觉陇的桂花，正是现在，袅袅地落在了爱茶人的心里，那些细细碎碎的花儿，到了中秋时节就缓缓地离开缠绕的枝头，纷纷落下，入了杯盏，走进了心怀，香气四溢，南方的糕点也是多用桂花调味，入口甜糯回味良久。

去年，好友送了自家栽种的山楂，红红的果子酸甜可口，想起了家里还有一些桂花，就做了山楂酱，与桂花、冰糖熬制在一起，上面再撒一层桂花，绛红色的山楂酱上面有黄色的桂花婀娜起舞，放入冰箱冷藏后再食用，是一道美妙可口的甜品，桂花的香和着山楂的酸甜，吃一口，美味流溢，俱是江南的味道。在这个秋天里，我这个地地道道的北方人，心心念念的都是江南的诗情画意，那一袭温情柔软，无端地让人心生涟漪……

秋天又是一杯花式咖啡。有人是清咖，而我独爱花式咖啡。清咖太单一，像人生的清苦；花式咖啡是丰富多彩的，从杯具到内容，都是喜庆的。单看精致的杯子就知道了，再看端上来的咖啡，花式的造型，一朵鲜花点缀上面，温馨又矫情，小资情调缓缓溢出。这哪是一杯咖啡呀，分明是一首加了香料的诗歌，任你去高声吟诵或低声地诵读。

去上海，没有提前告诉好友，想给她一个惊喜。她电话中说约了朋友去咖啡店的路上，在上海定居时间不长，俨然变成了地道的小资女人。酒吧里，带着酒意，红扑扑的笑脸，与儿子玩骰子斗酒，可爱至极，一种情调百般风情。

这次逗留的时间长，对名人故居产生了兴趣。因了文字，喜欢张爱玲，喜欢她的颓废和低眉。打车去了故居，那个小楼正在整修，没有对外开放，据说有十几户人家居住。不甘心就此离去，在楼下的书屋要了一杯咖啡，一边装模装样地看书，一边找寻关于张爱玲的气息。墙上几幅张爱玲图像的油画，分别挂在适当的位置，有图书穿插其中，情调斐然。古旧的留声机循环地播放着老上海的歌曲，周旋的《四季歌》《夜来香》等让人怀旧的老歌。对面一个人在看电脑，瘦瘦的，如三四十年代的模样，假如穿上旗袍俨然是民国女子。服务员低眉含笑，轻声地应对来客。淘了一本书离开了书屋，听到身后一对年轻夫妻在询问关于张爱玲故居的参观指南，看样子他们也如我一般，也会在这里一杯咖啡一本书，坐拥对张爱玲的思念情怀吧。

秋天还是一场说走就走的旅行。秋天的大地五彩斑斓，从天空到地面，随时节的变化而变化。天空的云高了，也红了。树叶也慢慢地变换着色彩，九寨沟的流水更美了，倒影在水中那些五颜六色的树叶，让人感慨似仙境，自己成了仙人呢。

那年我们一行四人，离开九寨沟去了黄龙，进了山门就开始飘雪，到了山顶4200米的顶峰，已然是白雪覆盖大地白茫茫了。黄龙的地貌特征是山雄峡峻，因沟中有许多彩池，随着周围景色的变化和阳光照射的角度，变幻出五彩的颜色，被誉为"人间瑶池"。又以规模宏大、结构奇巧、色彩丰艳的地表钙华景观为主，以罕见的岩溶地貌蜚声中外，堪称人间仙境。美景面前忘记了寒冷和高原反应，一边兴致勃勃拍照，一边感慨大自然的神功妙手……

秋天还是一场服装盛宴，好友来电说要买一件红色的上衣，选了好久，终于看中了一件物美价廉的红色外套，发来的图片笑意盎然，美滋滋的。秋天里的红色衣服是一种知性的演绎，没有一点张扬，从里到外透着一股干练，女友可是女强人呢，喜欢设计制作一些喜欢的衣物，既省钱又欢愉，更是一个情趣的释放，其中流露出的一个个小小的惊喜，谁又能说得清一个女人的心思和欢颜呢？

田之坊里那些花花朵朵，一见倾心、再见倾城、三见倾命，呵呵……老料老绣的花衣裳，欢喜不尽妙不可言，只是太昂贵。民国时期的烧蓝点翠的物件，挂在身上穿越了时代，悠悠地美了半天，老板看我真心喜欢又适宜，就放心大胆地让我尝试。对面"谢馥春"的香粉带着老上海的妖气诱惑着过往的人流。"弥香店"多才飘逸，每每在朋友圈吟诗作赋，精致如意的小茶点养颜润目……顾不得雨后脚下潮湿，依然流连在小巷里陶然意趣……

秋天里购置几件漂亮的衣服，自然是欢喜不尽。都说女人是水做的，衣橱里永远少一件衣服，游逛在商场，大脑对自家衣柜是空白的，每每慷慨解囊，乐此不疲。

秋天是一场意外惊喜的缘分邂逅。中央电视台的演播大厅，受邀参加越剧名家萧雅节目的录制，坐台上一个熟悉的面孔，是作家雪小禅呢，她也是一个戏迷，作为点评嘉宾受邀参加节目录制。一直喜欢她的文字，字里行间总能找到许多相同的东西，关于戏曲的、关于爱好等等。一身黄色碎花的衣裙，微微一笑，含眉又低调，此时忽然明白自己完成了戏曲和文字的圆满交流。但凡世间一切缘分的遇见都有固定的缘由，由于喜欢，所以遇见，文字的笑颜，戏曲的连绵，续写着上海式的小团圆。

秋天里太多关于时光的故事，关于个人的故事，我的故事暂时告一段落，你的故事呢，可否也讲给我听听……

2017. 9. 15

变　脸

　　广东回来，脑子里蹦出"变脸"两个字，想着用它作为题目，写一点东西，可拿起笔，又不知道怎么写了。可能是看到那个戏台上演员的变脸表演，让自己一下子想到了很多吧，那一刻，的确脑子里转出了很多的前情后事，温和慈祥的、关心祝福的、冷漠淡然的……也许是思虑太多了，这些年，看见了太多不一样的面孔，也感受了一些异样的情愫，内心深处留下了深浅不一的印记，且把它们当作人生旅途中的一道风景吧。

　　既然是风景，就一定有可歌可泣的理由。

　　都说天气易变，可人情世故变得要更丰富、更无情。变脸是川剧里的绝活，红脸的包公、白脸的曹操等等，一种瞬息变化的绝技。演员在舞台上几个回合，变出很多的脸谱，看似稳健的台步，里面酝酿着太多的变数，像极了自然界瞬息万变的表象，舞台上更可以这样夸张直观地表现呢。

　　一阵风吹过，不经意似乎走了千万年。毕竟凡尘过客多，哪个不是自娱自乐呢，变脸也在情理之中，哪管它是岁月的苍茫，还是离合的世情？

曾经美丽贤良的她，踉踉跄跄地奔波在寒冷荆棘的路上，最终生命走到了尽头，临终前的相见，她应该是恨的，痛到无力，恨到切齿，他只是低头不语，任凭命运无情鞭打，任凭泪流满面。后来，他没再提起她，一个人生活着，独来独往地赎罪。

电视剧里兜兜转转的故事，其实就是身边的人和事，有情人生活在一个凡俗的世界里，有痛有恨，可依然还要深情地活着。

世界是个万花筒，充满了太多的变数。历数里面的故事，悲催的、欢喜的，五颜六色。好久不逛街，看花花世界如是也。淘了一件民族风刺绣的裙子，开始不喜欢胸前手绣的龙，觉得太硬气，女人的衣服上应该柔媚一点才好，再看其他皆是如此，阴阳相配，想来也许有些道理。这一天竟然觉得很轻松，一霎时，觉得世界也还是有情的，感恩在当下。

春天里有足够懒散的理由让自己颓废。这时候最适合听听昆曲，唱唱戏，京剧的梅派最好，富贵优美欲醉欲仙，享受一份流年里欢乐的温情。花要开了，约了好友去看花，且不要辜负大好春光吧。亭亭玉立的花枝随风摆动，不小心粘到了裙子上，粉艳艳的样子可爱极了。清清脆脆的花草，清澈自然，轻风拂过，快意乐翻了天。

看了变脸，想了很多。人非草木，孰能无情？恰恰相反，有时候人类不如草木。大自然带来的赏心悦目，清淡了流年，远比人类有情有义。它也永远不会变脸，更不会变心。年年岁岁守候着苍穹，滋养着大地，是最衷心温暖的心灵伴侣。

风暖亲和，枝柳摇弋，荷塘鸭鸣，惊蛰的飞萤，蛰伏了一冬，终于可以在春风中任意地歌唱了。风筝飞得好高，还有孩子们欢快的脚步，阳光的笑脸。百姓大舞台的节目打造得很丰富，京剧唱腔高亢有力，青衣的神韵雍容大方，面带笑容唱腔优美，在春风里尤其响亮，优雅地回响在空中。

　　清澈的春天，淡淡的云朵随风轻柔地飘过，眼前分明是一道美丽的风景，这风景在遐思里独自安好。

2017. 3. 9

清明·清明

　　清明时节到了，于我却是心中清亮舒畅了许多，因为父亲病愈就要出院了。春节后父亲就病了，通过转院，从 ICU 到 CCU，再到普通病房，一路走来，终于可以轻松地回家了，感谢所有提供帮助的人，总算闯过了这一关，惟愿天下好人一生平安！

　　清明，两个字听着就清亮明快，心中的欢快扫走了传统节气的薄凉，这样的时节当气清景明，万物皆显，谓之清明也。

　　清明有三侯，一候桐始华。不错，今日在菜市场就有菜农卖桐花菜，其实就是我们常说的紫藤，那个浪漫的紫色小花，一串一串地甚是可爱。去过一个朋友家的花园，好大好大，那个紫藤架特别壮观，每年开花的时候她都会打电话约了好友去她家赏花，有时会在藤架下摆了桌椅，泡一壶清茶，品茶聊天看花开花落，浪漫里有中年人的散淡，有闲居的妙趣。在我们这个小城，这个紫色的小花是可以做菜吃的，味道鲜美着呢。

　　二侯田鼠化为鴽。田鼠是至阴之物，要避开阳气，而鴽鸟是至阳之物，所以要在清明节后阳气急剧上升的天气里活动。

　　清明三侯虹始见。彩虹为阴阳交会之气，纯阴纯阳则无，若云薄漏日，日穿雨影，才有彩虹出现，好深的学问呀，想来清明是这样明媚动人的。可不是嘛，人间四月天，那些明媚动人的花朵争相开放，人们踏青、插柳、扫墓等户外活动渐渐频繁了。好像今年出行的人很多，高速路的免费提升了人们踏春探春的兴趣，微信圈里刷爆了春回大地的美景，也润红了一张张笑靥如花的脸庞。

清明时节是一定要有雨的，它像一个诗书女子，骨子里带着忧郁的伤感，伴着杏花微雨，独自吟诵那一杯苦涩的甘甜。就在清明的细雨里，秋千旁，你说你是果郡王，也许那时就种下了相思债，甄嬛独自饮下了一世的苦酒，为了他，在这细雨蒙蒙的迷雾里，在清爽的微风中，画面那么美，充盈着美好和憧憬，爱了、错了，世间的情爱谁又能说得清？

清明是一幅画，画面清丽，有细细的雨丝，有骑在牛背上的牧童，有路问酒家的行者，还有一缕缕飘扬的柳丝，那些桃花杏花的花瓣在微雨中轻轻地舞着，漫落清香，给诗人们带来无穷无尽的遐思。

清明的美，落在芳菲天里，那样芬芳可人，带来了一整年的明媚。它的忧郁因了细雨而缠绵，既伤感多情，又妙丽蹁跹，是那个多愁善感的女子呢。手捧诗书端坐在春风里，忽而吟诗作赋，忽而提笔疾书，偶尔抬起姣好的面容，微笑地看着不远处叽叽喳喳的燕子，民国风的旗袍透着清朝的遗风，安静的表情任凭春风拂面，有惊喜、有淡定，家常的模样秀丽端庄。

清明是至美的，看那万物摇弋风情万种的神态，经过勃发和绚烂，在极致的妖娆中慢慢褪去。桃花开了又落下，看了樱花的凄美和切肤的落殇，花魂终难留，净土掩风流。看的心动又伤感，年年岁岁如旧，岁岁年年清明，清明里有太多伤感美丽的故事。

天阴了，淅淅沥沥地下了一点小雨，周身尽是泥土的味道，春雨贵如油，春野碧绿清莹，几声鸟鸣，额头掠过一丝凉爽的风，心也是静静的、轻轻的。唱一段程派的《白蛇传》，那个美丽的画面也是在春暖花开的西湖边，还有那个不曾断的断桥，一直续写着缠绵动情的故事，张火丁的白娘子独具风情，而宋小川的许仙在小生里是最棒的。诗歌一般的季节里，读读诗书，写写孤独，把文字的容颜镶嵌在美丽的四月天，简单，甚好。

今天看了一篇《风烟俱净》的文章，与以前看过同名的文章完全是两个描写的角度，当追求失去了目标，反转在内心的寂静安宁和淡定，才是清明禅意的人生。

从父亲生病至今，经历了很多，好在阴霾过去，愿他健康依旧！有时人的生命很奇怪，往往在最低点峰回路转，在绝望处柳暗花明。那天在CCU，自己艰难地缠绵于病榻，还不忘安排我们给护士去购买三八妇女节的礼物。世间的风景很多，唯独清明的景色最撩人，这时的花开花落也最令人想入非非，桃红柳绿终究成过往，心中的清宁才最真切，守得风轻云淡，半亩花田，不苟求！

2017.4.10

那些走远了的旧光阴

可能是老了，最近老爱回忆过去，回忆那些逝去的光阴。尤其青葱年少时，那样单纯的不谙世事，仿佛《牡丹亭》的杜丽娘，不到园林不知春色如许，也是不错的事情，躲在家庭的羽翼下无忧无虑地生活，那样的快乐是极幸福的，也是最短暂的。及至进了园林，看到了无限春色，也留下了无尽的烦恼，乃至缠绵至死，即使再生，亦是死过一回的人了，想来杜丽娘也会有无比沧桑的感慨吧。

时光总是走得太快，转瞬又是一年，像掌心的流沙，越想抓紧，流得越快，不知不觉，岁月带走了那些想要留住的东西，也大浪淘沙地留下了精华和真情。

蓦然间，这一世的苍凉似乎都呈现在眼前，两行咸咸的清泪，斑驳了年轮。人生更多的光阴里，是一个人的哭和笑，是一个人的对话，当发觉什么都没有的时候，就连那些曾经幸福青葱的岁月，也已走远，只看到了遥远朦胧的影子，罩着一层薄薄的雾纱，而自己竟是那样从未有过的茫然，一种人到中年不得已的茫然。

那年校园，几个调皮的女生，合伙捉弄一个大个女生，匿名写了几封约会的情书，约在黄昏见面，连续两次，大个女生察觉被骗，报告了老师，那一顿训，挨的是疾风骤雨。好在我转学了，免去了一顿批评。那时的初高中还是两年制，学习又不紧张，所以就生出许多的闹主意，前些时候聚会还提起那个大个女生，几十年了，再也没有见过她，只听说她的女儿做了模特，也是大高个。

我忙着文艺宣传队的训练，喜欢唱歌也练跳舞。当时正在放映歌剧电影《洪湖赤卫队》，里面的唱腔都爱唱，要好的女生围着我学唱，一时间歌声连连，特别欢快。但不知一个和我家关系要好的老师悄悄地告诉了家长，不要我参加文艺队，说是影响学习，我知道她是为我好，毕竟学习是最主要的。及至临近毕业，才全身心地投入学习。多年后，再见那个老师，觉得特别亲切，总是拉着手嘘寒问暖，依然关心我。

刚参加工作时，不能适应上班的节奏，业余时间还是抱着那些古书读，回味曾经散淡放松的岁月，回味那些飘荡着清纯气息的青少年时光。而今，一晃我已然离岗，结束了工作生涯，忽而发现，在一转身的光阴里竟走了这么多年，呀……

那时的春节多热闹呀，特别具有乡土气息，方圆几十里乡邻都去我家写春联，诗情画意里的中国红，浓浓地墨香四溢，喜气盈门。

但凡朴素真实的东西最让人留恋，比如校园，是最单纯的，与世隔绝的世界；比如初恋，真切纯净，干净地不染铅尘，所以才让人难忘；比如真情，最容易感动，尤其在逆境中遇到的真情，哪怕一句简单问候的话语，都会让你流泪，很湿很咸，所以才值得回味，记住不忘感恩终生；再比如那个旧日的春节、红红的春联和红色碎花的上衣……

春节这几天，天气微寒，但阳光极好，电视里反复播放着春节联欢晚会，气氛热烈、祥和、热闹，只是不看，任它的噪音飘荡在客厅。主持人一年比一年漂亮，圆圆的脸蛋今年变长了，下巴多了一块，感觉很假，好多面孔如出一辙，但悦耳甜美的声音撩拨着人们的心绪，欢声笑语响彻在早春的清寒里。

今天的心情很沉静，坐在书桌前，阳光恰好照在电脑上，暖暖的，伴随着茶香的热气悠然地飘荡出来。很喜欢铁观音的香气，也爱红茶的暖，红红的茶汤对胃好，也喜欢花茶的妙，花语总是最妖娆的，迷死人。一个冬天难得这样的暖阳，我安静地享受着这暖，它带着一股阳光特有的味道，自然朴素极了。

光阴这东西最是无情，如花美眷，似水流年，说的最真。假如杜丽娘活在今日，也不会生死不顾地为情所困，也就没有了妙不可言的昆曲迤逦在水乡的大街小巷。想来我们还是极有福气的，这样的文化大餐娱乐生活，还有什么不能满足的呢？

光阴的速度极快，哪是短短的人生能留住的呀。每当新年的钟声响起，就是内心又堆积了一些可以回忆的东西，暂且把他们筛选一番，放在心底的一角，存档查看。

生命是一场旅行和邂逅，只是旅途中不要丢失了自己，忘了本色，找不到回去的路。有人说自己丢的什么都没有了，多惨呢，有些东西终究是回不去，找不回的，比如光阴和一些真情。

如果可以，人生中守一室阳光，一杯红茶，感恩袅袅的香气和温暖，再放一段曲子，最好是程派的京剧，或者张火丁，或者迟小秋，听她们幽咽回肠，听她们用唱腔咀嚼人生。

薛湘灵，那个大家闺秀，且自新，改性情，早悟兰因，"这才是人生难预料，不想团圆在今朝，回首繁华如梦缈，残生一线付惊涛……"。

有时新和旧，昨天和今天，转身之间，已是沧海桑田。

2017.2.10

离岗碎语

　　岁末时日，我离岗退养回家了，离开了工作几十年的岗位，也走完了自己人生中的职业生涯，回归家庭，回归到了自由的生活中。

　　一直以来，身体不好，又遭遇了非常的磨难，早已把一切看得很淡。事实上，这些年来，机关工作的规则我也没学会，从某种角度讲是个失败者吧。最值得庆幸的是对文字的热爱，工作之余，我们依然彼此不离不弃，忠贞不渝地互相守候着。

　　想起雪小禅的一句话：在薄情的世界里深情地活着。她把这句话汇集成了一本厚厚的书，用智慧的语言挑逗性地撩拨着人生滋味的点点滴滴，深刻有加。于我，这句话的体会更深，现实的薄情让你惊讶，深情地活着，是自己人格的坚持，别人薄情与我无关，我的深情苍天可鉴，泪湿衣襟终不悔，只在寒风中站成了"我"的格局。

　　离岗，是一个很大的词，关乎全社会。它又很小，乃是我一个人的事情；它的大与我无关，我的小就职于它的组织。近年来，组织机构改革，不准吃空饷，许多多年不上班的人又重回工作岗位，不得已两地奔波。北方小城，实则天高皇帝远，土政策土办法，年轻干部要提拔，年纪大的不退没有指标，只能从现任的岗位上退出，让位于年轻人，也了了组织者的心愿。退下来的人员也没有了再上班的积极性，否则在一个尴尬的处境下，给工作带来不便，也会无形中造成矛盾。那不是会产生新的吃空饷了吗？是也，实为新的吃空饷群体再现，至于组织部门怎么看，且当再研究另议吧……

50岁的年龄正处在一个人生年龄段相对成熟稳重的时期，身体力行，工作经验和人生智慧也是比较成熟的时期，这个年龄离岗修养实则是最大的人力资源浪费，国家还要养着，新进人员也要再付薪酬，同样的浪费。我向来是两耳不闻窗外事，做好本职工作之外，一心只读圣贤书，如此何乐而不为呢，也落得个逍遥自在两袖清风。

如今，不用准时上班了，可以专心整理这些散落的文字，吾心凝结成字，终究也要拼凑成册，不盼望她能流连在哪里一隅，只要有清风拂来足也，惬意的是没有了小儿的缠绕，自由自在。

当晚，竟也缠绵榻上辗转不眠。回想当初参加工作时的青涩，到如今几十年的历练，终可以独当一面地有所作为。这样的时刻终究会到来，有开始就有结束，自然规律，大可以卸下心头杂事，致力于心仪的文字和戏曲研究。

机关工作，说复杂也复杂，说简单，其实最简单。复杂的是人心，简单的是自我，就看你用一个什么样的心态去面对。事情的处理除了政策的约束外，就是心的运用。如果正直正确地处理就简单，假如掺杂了某些私心就复杂了，而且复杂的程度因人而异。这些年，遇见了不少这样那样的人心，但凡删繁就简罢了，总有些这样那样的绊子，让你欲罢不能，看惯了，也就释然了。

也知晓了历史上那么多的清官、正义之士被一贬再贬的原因。而大文豪苏东坡正是因为屡次遭贬，才有机会写出来《赤壁怀古》《寒食帖》等千古名篇，给后世留下了不可多得的佳作，极显清雅自然的人生境界。

机关工作久了，自然就会有人研究机关工作的规则，也有些人以此为乐，如鱼得水地游刃有余。当下，本女子还是有一点小文人的思维，看不惯时当说一二，虽无用处，倒也是自己清风品格的自然流露。有时候，也的确是清者自清，浊者自浊呢，不说也罢，一切都付于时间明鉴，呵呵……

人到中年，看到了很多与想象相悖的事物，这样想自己下意识里还是单纯了许多，总愿意用好的一面去看待一些人和事，但事实相反。人的教养素质不一样，处理事情自然不一般，要不怎么叫大千世界呢？红尘滚滚痴痴情深，在薄情的世界里深情地活着，于你、于我、于大家，活出自己的一片天地，甚好。

春节到了，到处是喜气洋洋的氛围。不怎么期盼春节的到来，那样又会多出一道皱纹，可无论是否愿意，年年岁岁就这样经过，该到来的一定会到来，也许在此起彼伏的鞭炮声中，才能找寻到旧时的光阴。回味从前也是一件乐意而欢喜的事情，努力找寻当年的影子，经年后的今天，依然心如明镜，只是清淡了许多、许多。

2016. 2. 8

五十向右，便需要一壶清茶来聊以解闷，

沸水一滚，茶香袅袅而作，兑开了光阴，清逸、淡泊、舒缓。

心间温软地参透了人生。

古典戏曲文化博大精深，那游园惊梦四个字，

是可以听一辈子、唱一辈子、醉一辈子的……

流年清欢

初夏·阑珊

立夏了，青岚微熏，阑珊之意缓缓袭来，这个季节的气候与人类十分和谐。五月的风韵多情，悠悠夏日初始引微凉，惠然来清风。吾独酌蔷薇下，浅染玉罗衣。大大的立镜前，试穿一件大红与粉蓝交织辉映的连衣裙，粉白的底色，上面跳跃着几何文艺的花卉图案，款式是我喜欢的风格，懒散的阑珊，呵呵。

有点复古的小站领上面一群碎碎的小褶子，虽然整齐略显古板，但面料独特的设计区别于底料的棉麻抽穗丝的图案，用细碎烂花的形式剥离出来，形成双层的视觉感，既新颖又特别。领子的开口在后面，用更深一点的蓝色绸带系上，长长的带子飘下来，远远看去，增添了五月里满怀的初夏风情。肥大夸张的袖子是当下常见的落肩袖，打了细细的皱褶，凸显活泼可爱。下摆用了三层重叠面料的做工，很有层次感，整个裙子前短后长，真丝欧根纱的料子隐隐透明飘飘欲仙，一袭初夏的味道，清爽明媚。那淡然的样子仿佛蘸了淡墨的羊毫轻轻地划过素底的绢本，一分一分地浸透在你的心里，荡漾在眼前。就像那些唱昆曲的女孩子，浅浅笑、娉娉婷，淡粉色、淡黄色、淡蓝色、轻轻娇柔的藕粉色，粉中晕了淡淡紫色的戏装，行走在古典园林里轻声吟唱，恬然如山风中一滴清泉，那清亮直击你的心坎。

在初夏，遇见季节的清爽，甚好。

一直以来，很喜欢各种轻纺面料，年轻时也会动手设计制作几件漂亮的衣服，只是多年颈椎不好就搁置了，但对面料的喜欢不减，对美衣的痴爱不减。每次去上海都会钻去董家渡、南外滩面料市场转悠，寻找轻纺世界里最时尚前沿的信息，也会淘几块好看的面料带回来设计制作，享受这样成衣的过程。

在机关工作，年轻时比较喜欢一些重色的衣服，符合严肃的工作环境。随着年龄的增长，感觉要有一些浅色的衣饰，方能提升因年龄带来的尴尬，而那些浅色的衣服穿在身上，居然也是挺好看的呢，居然也是不挑色地都能压住，颇有气场，也许是我正襟危坐的性格适宜驾驭，也可能如雪小禅所说，是个各色女子吧，呵呵……

初夏是个浪漫的季节，万物舒展悠然通畅，看小荷才露尖尖角的青涩清纯，那满架蔷薇惹得一路芬芳，香飘四方。奔驰在汽车窗外，红的、粉的、黄的，伴着微风，阑珊的样子可爱极了。初夏是极其清和的，像这眼前的霓裳，清雅惬意，满满地都是初夏阑珊的味道。看那樱桃红了，芭蕉绿了，青草池塘处处蛙声鸣翠，不亦乐乎！

在初夏，最适合听一折《白蛇传》"游湖"，春色潋滟的西湖边，白娘子与许仙相遇了，小青妹左右侍奉，呼风唤雨把许仙拿下，船工笑眯眯地看着这天上人间的春色情缘开罗上演，他哪里知道这情缘乃是孽缘呀，不管最后的结局，这一折梅派大戏恰似一幅最美的人间图画。梅派甜美的唱腔表演在这里特别灵动喜庆，风拂柳丝长，一对璧人俏，这画面怎一个美字了得呢？

初夏的静美也像极了《太真外传》中的那个妃子，莲步款款、身段婀娜，梅派中规中矩的唱腔，出音、归韵朴实柔和，小腔婉转高音适中，霓裳羽衣裹身，深深拜定祝告双星："一愿那钗与盒情缘永定，二愿那仁德君福寿康宁，三愿那海宇清四方平靖，四愿那七巧缕乞天孙，在那支矶石上今日里借与奴身，叩罢头将身起清光泻影……"与唐明皇的对唱不瘟不火，温馨有余。这一出梅派传统戏，郎情妾意春风畅意，最适合在初夏时节慢嚼细品，方能体会那人间最深最美好的舒怡。而李白的出场，京剧表演中的铺纸、磨墨、题诗的细节，醉态中带美，酒醉中仙气十足。朱强饰演老年的唐明皇成熟稳健嗓音明亮，唱腔韵味足，表演投入，迎来阵阵掌声，诗人的高洁与贵妃的娇媚有了京腔京韵的碰撞。看过李胜素、于魁智在长安大戏院演出的《太真外传》，俊美的扮相、优美的唱腔，看霓裳青衫荡漾在舞台，听梅派妃子娇柔富贵腔，美得耀眼。初夏时最适合听京剧梅派，它会带给你一生最甜美的回忆呢。

初夏的声音也是诗意的，恬淡悦耳，静听万物萌动而生机蓬勃，一幅自然的美好画面，小扇凉风，悠然入卷。

想那古人在初夏里缱绻，雅趣横生，诗意成行，以茶为伴以花为媒，闲情逸致在初夏时光里恣意绽放，与万物来日方长。折一支粉色的蔷薇花，插在瓶中，心花灿烂，若再抚琴一曲，真是不胜之境也。清代画家的花鸟画，草长莺飞暗香浮动，连鸟儿羽翼也是五颜六色的，在暗底色中呼之欲飞，一腔古意更显文雅，赋予了古画固有的生机勃勃，也是区别于其他古画的地方。特别喜欢郎世宁的花鸟，极有宋画的风骨，这个外国人与中国的清朝极其有缘，他笔下细数的都是中国风的雅致。

初夏，也适合把日子泡在茶里过，或绿茶，或花茶，看着一片片花叶在杯中悠然舒畅，茶色渐渐碧绿清莹，色相刚刚好，清香曼妙，啜一口，消暑祛燥惬意骤升。一盏茶香、一曲清音，闻到了梅子的果香和映窗竹影的清爽，如饮醇香老酒，拂去了经年的荣枯尘梦。

初夏的夜雨亦是阑珊多情的，有几声沉闷的雷声滚过，就剩下滴滴答答的夜雨声声了，听着窗外绵长的雨声，放一段古筝，蹦出的曲音伴着雨声，汇成了属于一个人的交响曲。还可以听听那些让心灵清宁的轻音乐，随潺潺流水般的音律轻轻合上眼睛，任凭思绪奔驰在五湖四海。一些动人的记忆和轻柔的身影在眼前滑过，想那"巴山夜雨涨秋池"的况味，终究也是风烟俱静了。雨声轻扣在窗前，也敲在心上，安享这幽幽初夏的静美，感恩这天地人和的壮美。

忽然看到好友微信：裙儿飘飘。她收到了初夏的礼物，是淡淡藕粉色的连衣裙，与粉色的鞋子很搭，那一股清爽的气息扑面而来。女人的美在初夏时节扬起了裙角，随微风和畅。一个雅兴消磨了日复一日的时光，而日子却要用一份真诚的心，郑重其事地慢慢熬煮下去，人生要用智慧的力气，恣意快乐地生活才好呢。

曾经，我对儿子讲，将来一定给我生一个漂亮的小孙女，等她满地跑的时候，给她穿上漂亮的花裙子，带她游走闲情雅致，带她到田间麦垅感受初夏阑珊的味道，告诉她麦子飘香的故事。

2019. 8. 12

低调温润香云纱

夏日是人类展示美丽丝绸最好的季节，那源于自然的柔软温良与润滑，汲日月之精华，沐春秋洗礼，从而有了山魂水魄的灵性，有了与人类缠绕的诗情画意。人类与丝绸的交织缠绵是夏日一道靓丽的风景，互相依存、互相倾慕，是世间情意的一个白首不相离。

丝，始于上古；绸，现于西汉。香云纱，乃丝绸中的珍品，穿越千年，沉淀了岁月，陪伴世人御清风，品烟火，尽情地玩味岁月之静好。

香云纱是丝绸的一种，俗称莨绸、云纱，是一种用广东特色植物署莨的汁水对蚕丝织物涂层，再用珠三角地区特有的含矿涌塘泥覆盖，经日晒加工而成的一种昂贵的纱绸制品，由于穿着走路时会沙沙作响，所以最初叫"响云纱"，后人以谐音叫做"香云纱"，有了缥缈遐想之意，赋予了织物柔美的诗意和情意。每当看到香云纱低眉沉思、低调内敛的样子，就更加钦佩它风清气爽仙风道骨的气质。一直以来我们感怀生命中的淡然，其实一切风轻云淡的情怀才是生命中最值得追求、最为珍贵的东西。

香云纱是世界纺织品中唯一用纯植物染料染色的丝绸面料，工艺独特轻薄柔软，遇水快干不易起皱，富有身骨，除菌驱虫，对皮肤具有良好的保健作用，被誉为"软黄金"。它是用具有饱含易于氧化变性而凝固的多酚，和鞣质的薯莨汁液浸泡提花的丝绸，再用没有被污染的过河泥包裹覆盖，与过河泥高价铁离子发生化学反应后产生黑色沉淀物，凝结在制作丝绸的表面。正面色泽乌黑发亮，反面是黄色色泽的颜色或原底彩色，具有莨斑和泥斑痕迹，看上去古朴美观，手感质地幼结、软滑、坚韧。

香云纱有着 1700 多年的历史，曾日趋衰竭消失，经过工匠艺人的拯救，唤醒了香云纱的千年之美，这个被列为非物质文化遗产的珍贵丝绸回归了日常，它具有集天地之大美而不言的心语，最具有古往今来的烟火气和仙气的丝绸，让人们在不知不觉中感受传统手艺与大自然温情的融合。那样子看似低沉内敛，实则浑身上下都散发着参透人生真谛的光华睿智，它沉思淡然的样子，更是照亮了懂得它的深情厚谊和慈悲感怀。品读香云纱如读一部深沉的古典长篇小说，故事感人词章质朴，结尾深奥给人很多关于人生的遐想和启迪。

一直以来，时间会把对你最好的人和物留在最后，毕竟喜欢是一阵风，而爱是细水长流，长情的陪伴是懂得，更是难得的慈悲和牵手，这样爱恋的语言用于对香云纱的表白也是极为贴切的，呵呵。

爱上香云纱源于它低调的静美，然低调处尽显高雅的奢华，然奢华中尽显云卷云舒的恬阔，神秘莫测的深沉之美让人觉得特别踏实，与人类的情义亦是倾城倾国的惬意。

在"盛唐牡丹"家最能遇到香云纱的情意绵绵，它在那里被打造成了一首首优美的时尚小令，诗意盎然古韵悠悠，每一件香云纱的美衣都散发着岁月的光华和人类的智慧，看那些儿纤纤华服、茜茜云衫儿，娉娉婷婷亭亭玉立，端的美丽大方。

店员特别热情，不厌其烦地让我试衣，而我对这些古意盎然的丝织品成衣的热爱也是历久弥坚。在一排低调的香云纱服装里选了一件黑色配墨绿色老绣领子和袖口的旗袍，她在一排低调的香云纱里更低调，一副不与春风争宠的内敛与淡然，这让它的光辉最耀眼，有一种孤独的大美气质，吸引着我的目光。从外面看特别简单，黑色配绣花的七分袖传统旗袍，门襟用墨绿色的织锦缎滚边，一粗一细衬托的特别细腻典雅。墨绿色老绣绣花的领子和袖边的颜色有一种幽深的静美，颜色与领口、袖口的墨绿色遥相呼应，梅花盘扣轻盈地点缀含笑，活泼秀气地伫立在领襟处，那个风情仿佛隔了几个朝代，在今日重新散发出传统又时尚的欢颜。绿色的丝绸上绣了菊花、梅花，蝴蝶欲飞，绿叶粉红相间的花儿，生机盎然，点缀在黑色香云纱旗袍上真是妙极了……恰似一朵一朵玲珑剔透的花样年华，鸟语花香中一个个绝色的姿容，看似单薄消瘦低沉，实则却是一副不肯轻启的矜持模样，含蓄古雅，面对它，你只需盈盈一眼，它便藏进了你的梦里，千年等一回，爱不释手。

实在佩服设计师高超的眼光，她一定是个懂得珍惜传统精粹的人。穿上旗袍在穿衣镜前左顾右盼，服务员拿着手机不停地拍照，我还是比较适合传统服装的，自有一丝古典情思涌动。有点紧致但还算恰好的腰身，刚刚好的长度，与肌肤的温存是美衣心思辗转的一个会意，温和地诉说着这相思之苦。

侧目一个微笑吧，欲语还休的笑靥浮上嘴角，有一丝娇媚、有一丝缱绻、有一丝欣赏、有一丝不舍，其眷恋与香云纱的拥抱始终是相见恨晚了，呵呵……看着有点疲惫的自己，穿了这样的旗袍，竟也有了一点《倾城之恋》中白流苏的雅致，也有了《花样年华》中苏丽珍的落寞，这落寞中蕴含了孤雅和诗情，是我想要的孤独和寂寞呢，如果我会写诗，定会当场赋诗一首，让自己这蓬面的样子立时拥有几行诗意，与香云纱旗袍窃窃私语。脱下吧，毕竟上万元的衣服是无福消受的，营业员笑嘻嘻地说没关系，欢迎来小店坐坐，喝茶聊天。

走出店门，回味着香云纱旗袍穿在身上的感觉，终究没有辜负香云纱的情意和美意就够了，不在乎是否拥有吧……

寂寥的街道几盏灯笼，与窗外洒落的灯光相映，不要灯红酒绿的艳遇，拿上一本书，一坐就是一下午。茶香飘满了屋子，黑色绣花的旗袍上隐隐地落了一片雪，与对面的一枝梅倾诉着，那片雪划过指头枝头，悠悠地跌落在梅边柳下，随烟火气升腾融化。生命中真正吸引你的美好，是让你浑然不知的陷落，又是冥冥之中的缘定，一浮一沉、一淡一浓、一张一弛，这些至善至美的香云纱美衣，妙不可言，不可方物，每一件都是一首柔美的诗歌，或是一阕清扬的词，第一眼看去就让你永远追随，不忍离去。

香云纱是热爱传统文化的一个挚爱，看似低沉的质地和色调，无不饱含天地人间之大美，气壮山河之华美，它在悠悠华夏文明中，烁烁其华。拥有香云纱制衣，无论何时，都能让人内心安静地清淡如花，它能包裹你所有的思想，带领你回归自然的淳朴，与它在一起，有着高山流水的琴音飞扬，这样的体会只可意会，不可言传呦。

曾几何时，我们做了世上那最温柔的人，为一朵花低眉、为一朵云驻足、为一滴雨感动。此时，我为香云纱沉醉，不写情词不写诗，横也丝来竖也丝，这般心事有谁知？

那些花色多变、低调蕴藉的丝线纵横交错、经纬分明，丝丝滑滑地抚慰在心头生根发芽，温柔灿烂。有人用"山有木兮木有枝"的诗句表述对香云纱的情意，"山有木兮卿有意，你是他的心上月，他是你的眼中星"。对香纱的深情如那上古神话中缠绵的爱情一般，是一份自然又生动的暗恋情愫，醉人心怀。

想那古时之人，居浅泽，着香云纱薄衫，闲庭信步，即使香汗轻染，也是凉爽舒适。看似厚重，却轻如素羽，绰绰神姿、婷婷仙骨。人与自然浑然一体，堪可谓当今儒雅，绝代风华也。

一朵芙蕖，盈盈盛开，笑意微澜。何处飞来白鹭，若有意，慕娉婷。你静坐窗前，我踏月而来，只因你在山中舞蹁跹。丝枝弦上诉相恋，曾照彩云归心间……山风拂发、拂颈、拂裸露的肩膀，而月光衣我以华裳，那香云纱的眼神是一个情意的释然。

哦，原来人生到最后是要往回收的呀，如这香云纱一般低调沉默的样子，睿智、淡然、含蓄、质朴，宛如有诗有画的清远意境，那画中的人儿衣袂飘飘，具是大地泥土的芳香。

夏季的热烈和温暖充满诗意浪漫，一袭香云纱罗衣，但觉清香漫袖风，是花是雪都休问，只感蔚惠然来清风的悠悠夏日衣爽。春日的草绿走到夏阳下，已是极致舒展的华章了，待将秋风携寒露，潇潇风雨潇潇竹，洒洒笔墨洒洒涂，那低沉的色彩，缄默中有了天地之声，映照出知足常乐的无论生道和高山流水……

冬日的香云纱薄丝棉服，一扫沉闷色调，融通书法、盘扣、水貂毛等元素点缀，有了颠覆性的改革。小寒将至，有雪飘来，着了香云纱棉服，有了对古老丝绸文化解读的深远之意。细数香云纱的美，品丝滑之古韵，在虔诚的回望与冷静地思考之后，增添了对生活的炽爱之心。这低调奢华的香云纱，传达出对古老文化的执念和爱恋。春节到了，穿了貂毛沿边的香云纱棉服，儒雅的底色上浸润了岁月静好的沉淀与快乐，那神态，终是不负时光之安好、岁月之健康。

香云纱，像一位出尘的智者，看懂了尘嚣狂乱、看透了功利倾轧，不慕艳丽、不沾灰尘、不求物喜，用久年暗哑的嗓音，大气委婉地吟出高贵典雅的咏叹调。它能给你金沙金粉埋进的岁月静好，也能许你烟火缭绕的现世安稳。它带着中国美的独特风姿，从时光深处走来，用古典文化熔铸了民族活力，幽幽地述说着古往今来原始质朴的雅致，不动声色地引导着丝绸文化的艺术目光。

2019.7.8

白露·仲秋

白露，一个洁静的名字，在孟秋与仲秋的节口盈盈而立，如白驹过隙、银碗盛雪，透过一股清气和冷气。

一声"白露"出口，唇齿生香，回味良久。

陈白露，一个美丽的女孩，清爽、静美，最终变成一块寒冰，有人说她不自知，其实她是知道的，所以才把自己冻结起来了。世事苍凉，把她的清纯变作了浓艳，我们看她风花雪月，也感知她内心的苦楚，其实她的内心是洁净的，只是被岁月风尘无情地掩盖了。当年陈白露的扮演者方舒眉宇间那一抹高贵的美丽，把陈白露演绎得风情又端庄，浅浅笑端端然，美得不可方物。而美人迟暮，今日的她早已不见了当年的灵气，淹没在了岁月深处独自挣扎……

小仲马笔下的《茶花女》玛格丽特与曹禺《日出》中的陈白露有着极其相似的命运，虽然命运和生活把她们推向了一个风尘境界，但是纯真的本质没有变。葛丽泰·嘉宝扮演的茶花女有一种高冷的美丽，她深邃的眼神始终是迷离的，仿佛深藏了很多的沧桑，又有一种无奈的、可怜的高处不胜寒，不停地敲打着读者

246

和观众的心扉。

仲秋时分，焕焕然月色空明，微风拂过树影婆娑，看那月色澄碧，清影赋秋。那秋声，铮铮于耳，爽至了心间。鸿雁南翔了，草木萌动，蒹葭伊人俞苍苍；玄鸟北迁，如藏珍馐。西风送凉，在季节里潜入白露的晶莹，品读那些关于白露的故事，煞有介事地吟诗诵句"蒹葭苍苍，白露为霜，所谓伊人，在水一方"。《诗经》的美在文字的长河里闪耀了数千年，那些从远古走来的诗句质朴亲切，洋溢着一股季节的清香，令人陶醉；唐代雍陶"白露暖秋色，月明清漏中。痕沾珠箔重，点落玉盘空。竹动时惊鸟，莎寒暗滴虫。满园生永夜，渐欲与霜同"，仔细品味就能发现其中细腻的秋情秋思，其实古人的风雅要胜过今天的我们呢。

在这仲秋季节看杜甫的诗句"戍鼓断人行，边秋一雁声。露从今夜白，月是故乡明"，禁不住想大声朗诵，把今日的一腔古韵用一种怀念的方式倾泻出来。细观天上那清爽的满月面容，碧洗、清明，已是冰轮乍涌了。夜空不时有流星划过，静谧安详、遐想。想这白露比起初夏的阑珊，多了一些热烈与成熟，可知那上古的白露初露端倪时，就伴着《诗经》的脚步，相携相合，在季节深处，年复一年地缠绵延绵。"衰荷滚玉闪晶光，一夜西风一夜凉"，白露与日光事物相缠绕，清怡养人，让古今的文人墨客每每生出许多的情感，感激感知地吟诵在仲秋时节。

为白露取名的必定是个诗人，是在《诗经》中蒹葭苍苍了岁月的智者，也可能是为了纪念心仪的女孩叫了白露。那女孩踏着清晨的薄雾姗姗而来，脸上挂着露珠，穿过草丛，碎花的裙子打湿了半截，就这么清清灵灵地站在了你的面前，为诗人带来了写作的灵感。也许是在婉约的江南，绵绵秋雨中的一把油纸伞、一双高跟鞋，踏响了青石板的巷弄，遇见时问候一声"你好，白小姐！"一下子把光阴拉回到了民国的旗袍岁月。我迷恋江南文化之情怀，南方的白露，就是那些旗袍流转下细微的故事。在北方，白露女子也定是多情的，反弹着琵琶，就着西风芦花，曲调悠扬，在岸边飘荡……白露是秋色渐浓时一颗成熟的露珠，在仲秋时节烁烁其华，闪耀在明月清辉之下。

清晨，薄衣堤边，河面上萦绕着的一层层淡淡的水雾，随微风起舞，有树叶落入河面，安静悠翔。有鸟儿清鸣，惊落一丝凉意，霎时侵入了肌肤，那绿意黄花上的一缕尘土，露出了流年的爽朗。东边，太阳渐渐升起，暖暖地柔光照在身上，照在植物的露珠上，红彤彤地闪光，都是白露披着朝阳的味道……我咀嚼这白露的光阴，看朝霞四射，安好。圆圆的水珠，漉漉的水汽氤氲在空中，远处烟火弥漫，那耕烟的人儿样子恬淡，日常的笑容多了一缕秋天的皱纹，都是白露时节清淡的妆影，一切静好、安然。

白露、白露，那团秋色渐浓的白露，可盈可握的白露，生的玉阶，摇一摇就有了金玉坠地的嫩凉……凉爽的清晨，提篮叫卖收白露，感秋色未央白露当时，任谁见了，都会忍住手，忍不住心地恻隐、怜爱、生情。远处传来一阵口琴声声，原来是一个孩子在树下吹口琴，琴声中的白露滚过苍绿的叶尖，盈盈地落在了我的掌心。

用这清润的珠儿酿成白露茶可好？此时的茶树经过夏季的酷热，于白露时节正是极好的生长期。它没有春茶的鲜嫩，也不似夏茶的苦涩，却独独有了岁月的甘醇和季节的清香。

人类与季节相惜相依，生出无限的情愫，看那夕颜花的缠绕就知道情深几许了。夕颜花又叫牵牛花，浴白露滋润，旺盛、缠绵，俏皮自在，它无拘无束地爬上了篱笆，绕满了井绳，被邻家女孩摘来插在发间，那乞水的女孩在井边照啊照啊，一抹羞红妆艳了水中的清影。

公园里那塘秋水，白露晶莹滚成了玉珠儿。秋水之上是未尽的荷，荷叶之上是圆滚滚的白露，此时的苍荷可有两滴泪儿，一滴举在眉心，一滴潜在心底，多深的情缘配得上叫白露的眼泪呀？天上一个月亮，仿佛是白露散落到人间无数个小小的月亮，像个天下游子一颗颗欲圆的心和一襟襟难消的泪……

白露过后，雨水就多了，细细地绵人，太多的诗人偏爱"留得残荷听雨声"的意境，荷塘里雨水淅淅沥沥，仿佛白露的吟唱，荡漾在仲秋的凉寒里。爱这秋雨中的残荷，似乎年轻的生命就要用一种极端与残烈来激荡、催生，与年轮相约缠绵，令人感叹的同时，亦懂得了万物生命的因果。

白露是成熟的，也是忧郁的，实实在在地感性与理性并存。仿佛一个人的成长，逐渐地从青涩走向成熟。沐白露，品味一个有着博大情怀的节气，理性地对待成败得失。

此时最适合听一出马派京剧《甘露寺》，再品三国之争之得失，感怀在白露清宁的光阴中，将身心笼罩在秋露已圆，月亦圆的夜晚，呵呵……

中秋快乐！！

2019.9.13

青衣

马陵山下之文人禊事

　　第一次去马陵山是在十多年前的一个初夏，两个多小时的路程，一下子就冲到山门前，朋友已盛情地等候多时了。记不清怎样游览景色了，只记得在山里遇到了一拨中年人在登山望远谈笑此间，四周郁郁葱葱，空气凉爽怡人，路边有松鼠来回眺望这么多人惊扰了它的清宁，它哪里知道人类最需要游历和友情来放松支撑生活的呢。

　　当今年的初夏再次踏进马陵山时，感觉模样大变，原来的山间小道变成了规整的景区游览道路了，游览车飞驰在山间，山风扑面、兜转萦怀，虽说初夏的山风清凉，也抵挡不了朋友的盛情，带领我们在山水间驰骋情性。现在想来，那一天的山水问景，正是酝酿着一腔文思墨宝，在晚间的席宴上随酒意喷薄而发。

　　随文学创作团一行数人来到新沂，行走在骆马湖边，在马陵山上走马扬鞭，在号称"八百里马陵"的新沂"南马陵"游览。马陵山地处苏北鲁南，经郯城县、东海县、新沂市，南止于宿迁市的骆马湖边，整个山体连绵起伏山清水秀，为省级自然保护区、国家 4A 级景区，由于山中岗陵起伏，形似奔马，故称马陵山。南马陵由峰山、斗山、虎山、花山、五华顶等山头组成，又称"五姊妹山"。

从峰山脚下拾级而上，几番上下攀登，便来到群山怀抱之中，此时的马陵山与山下景象大不相同，只见深沟曲涧、山岭纵横、层林密布，秀美中透出几分蛮荒与霸气。对了，第一次就是荒凉的印象，却也原始质朴，人在山中行，如鸟儿归林般的自由自在。

山不高，却重峦叠嶂，蕴幽藏丽鸟语花香，自然景观和人文景观相得益彰，气象万千。乾隆皇帝五下江南，有三次经过这里，祭祀孔子，走圣人之路，领略齐鲁文化，写下多首赞美诗"钟吾漫道才拳石，早具江山秀几分""第一江山春好处，秀丽山河发藻新"，形象地赞美了马陵山的秀丽景色。

山中古迹众多，三仙洞、龙台、司吾清晓、翰林墓、乾隆行宫、司吾古国遗址等，这里历来是兵家必争之地，在古代和现代战争史上都占有重要的位置。当地民谣"马陵山，马陵山，脚蹬骆马湖，北枕穆陵关"是说纵贯南北气势磅礴之状，旋起旋伏、既翕复张，的确是用奇谋出奇兵的好地方。历史上著名的齐魏"马陵之战"就发生在这里，有"孙庞斗智马陵道"的传说。明代李先芳"昔日孙庞曾决胜，只今草木尚含愁。不知七国皆迷地，犹自停车吊古邱"再次证实了"马陵山之战"留下的历史烟云，还有黄巢起义、韩世忠抗金的故事等都在当地群众中广为流传。而陈毅元帅指挥的1946年12月的宿北大战指挥部，就设立在山中的三仙洞内，看洞内墙壁上留下的弹洞，可以想象战斗激烈的场面。当我们迂回山中，享受山清水秀的风景时，可曾感受到历史硝烟中呼啸穿耳的炮弹声声……新中国成立后陈毅元帅亲笔题词马陵山峰山公园、宿北青年跃进林等，成就了马陵山爱国主义教育基地，也给世人一个感怀历史、缅怀先烈的学习阵地。

下得山来已是下午时间，在山腰的茶亭休憩片刻，品尝马陵山独有的清茶，看杯中枝芽舒展，尽显马陵风采，是有点霸气呢。此时适逢槐花飘香的季节，茶亭对面漫山遍野的槐花，远远望去，绿色的树叶拥着奶白色的小花，在青山中浑然一体，一阵阵山风吹来，香气扑鼻。偷眼那些作家文人，三五对坐品茶浅语，或聊文字、或茶禅世事……时空穿越到东晋永和九年的阴历三月初三，王羲之和一些文人，到兰亭河边修禊，大家一面喝酒一面作诗，然后把诗收集合成一本《兰亭序集》，推王羲之作序一篇。此时王羲之大醉，于是乘酒意、握鼠笔，在蚕茧纸上留下了名震千古的《兰亭集序》。此帖为草稿，28 行，324 字，记述了当时文人雅集的情景雅趣。据载王羲之当时兴致高涨，写得十分得意，后来再无此洒脱之笔意，20 多个"之"字，写法各不相同，被米芾称为"天下行书第一"，流传千古，尽展古代文人之雅意禊事。

今下的文人禊事，在马陵山上酿就，面对青山绿水，微风拂面，未可知不是一个个旷世之作呢？吾为喜好文字之"小字辈"，理应深躬勤学是也！

夜幕降临，月上柳梢头，人约黄昏后，何况是一群资深文人约会了另一群资深文人，有酒相伴的诗文意趣是豪放文雅的……华灯初上时分，已是杯光壶影、觥筹交错了，主宾们推杯换盏，好不热闹。接待方领导盛情有度侃侃而谈，文人气质颇浓，身处马陵山风景的滋润，有政治情怀的陪伴，当是一个人最得意的人生呢。

时下宴席已行进到酒酣耳热，在推杯换盏中，气氛的酒精度发酵，团长笑靥扬花，妙语连珠出口成章，文人豪气尽显。我恍然大悟，原来诗文和酒的关系是这样的亲密呀！怪不得李白斗酒诗百篇，怪不得王羲之酒诗共兴挥毫《兰亭序》，想来美酒是诗兴大发的催化剂。同为政治家的团长有着帝王之乡的豪气，又兼备文人的雅致，各个文学体裁得心应手、手到擒来……"久为泥下客，一夜上高枝。才唱清风好，又沦秋落时"让人感慨万千。而"秋到小庭前，菊花开半园。风来心自醉，无酒亦神仙"说的是一种境界，难得。

他作词的歌曲《大汉刘邦》文字精辟、雅致，语境丰富磅礴，被歌唱家屠洪刚苍劲有力、悠远大气地高唱，饱含着历史的厚重感和沧桑感"两千年岁月峥嵘，一万里江山纵横，楚河汉界听龙吟虎啸，天地之间当歌一代英雄……一个汉字刻在历史天空，威加海内壮志如虹。大风起兮，大风起兮，写万卷精彩人生"。气势恢宏，寥寥数字展现了一代帝王慷慨激昂，敢为天下为之的豪迈之气。今日的酒宴当展他豪迈风姿，令在下惊诧、钦佩！想起李白酒醉要宦官高力士脱去皂靴，又唤贵妃为他磨墨，洒脱地留下了"云想衣裳花想容，春风拂槛露华浓……"的壮美诗篇。而团长浪漫诗人不羁的情怀，也随风飘荡，漫步在山水间怡情人生。

下榻的五花山庄位于马陵山旅游景区内，处在黄巢湖的环抱中，环山带水，拥有得天独厚的自然美景和优越的地理环境，周围空气特别清新，带着初夏露珠的味道，晶莹润泽，没有一点市井俗意。而山庄内的文友聚会虽然酒香飘扬，也没有丝毫的烟火噪气，空气中弥漫的是夕阳余晖中的轻吟余味……

《兰亭序》中展现的文人禊事，被歌手周杰伦揉入现代的节奏，以京剧吊小嗓的方式吟唱"雨打芭蕉，又无关风月"的风雅，凸显了高雅的古典美。"一行朱砂到底圈了谁，无关风月，我题续等你回，悬笔一绝，那岸边浪千叠，手书无愧，无惧人间是非……"。

　　而京剧梅派男旦胡文阁和越剧尹派名家萧雅反串演唱的《兰亭序》，用京剧独有的韵味，婉转悠扬的旋律，仿佛把我们带入了千年之前如烟若梦的江南。两位名家深情的演唱，让我们在余音绕梁的余味中体会书圣挥毫《兰亭序》时潇洒陶然的心情，再加上美轮美奂的舞台设计，让这一曲《兰亭序》古韵流香，是反串表演的最高境界。听后魂牵梦绕地如痴如醉，从京韵中体会《兰亭序》书圣的浓浓写意，体会文人褉事的无限意趣，美哉妙哉！尤其那几句梅派青衣道白"樽前以把归期说，未语春容先惨咽。人生自是有情痴，此恨不关风与月"，深情有加，美到骨子里呢，大爱京剧！

　　自古诗词歌赋是相连的，而曲艺的渗入也是必然的，文人墨客的灵感来源于生活深处，来源于诗酒茶花唱小曲的情调情意。伴着初夏微风轻拂，有诗意飘来，是多么美的一件事呢！而马陵山下的文人褉事，在山水间曲水流觞地进行着，时而高昂，时而低吟，回声悠扬，惊起了林间飞鸟欢唱……

2018.7.8

红色青墩寺

　　走进青墩寺小学的大门，迎面而来的是中山堂巍耸挺拔的面容，俨然一个姿态端庄的军人，手握一杆五星红旗，挺立在院内，迎接着每一个来这里参观学习的人。最醒目的是池塘对面，飘扬在红旗下的一个书本雕塑，书页上闪耀着"红色青墩寺"五个大字，在阳光下熠熠生辉，立时给人一种肃穆的庄严感。

　　张寨镇中心小学的校长王玫说：最喜欢青墩寺一年中不同季节，一天中不同时辰的感觉，都是不一样的，特别美！说着说着微闭双眼，陶醉一时。看她小女人的情怀展现，甚是可爱，方才忘了她是刚才那个侃侃而谈的女校长，想来在青墩寺小学有她太多的梦想，有她作为教育人的责任和信心。当一个女人用心地去做一件喜欢的事情，她投入的是无限深情和细腻的执着，特别是面对自己一生挚爱又为之奋斗的教育事业，更是拼尽全力去付出耕耘。在这个古朴优雅的环境里，沐浴在传统文化和红色革命阵地的双重教育洗礼下，更有一种根深蒂固不可推卸的责任在肩头，王玫带领她的教育团队在这块土地上扬起了教育人传承理想的风帆……

跟随教育专题采风创作团来到青墩寺小学，就被古朴清雅的古典气息所吸引，也许是自己的传统情结太浓，被几位领导和老师点题写写青墩寺，而我毫无章法的散文题材，真真害怕极了，唯恐辜负了期望、遗漏了细节，不能全面地展示青墩寺小学的风貌，更何况是教书育人的大业呢？

朱广海老县长一句话：青墩寺是沛县的延安。情真意切又意味深长，让我打起十二分的精神，用心灵、用深情再次走进了青墩寺，走进这个红色革命教育基地，用自己正统的思想感受青墩寺的传统气息。凝视着院内那张硕大的书页，缓缓翻开青墩寺的历史，看百年风雨、世纪沧桑的过往，听今日宁静清琅、清脆明亮的读书声……

青墩寺原是一座佛教古刹，相传建于汉朝，兴于明，盛于清，曾名"万福寺""玉皇殿"。据史料记载，明清年间的寺庙规模甚大，占地百余亩，殿堂错落有致，主建筑大佛殿、三圣宫、鲁班祠、华祖阁、十八罗汉堂等，在苍松翠柏的映衬下，椅角相抱、肃穆庄重。寺院内竹影婆娑、梵音袅袅、诵经声声，一年一度的庙会热闹非凡，香客蜂拥，商贾云集。这热闹安宁被抗战的硝烟和"文革"的砍伐洗劫一空，只留下一点可以记忆的古迹，幽幽地诉说着曾经繁荣的过往。

1905 年，乡绅朱才全深富才情，致力于为乡办学上，假以寺内闲置的庙舍开始设立私塾，最早的青墩寺小学诞生。它是沛县新式学堂的滥觞，为当时市立第一国民学校，设施先进环境优雅，名流志士慕名而来。清代举人韩维正，武汉军政大学的孟昭珮、解慕唐等俊才云集至此，开沛县教育之先声，"青墩寺"三个字吸引了周边数省、县的学生前来求学，其教学质量闻名遐迩驰誉千里，留下了"江南燕子矶，江北青墩寺"的佳话美誉。当目光滑过校园内具有民国风格的教室，当一阵阵琅琅书声穿耳越过，沛县近代教育的历史仿佛在这里酝酿了一个不起眼的旋流，一个似乎被忽视又不断闪光的年轮，带给了人们无限的思索和回忆。

青墩寺小学是沛县革命的摇篮，中共沛县第一个特别支部在这里诞生，微山湖畔的革命火种最先在这里燃起，从此，中国革命的圣火在古沛大地上渐渐传播，豪迈的沛县儿女在中国共产党的正确领导下，从这里演绎着一曲曲惊天地、泣鬼神的战歌。

1919 年孟昭珮以在青墩寺小学任教为掩护，秘密宣传马列主义和共产党的政治主张，建立了党团组织，成立了特别支部，开展革命活动。孟昭珮为特支书记，从此沛县革命斗争有了坚强的组织者和领导者，革命的烈火在古沛大地形成燎原之势。在民族危亡和历次的革命大潮中，青墩寺小学始终走在时代的前列。解放后，青墩寺小学获得了新生，被政府列为重点文物保护单位，进行抢救修缮。创建了"德育教育基地"，并利用学校古建筑开辟了"中共沛县党史""沛县人民革命斗争史""青墩寺学校校史"三个展室，全县干部群众学生纷纷前来参观学习。青墩寺小学利用得天独厚的德育资源，开设校本课程，将参观革命展室，激励师生奋发有为作为必修课。近年来在县委各级领导的重视下，青墩寺小学再次被命名为"沛县党员教育基地""沛县中小学爱国主义教育基地"。

如今的校园绿树掩映鲜花盛开，雕塑小品相映成趣，教学楼窗明几净，古门楼、中山堂旧貌换新颜，党建纪念碑、革命英烈群像篆刻着青墩寺红色革命历程的丰功伟绩。记事幕墙记载着青墩寺的发展历程和岁月变迁，学校围墙用极具徽州文化特色的风格记录着青墩寺小学教育人的建设足迹，婉约又执着。还有那些红红的廊柱、江南格调的青瓦、百年历史的苍松翠柏，都蕴含着浓郁的文化底蕴，让人们在走过之后留下深深的思考和叹息，当倍加珍惜来之不易的幸福生活。

漂亮的王玫校长越说越激动，手指着长廊顶部说，因为缺少资金，一点点地修补，她到任三年来协调筹资近百万元之多，全力抢救修缮保护青墩寺的文物，把原本破旧的校园重新规划，整合布局，领着老师们自己动手，修路除草。本校的李校长利用休息时间身先士卒，任劳任怨地辛勤工作，看他一脸沧桑黝红，可以看出在这个古老的校园内，他忙碌的身影和朴实的付出。

青墩寺小学既有灿烂悠久的历史，又有可歌可泣的革命历程，学校在抓好常规教育的同时，着力于特色建设，文化底蕴和光荣传统相映生辉，呈现出特色鲜明的风格，有着其他学校无法比拟的优势。数十年来，历任校长殚精竭虑励精图治，科学管理成绩斐然，多次受到省市县的表彰奖励。特别是近年来，在县教育局的重视下，更是打造出了不一样的教育风情，让人们在传统文化的熏陶下，在红色文化的洗礼中，感受了不一样的教育风貌，这让青墩寺小学以特色风格的教育理念在全县教育中脱颖而出。

现在的青墩寺小学打出了"中国梦，德先行"的口号，她（他）们深知德育教育的重要意义，从娃娃抓起，从根源上启动。利用乡土本色开发了红色课程、国学课程、田园课程和技能课程四个不同形式的课堂，用动静相宜的方式从各个层面教育引导学生发掘自身的潜能和优势，用一种良性健康的引导，让学生在潜移默化中学习成长。

听了王玫校长的介绍，看她眼角隐隐的泪光，自己也感动其中。她说到艰难处，也会有一刹那的动摇和退缩，但仅仅是一闪念就飘过了，还是依然坚守在青墩寺特色教育的阵地。在别人逛街美容的时候，她也许在思考规划学校的未来，用女人特有的细致筹划青墩寺小学特色教育的蓝图。这时，我突然想到小女子和大教育的关系是怎样一个大胆的组合呢？教育局长贺磊更是极其出色的女干部，是我的同学兼偶像呢，我要为这么优秀的同学和她优秀的教育团队点赞！

在当今沛县教育的历程中，时代赋予了女人沉重而伟大的职责，感受她们睿智缜密的思维，倾听她们激情沉着的演说。谁说女子不如男！古有花木兰替父从军，今有痴女子教书育人；古有梁红玉护国，今有奇女子兴教。当今沛县的教育事业已然达到了一个时代的高度。

王玫是一个快言快语的人，感慨地说再苦再累也要把青墩寺小学特色教育做好，每当自己漫步在校园内，看学校上空旭日东升的霞光，置身其中，心中特别地欣慰。这时的她，女子情怀再次流露，那一丝柔软和善良，可不是小女子在大教育事业中最闪亮最珍贵的财富吗？

目前的青墩寺小学形成了一支"敬业奉献、主动探索、充满活力、和谐进取"的青年教师队伍，涌现了一批青年骨干教师和教学能手。学校先后获得了县"文明单位""优秀学校"、徐州市"百佳校园""平安校园"等荣誉称号，在教学质量上更是获得了县"教学质量奖"的殊荣等等。这个红色传统的教育阵地激励着青墩寺小学的师生们不断地进取前进，相信在时代强音的指引下，在先进教育体系的指导下，在红色教育的引领下，有传统教育的铺垫，这里将成为沛县教育最具特色的一个教育基地！

一天参观的时间很紧张、也很累，但"震撼"两个字始终在脑海盘旋，这次教育专题的参观学习，的确震撼着每一个采风团的成员，沛县教育事业的发展壮大，已然走向了一个最佳的大方向，感谢这些教育人为沛县教育事业作出的巨大贡献！

坐在书桌前，脑海再次走过青墩寺小学的一草一木，百年滋兰树蕙、百年春华秋实、百年风雨坎坷、百年一路弦歌……王玫校长说青墩寺的树木花草不同于其他，那百年苍松翠柏下的太阳花，在冬天依然鲜艳宁亮。小小的身躯，在经历了严寒后，用极强的生命力，陪伴师生们不忘初心，牢记"闻鸡起舞"的校训，共同续写青墩寺小学那一册用红色和传统雕刻的历史书页，这些昂扬着强劲生命力的花朵，不正是教书育人的希望和未来吗！

2018. 5. 14

霞浦的霞光

霞浦的霞光，安然、慈祥，具有含金带银的光芒。

"清置霞浦县，县境西南有霞浦江，东流入海。又有霞浦山，海中有青、黑、元、黄四屿，日出照映，江水如彩霞，这是山以江名，县以江名。"《霞浦县志》是这样记载的，看来霞浦的霞光具有历史及地域的渊源和光芒。

第一次跟随摄影团出游，本也受不了那样的颠簸，只是出于对霞浦经久的感念，才决定前往一探究竟，那海上旖旎的风光壮观柔美、温暖淡定，让人流连忘返地心生依恋。也许生活在平原的缘故，对海上的故事充满了好奇。

这次出行，让我特别佩服那些摄友们，长途跋涉，为了一个心仪的镜头等待再等待……我也很喜欢摄影，只是长年的颈椎不好，背不了那么沉重的摄影器材，可不是本大姐娇气呦，呵呵……

霞浦的海岸线很长，岛屿众多，那些形态各异、蜿蜒绵长的港湾形成了霞浦美丽的地理特色，再有汉、畲、回、藏、苗、壮、瑶等多民族风情的点缀，自然景观和人文景观融合辉映，是众多摄影家趋之若鹜的摄影圣地。霞浦的台缘深厚，三沙港距台湾基隆港 126 海里，而西洋岛离台湾西引岛仅 10 海里，两岸语言相通习俗相近，感情融洽，渔民长期在海区作业，往来频繁。境内丘陵、低山、平原、盆谷交错，这样山海兼备的地理优势，让霞浦资源丰富，发展富庶。

摄影团与普通旅行团不同，几天来每日早出晚归，都在朝夕之中沾染了一身红艳艳的霞光，也有风雨相伴，尽管疲惫，可霞浦的霞光，的确让人动容，流连不愿归去。印象最深的是花竹村的海上渔景和充满慈爱的霞光。那天，我们早早地到了观景台，早已聚集了好多前来观景的游人，等待日出需要时间、需要耐心，对于摄影的人们，等待是他们的乐趣吧，也是摄影中逐渐完成作品的一个过程。

花竹，这名字叫得好呢。晨辉中的小渔村轮廓逐渐清晰起来，如它的名字一般，是一个宛如花朵般娴静优美的港湾，停靠着大大小小的渔船。那渔船在晨霭中渔火殷殷，在海水上摇摇晃晃，像一个个睡熟的婴儿，安详、静谧、恬然，仿佛饱含露珠待放的花朵，激起了人们的好奇和欣赏。静静地等待着，壮观的三脚架上镜头一致指向港湾，静待它第一缕霞光的升起。

慢慢地有了一些光亮，又被厚厚的云朵遮住，如此反复好久，也过了最佳拍摄时间。正要离开，那霞光冲破乌云，把视线凝聚，红彤彤的霞光温和地从天空倾泻下来，在几块礁石上方不停地转动光影，一会儿亮一会儿暗，那霞光温柔地腼腆着、婀娜着，腰身挺拔明媚，犹抱琵琶半遮面地挑逗着这些远道而来的长焦镜头……那边传来张老师说话：聚焦耶稣光拍摄。我惊愕半刻，盯住那似乎缓缓旋转的霞光及投射在海面礁石中金黄色的光芒，看它随水流波动的躯体，想着老师说的耶稣光。是的呢，这光芒有一种慈爱，光的慈祥和海面细碎温和的水波纹交织，顿时有了一种温暖的安全感，如沐我主照拂，心驰神往。我与霞光温柔地对视，看它慢条斯理地随日光上升、移动，姿态沉静大方，曼妙美丽地让人生情、让人遐想……

回去的路上我问张老师什么是"耶稣光"，网上有资料可查吗？他说有的，但不多。此时的百度告诉我：当一束光线透过胶体，从入射光的垂直方向可以观察到胶体里出现的一条光亮的"通路"，就会形成"耶稣光"，是"丁达尔现象"，也称"丁达尔效应"，是英国物理学家约翰·丁达尔发现的。花竹海上湿润的气候是形成耶稣光最好的基础条件，有雾气或是大气中的灰尘，当太阳照射下来投射在上面时，可以明显看出光线的线条，加上太阳大面积的光照，所以投射下的不会是一点点，而是一整片的壮阔画面，这种风景带来了一种神圣，具有超脱感的光线，但不知何时被称为"耶稣光"。

多好听的名字呀，神圣、慈祥、温馨是"耶稣光"带给人们的感觉，在夏日凉意习习的早晨，在海边翘首以待，有鱼虫轻吟，露珠呢哝，那"耶稣光"照在海面上，把人心都照温软了。海港的模样清晰了，沉睡了一夜的渔船发出了沉闷的汽笛声，朝霞中，花竹的"耶稣光"、温柔的海岸线、忙碌的渔民，这景色的美轮美奂，包含了多少岁月静好的安然呀……

南湾，一个标准的海边地名，它的样子清淡、雅静。爬上不太高的山坡，置身在简易的摄影棚周边，任由过路台风的吹拂。举目前方海面，一片淡雅的景色走进眼帘，蓝色的海面上五颜六色的围网静默而立，远处山峰云涌雨意渐浓，我等静候晚霞来临，顾不得风吹雨打了。据说这是为摄影打造的美景基地，只那一簇淡红、淡绿、淡黄色的围网就增添了些许温馨，看它们被海水拥簇着，安静地与我们一起等待晚霞，遗憾的是细雨中哪有彩霞呀……据说霞光照射中的南湾特别漂亮，潮汐涌来时海水荡漾，退潮时又能看到甲骨文造型的海景，这也是摄影家们流连等待的动力，霞浦的每一个地方都美不胜收，朝霞和晚霞都不同程度地给人以智慧人生的启迪。

北兜的早晨异常清净，仿佛只能听见海浪声，如我们一般披星戴月来到海边的游人还是极少的，而我却是跟着摄影团来打酱油的。卸去了白日的喧闹，海边黎明的静谧非常凉爽惬意，夜幕笼罩的困意和远方逐渐明晰的天空被海浪声清凉地撞击着。辛苦张老师了，早早地就踩点此地，此时的众镜头严阵以待，一个破旧的渔船成了摄影的最佳位置，不知是故意为之，还是随意东西，那斑驳的身影倒是为一群各路聚集的镜头提供了非常好的素材。我看朝霞美景，也从背后看这些为摄影疯狂的人们，那投入执着的样子特别可爱，想这中年人的生活从摄影里找到了很多的乐趣，甚感幸福。

霞光慢慢露出来了，透过渔船看霞光，这样的大片都收进镜头了。礁石边，潮汐慢涌，那海水缱绻绵绵，一浪一浪，被清晨的海风推动着，撩拨着照在沙滩上的霞光，灵动曼妙温和。那沙滩本就是金色闪亮，在霞光的照射下，与海水交汇留下的身影更是金光灿灿耀眼晕眩。霞光中的海水匆匆地上岸又退了下去，像个顽皮的孩子，留下一片金黄灿烂的足迹，非常矫情地舞尽这天地缠绵。这海边的清晨赋予了人类太多的情感，胶片里的痴迷和文字中的多情，都在回想中落在了手下的键盘上。

小皓，一个调皮的名字，半月湾的沙滩，那滩涂诗意盎然、文艺范十足，对不起，我要私自与它聊天呢，呵呵……

如果说小皓的美令人心颤的话，那么围江馒头山渔景的壮观也是让人动容的。可能是我生活在平原，没有见过这霞光中壮阔的海上渔景，虽然不拿照相机，可观赏美景的心情与他们一般。看酒店走廊里的照片，从陆地到馒头山有一段弯曲的小路，潮汐涌来渔船畅游驶过，退潮时滩涂美景连天连海一色，远远望去如一条独自通往馒头山的小路。这光景在朝霞中特别安静，安静的样子有一种神秘感，仿佛一条绿野仙踪，让你禁不住地想走进去捕捉它的足迹。周围是网排渔业，不时有渔船在成排弯曲的海上竹排中穿过，留下一串串雪白的浪花，泛着刺眼的银光。飞鸟掠过，在波光粼粼的海面上飞翔，沐浴在清晨微凉的海风中，人与自然的和谐这个时候最温馨。

在六层楼的摄影台上眺望涵江村和海中的沙江 S 弯，看海中渔村的光景就更近了，渔民进出都是机帆船运输，我们在这里等候日落的晚霞。S 弯的摄影作品很多，远近长短都任由自己取舍，用长长高高的竹竿排出的景色看着枯燥，但摄影家的镜头会有出彩的定位，总能找到远与近、点与线、长与面的最佳组合，这里可是很容易出大片的呦，是一个来霞浦绝对不可错过的摄影点。收获海带、紫菜时渔民劳作的场景，更为壮观。

此时的 S 弯颇为安静，放眼望去几只渔船来来往往地驶过，镜头聚焦 S 弯的竹排，那海景远近高低各不同，总能有创意的作品定位。远看涵江村灰黑色的屋顶，有渔民晾晒的衣物，看上去瓦片窄小屋子暗旧，应该有一些年头了，可能这些古旧的房屋也是有些历史故事吧，经年失修的样子背负着一种岁月的沉重感。今日的晚霞姗姗来迟，放出来一缕细细的红光，招摇一阵，就吝啬地隐在云层的后面，不见了踪影。

相比较沙塘里的朝霞还是比较让人生情的，也是让我回味感怀的，虽然没有预期的满意，但当霞光倾泻在田埂仟佰上的时候，远远看上去，却有我大汉王朝君临天下的气场，那两个相依相偎的田埂，在朝霞中宛如汉朝天子携侍从临朝的样子，形象逼真，在霞光中熠熠生辉。摄友们，你们有没有发现？呵呵……

每日披了一身的霞光，在海风中穿行，尽管不如意，也有云朵雨水相伴，可在霞浦的五天，却也是各样美景尽收眼底。从海上归来，漫步在半月里古村落，也是另一种闲游了。

这里居住着古老的畲族，海边多石头房子，海风经年的吹拂，让石屋斑斓多彩，颇具镜头感。而那个80多岁的畲族老太太给人一种亲和感，她足不出户就已经名扬海外了，每日里在自己家中做摄影模特，看她认真的样子可爱极了。第一个镜头，在锅灶前烧火，火光映照着满是皱纹的脸庞，却是一个烟火深处的安然；她洗脸时特别可爱，从左边擦到右边，又从右边擦到左边，特别配合镜头的位置，还不时地指挥拍摄方位，她孙女笑嘻嘻地看着，给我们解说老人家的状况；坐在楼梯上缝制衣服吧，也是一个不错的镜头。一缕阳光透过窄窄的窗棂照在她身上，色彩都是灰色调搭配，一个时光深处，安度晚年的少数民族妇女，脸上安详的样子深沉、淡然，用朴素的心思手工编织着关于自己的幸福故事；最后，出门送送我们吧，她挎着菜篮，迈过深深的门槛，摆好了动作挥挥手，仿佛说：再见！那表情就是专业模特的范儿，引得路过的游人驻足嬉笑，可爱的老太太给大家留下了轻松的笑声，那卡卡的快门、闪动的镜头把畲族老太太的一颦一笑都带到了天涯海角，也许，她知晓自己的名气，不然怎么那样专业又配合呢……

杨家溪沿岸聚居着许多畲族人，景色幽美、风俗浓郁、古樟翠绿、卢荻飞絮、红叶辉映、龙亭飞瀑、竹筏悠长，古道、古驿、古庙、古桥、古寨及历代摩崖石刻等人文景观丰富多彩，传说、对歌、民俗甚多，而摄影聚焦的是一个古树下的乡村镜头，古树、老牛、耕夫、炊烟，一幅浓郁的乡村风情画面，这个知名度很高的画面被摄影家们渲染扬名，就连那个老牛都特别配合拍摄呢。透过疏密不一的树缝，阳光不时地照射下来，一缕缕温和的光线照在地上凸起的树根上。我被怂恿租了一套服装拍照，红色的民族衣服，背上背篓，秒变一位老村姑，只是这个老年村姑看上去是一个有点矫情的外地人，其实则不然呢，呵呵……有点意思吧。

在霞浦游玩，需要一个带有光感的心境，要用彩色的心情去捕捉霞光，五颜六色地任你剪裁，那壮观的海上鱼排、波光粼粼的海面、闪着银光的珍珠球、长长的褐色海带景观、平铺晾晒的紫菜竹排、几何形状的竹竿、彩色的渔船、律动的滩涂、静谧又躁动的渔村、渔村边那个熏鱼的香味……都给人一种新鲜感。"中国海带之乡""中国紫菜之乡"的美誉让霞浦拥有一种特立独行的气质，在山海之间身姿清朗，在海上清明的霞光中熠熠闪光，吸引了中外旅行摄影家的眼球，留下了很多美丽、震撼人心的摄影作品，那些多情的摄影画面让我们这些生活在平原的人们暂时屏住了呼吸，置身于海边的咸湿中，成就了一个画面，也完成了一个经久的心愿。

霞浦的霞光像一首优美多情的散文诗，章节可长可短，可以抒情、可以记叙，更可以用镜头捕捉那些令人回味，让人怀想的瞬间。

2019. 9. 1

平江路上的霓虹灯影

苏州是粉色的，平江路是玫红妃色，而平江路上的霓虹灯影则是蔷薇紫色，闪着罂粟花一般妖孽的光芒，临街老宅里飘出的水磨腔勾魂摄魄，这花花美景花花色界，哪个能戒了呢。

在苏州最古老的城市地图宋代《平江图》上，平江路的身影清晰可辨，它傍河而建，800多年来，依然保留着"水路并行，河街相邻"的水乡风情，而"列肆招牌，灿若云锦"的繁华气象也丝毫不减当年。这条小路北接拙政园，南眺双塔，宋朝时的苏州称平江，因此得名，堪称姑苏古城的缩影。而一巷之隔的观前街，鼎沸喧哗，与清净古朴的平江路迥然两个世界，游人在游玩疲惫之后，步行片刻或坐个黄包车就可以到平江路上任意一个休闲区域休憩修整。沿街很多的老宅都改为酒吧、会所，容量很大，只是外表不太张扬，低调地掩隐在比较有个性特色的木制门板之内，乍看起来与普通民居无二，只有从精致的雕花门廊上才可以窥探一二。作为文化街巷的保护改造，平江路始终保持了修旧如旧的理念，在市巷旧貌的基础上修缮创新，民风面貌斐然，与热闹一点的山塘街相比，平江路少了一份商业气息，是游人、小资们首选的流连之地。

赫赫有名的平江路悬桥巷曾经有一个浪漫的爱情故事。

清同治年状元洪钧，在一个阳光明媚的早晨，把年方二八的秦淮名妓赛金花娶到了家，住在了平江路悬桥巷 29 号。一个才子高官和一个红粉佳人，本身就充满了传奇的浪漫色彩，更何况才子佳人还双宿双飞出使欧洲，出尽了风头，这一段梨花海棠的历史佳话在江南氤氲的水汽中弥散开来，在中国历史中传说至今，也是青楼女子的一段佳话。今时今日，在平江路上走走看看听听停停，仿佛街角会走出那个风韵优雅、风情万种的赛金花呢，她在平江路上听评弹唱昆曲，伴有京韵飞扬，在江南湿润气候的滋养下，惬意精彩地生活着。

每次去一个地方，都会选择文化气息浓郁的街巷居住，这次也不例外，在网上预定了一个平江路上的民宿，当接站人员带着我到平江路的时候已是华灯初上了。夜晚的帷幕缓缓拉开，西天暮云变暗了，颇有内涵地闪耀着幽幽微微色色迷迷的红色光影，行人也似乎多了起来，有了与白天不一样的躁动，有了丰富的文艺荷尔蒙在涌动。可不是吗？平江路本来就是一条文艺性浓郁的水街，那小河对面夕阳下斑驳的老墙上，"荷言旗袍"的窗口慢慢打开了，旗袍形状的广告箱透着暗红色的微光，雕花的窗棂古朴深沉，一个着红色碎花旗袍的清丽女子，手抱琵琶出现在窗口中，听得几声琵琶声响，似乎在调弦，立时《好一朵茉莉花》的琴音飞出了窗口，飘到了平江路上。窗子里的灯光明亮，那些闪跃着丝蕴光寒的旗袍也顿时充满了生机，泛起了红晕，一种魅惑的色彩穿透窗口，越过小河，诱惑着行人的脚步和视觉。清脆的琵琶声吸引了路人，纷纷驻足观澜这江南水乡之佳丽景致，这窗口、这琴音、这幽暗的光辉引领了平江路的夜文化生活。

青衣

　　江南多雨，一阵细雨忽然而过，平江路的青石板上多了些清澈的水汽，折射在路上水影中的广告色彩五颜六色，在夜幕降临的平江路上宛如画家手中的调色板，自然成画，无形中多了许多的小资情调。河道旁边的民居依河而建，那些上了年纪的老房子，沧桑婉约沉静，外墙虽已斑驳，却如丹青淡剥。墙面剥落处又攀生出许多的藤萝蔓草，随风摇曳灵动生情，在夕阳中轻轻摆动，尽显神采。那粉墙黛瓦的房屋、木栅花窗，或棕红色或棕黑色，清淡分明。江南的匠人心思玲珑，把园林美学发挥到了极致。幽静的河道有乌篷船轻轻摇过，待你听见缓缓的水花溅起声音时，那船儿已是擦身而过了，等你反应过来再看它，它已然成为了一幅远近相宜的水墨画。河边的绿柳懒散地、斜斜地倚在河面上，颇有拂波之意，在春日花红柳绿的时候，它也唱昆曲缱绻缠绵几分吧……静置在河道旁的民居屋舍楼阁、小桥、花木之间彼此借景相互衬托，宛如一幅长长的画卷，在心中滋生出许多的小资格调，浮想联翩，这样静谧的江南美景，在夜幕降临后更显得神秘多情。沿着脚下有些潮湿的青石板路漫走，随意走进哪一家店铺，都能收获不一样的情趣。

　　于我还是更喜欢那些"靡靡之音"吧，那一隅白墙里的金谷里，在华灯初上的时候就有昆曲飘出，与心意的缘分有了撞击，听那杜丽娘气若游丝地"游园惊梦"，也是每每醉倒在昆曲的无限柔情里不能自拔。踩着青石板鹅卵石小路，漫心到棠隐，以唐寅谐音命名，唐寅画作"晴色湖光"等命名的酒店，处处展现出江南水乡的淡雅境界，并以多种文化形式展现了当今苏式人文之美。红氍毹上的水磨腔，几段折子戏引人走进了历史深处，那个娇俏的女演员动情地唱着、舞着，那个古代妖娆的水袖呀，几乎甩到了我的鼻尖上呢……呵呵！

其实每个人的三生三世里，都有一出《牡丹亭》，来苏州不听一折地道的昆曲，那将是多么遗憾的事情呀，更何况在平江路上呢？而平江路上至少有近十家茶座会所上演不同形式的文化娱乐，其中都有昆曲的参演。不大的舞台上，女演员年龄应该在五十岁左右，掩藏在浓厚脂粉下的脸庞，长相一般，据说她从小就痴迷昆曲《牡丹亭》，陶醉在水磨腔里畅想了一生，随年龄的增长更是对这一传统文化爱之入骨。一个晚上，不同程度地展示了昆曲演唱、古琴、琵琶、二胡、笙箫管笛等乐器才艺，虽是商业茶座演出，要没有对传统文化的热爱情怀，哪有如此的陪伴。演出结束后她问我是一个人来的吗？我说是的呢，她说再来我们一起喝茶，不知是不是我有一些与她相同的潜质被发现，可能是古典传统文化气息的吸引，才有此言语。而我每次到苏州，都会流连在这些琴音巷馆里徜徉一番，看前面一个黝黑的小巷里，高低错落的霓虹灯闪着妖惑的邪光，勾人魂魄……

这个狭长的小巷，从外到里有数个霓虹灯，大小不一色彩斑斓，幽暗闪烁，初看还真的有几分怯意，有三三两两的游人鱼贯进出。循着"琵琶丝语"的灯影走过去，里面传来柳扬顿挫的琵琶声，再越过几个看似"堕落"的霓虹灯，慢慢走进去，拐弯处眼前明亮豁然开朗，一个偌大的庭院出现在眼前。这是一个民国时期的老宅院，政府利用弘扬评弹这一非物质文化遗产，让几个艺人在此集结演出，一方面保护平江路上的文化特色，一方面传播评弹力量，让老宅焕发历史文化传承的光芒，吸引了众多的游客。这个极具江南特色的小院，幽寂文美，夜晚的灯光更打造出神秘的情调。正屋挺大，有一男一女两个评弹艺人在演出，游人喝茶听唱，也是茶座式的娱乐场所，两个艺人卖力地唱着，引得掌声阵阵。

青衣

　　我要了一杯清茶坐下，听这琴音动人悠扬。因了在平江路上，人流量很大，出出进进循环很快，不爱听的片刻就会离去，更不用花钱点唱。感兴趣的会坐下聆听点唱，也有被这美妙琴声感染的，不时地叫好。只听不点也是不合适的吧，于是90元钱点了《红楼梦·葬花》，想听听越剧之外的葬花曲调。上台的是一个年龄三十岁左右的女演员，看她单薄清瘦的样子，唱腔却很亮，很快沉入到"葬花"情节中。想这曲艺的魅力无穷，评弹铿锵委婉的音调，更能把黛玉愤世嫉俗的心情表达得很好，相较于越剧形式，有了不一样的表现力，同样具有闪光的艺术效果。而那个女演员的演唱也是声情并茂，赢得了阵阵掌声。夜幕渐深，听唱的人也渐渐离去，我也不得不走出这个琴音飘扬的小院，一步三回头，记住了这个民国风的建筑，还有这琵琶声声绕耳撩人的评弹。喜欢评弹，唱起来也仅限于那首最著名的《蝶恋花》，评弹铿锵顿挫的特色把伟人的一腔柔情表达得淋漓尽致，也是评弹里的代表曲目。

　　平江路上的茶座会所都在下午以后有不同场次的循环演出，只要夜晚漫步在此，只要有兴趣，都能循着那些勾人的霓虹灯听到看到一些传统曲艺的演出，但"琵琶丝语"的评弹演出应该是最出色的。据说那个穿黄色旗袍的女子曾经在重大活动中给国家领导人演出过，她浅笑嫣然，婉约清丽，是江南女子的模样。想这江南小巷里的深深小院，竟然也是藏幽纳丽，妙音激昂地光芒四射。

　　晚间的平江路上有太多的诱惑，除了曲音的撩拨，那些街头巷尾的美食亦是飘荡着各色香味，令人垂涎三尺。五彩斑斓的招牌，原著居民的烹饪技术，苏州味的吆喝声，穿透了每一个沿街走过的味觉。桂花糕、酒酿圆子、鲜肉月饼、海棠糕、竹筒糍粑等特色小吃香飘浸骨，自会寻香而去，可以边走边吃，体会苏州市井文化中"下里巴人"的美妙美味，体味江南深处的烟火气和平江路上的饮食文化。一些临街而立的店铺则是有些小小规模的饭店，确实有着特殊的味道，苏味鸦片鱼头入口滑嫩奇香无比，松鼠桂鱼、蟹黄豆腐、糖醋排骨、酱蹄膀等都用自己独特的美味向行人展示着古老苏州的饮食故事；平江路北段的"乐格子比利时烈日松饼店"，现烤的松饼外酥里嫩，再配上纯正的奶油和新鲜的水果，从拙政园出来循着香味大概就能找到他家了……苏州的生煎包可能与上海的小笼包媲美呢，口感汁味让你满口生香，怪不得上海人都把苏州当成后花园，每每周末度假休闲吃喝玩乐……平江路上的美食保管你吃个够，遍尝苏式美味佳肴。

感受夜晚的平江路最好在夕阳西下的时候就要到此，白天可以在平江路两侧的古巷、园林、庭院茶舍、昆曲博物馆、评弹博物馆、名人故居等消闲。可以去探花府走走，找寻苏州园林里一股幽深古老的气息，感受"贵潘"的富贵繁华。苏州民间有言，"苏城两家潘，占城一大半"，这两家潘就是"富潘"与"贵潘"，前者富甲天下，后者贵不可言。而两个博物馆也在一个小巷内，才听江南丝竹声，又闻迷人水磨腔，那些江南古典文化的沉淀，在静幽的小巷内散发着金子般的光芒。

去评弹博物馆要是赶得巧，花几块钱买一张门票，听上一段弹词，看台上人说噱弹唱，也会不由自主地听得神采飞扬，大厅内书场后面一个茶役的塑像特别有趣，那是听迷了弹唱，忘了干活的模样呀。而昆曲博物馆的前身正是当年的全晋会馆，是不是很有来头，崇脊筒瓦、牌匾显赫，挂着大红灯笼，庭院宽敞，两边厢楼，北面一个大厅，正南面是一个古戏台。

古戏台的设计心思奇巧，是苏州历史上 100 多所会馆、公所中迄今保存最为完整的一座。馆内古建筑群华丽精致，古典的戏台更是整个古建筑群的精华所在。看天花板上不辞繁复地用藻纹装饰出窟窿形顶，状凹如井，顶端置一枚大铜镜，周围数百只浅雕黑色蝙蝠与数百朵金黄色云头圆雕相依相绕，色泽鲜丽异常，蝙蝠与祥云盘旋而上，直送到那铜镜片上去。藻井的设计别有妙用，它仿佛一个共鸣箱，演出时，能使演员发出的声音向上聚集，声音顿时变得洪亮圆润，余音更能绕梁不绝，在一些重大活动时，这里也会有昆曲演出。那些条幅用渐变粉白色打造的灵动飘洒，如那杜丽娘的魂魄，唱着对春天园林的无限爱恋，行人走过，轻拂身边，一种与戏曲的亲和感油然而生。墙上用昆曲词牌"山桃红""皂罗袍"等凸出的大字设计、小字介绍的昆曲知识同样用隐隐的粉白色交织在一起，看起来鬼魅多情，引发着仿古寻幽的脚步慢慢深入……这些一同平江路上晚间的霓虹灯，同样散发着诱人的古思情怀。

关于昆曲博物院的历史，余秋雨先生在《抱愧山西》中提及这个"连贝聿铭这样的国际建筑大师都视为奇迹"的"精妙绝伦的戏台"，也要惊叹"说起来苏州也算富庶繁华的了，没想到山西人轻轻松松来此盖了一个会馆就把风光占尽"。全晋会馆是清末寓居苏州的山西商人所建，为的是方便交流商情、喝茶听戏会友。富庶的江南犹如一棵梧桐树，引来了金凤凰，促进了苏州的繁荣发展。这些历史足迹虽已模糊，但记忆犹新，它能引领我们感怀生命中的一切遇见，有责任对传统文化致以礼敬和传承。想来我们也还是很有福气的，老祖宗留下了宝贵的文化资源，让我们在现代社会幽思怀古，携宝鉴行。

漫步在平江路上，你会发现有很多的石桥，从北端的东北街开始至南边的干将路，总共有17座桥，每一个桥都有着不同的特色，需要慢慢地去感受和发现。越过小桥便可走进小巷，而这些小巷的名字背后都可能有一个长长的故事。高高的垣墙夹着曲折的街巷，走着想着，颇有些曲径通幽的意境，不知高墙内深藏了多少私家花园，市井生活和清修别院从来是互为表里，共为苏州文化空间的魂魄，清雅高远的文人趣味自然提炼了苏州的精神气蕴，而"大隐于市"的美学体味，却也需要人间烟火来成全。

无论是白天还是夜晚，总也看不完、道不尽苏州的风雅文化，而风雨中的江南，又是一首首诗意蹁跹的佳作，在世人眼里，苏州的烟火始终带有一股仙气。当夜色降临，这些风雅更变得透迤多情。坐在不大的厅堂内，听一阕水磨昆腔、品一盅桃花酒酿、享一番惬意休闲时光，苏式生活就这样润物细无声地潜到你的身边了。到春秋时节，可以在房内凭窗观赏平江路的风光，与穿过夹竹桃枝叶的船家打个招呼，看曲水人家的扫洒忙碌，听吴侬软语的家长里短和乌龙船的桨橹声此起彼伏……

只要拥有一颗清淡感恩的心，在平江路上随时都可以收获一份内心的宁静安和。

2019. 5. 19

青衣

后　记

　　第二本散文集《青衣》整理完了，看着这些精心梳理的文字，也是百般滋味涌上心头，喜乐与共、悲欢同行，都在曲音悠扬中淡然世外，在经年岁月的沉寂中渐行渐远。曾经与一位朋友聊天说第二本散文集取名为《青衣》，他问我看过毕飞宇的小说《青衣》吗？我说看过，而且因为喜欢京剧旦角青衣，是一定要看的，而且早早就看了，并深深感念书中筱燕秋的青衣神韵和时代命运。感慨舞台上青衣形象自古以来的端庄妩丽，更深深体会到女人在生命长河中从花旦到青衣的蜕变和成长，那些生命中细碎的烟火味也才是女人青衣的本质，"青衣梦"则是一个美好的期望，无关乎年龄和容貌，是一种自信和超脱。当一个妙龄花旦成长至青衣的端丽，再到老旦的沉淀，是命运磨砺了岁月后留下的光华，一点点浸润在日复一日、年复一年的风霜雪雨中。《杨门女将》里的佘太君，那英名早已贯通古今，叱咤朝野；《红楼梦》中的贾母，豁达开朗，那也是家族优越在岁月淬炼中的精气神，她是个超级戏迷，她的经历正是诠释了一个女人从花旦到青衣，再到老旦的美丽风景。

　　我的《青衣》没有毕飞宇的大家神笔，只是一个文字爱好者、一个戏迷对京剧旦角青衣的一种关乎戏曲人生的喜爱和娓娓道来，更也是娱乐生命、感怀人性的一个美丽插曲。正如第一本散文集《琴心》一样，吾之小女人之爱，无有大家情怀，心之凝结，必定成册也，不奢望能在哪里停留，唯有清风拂来足也。

　　吾之喜爱京剧青衣，与命同行，那扮相声腔、风采神韵，每每萦绕心怀。感怀京剧国粹的精致华丽、感念昆曲旖旎的古典华章、感谢越剧优美动听的呢哝，都在眼前，在命里万分感恩，在此谢过！吾之小女人情怀，每每徜徉其中，用文字记录看戏、听戏、唱戏的点点滴滴，闲暇时学唱一二，咿咿呀呀地甩几个水袖，兴致勃勃地"堕落"一番，再胡言乱语地书写一番，均是发自内心的真情实话，呵呵……

　　书稿整理好了，我特请胡成彪先生为之作序，不出一周，他就发给我6000多字的文章，令我感动之余，感慨文学大家的风采和神速。

　　出版《琴心》的时候，初衷只是为自己保留一份资料而已，不会过多地宣传自己，只给要好的姐妹倾诉心肠。而我的戏曲缘分被表妹马小红牵引，找到了刘志林老师为此发声作序，主要是从喜欢戏曲的角度出发，而刘老师则是戏曲界的大家，国家一级导演，刘老在身体抱恙、封笔十年的情况下，给我写就了评论文章，令我非常感激。

　　之后在文学创作团的活动中与胡成彪先生接触甚多，应我的要求，附上文章一篇，虽没有这一次的篇幅多，但字里行间语言精练，皆是大家风范，他的文章是免检的，就连一个标点符号都几乎不需要修正，不愧是文学大家。因时间原因，只能排版在刘老文章之后，但依然掩不住他文字的光华。这次的篇幅之大，也出乎我的预料，从细节描述看是极细致认真地完成，毕竟二十多万字的书稿看完，再融入构思的文字，的确很辛苦。初看时被他玩闹的语言逗笑了，待看到后面又被感动地哭了，谢谢了！感恩这些鼓励的文字，受之有愧了！有这样的好老师支持，让我满怀感恩的同时，潜心学习，对今后的文学创作更有信心了。

宋传恩先生是我非常尊重的老师，他是文学创作团的秘书长兼《歌风台》杂志主编，中国作家协会会员，在小说、散文、诗歌创作上都很有建树，他为人谦和，非常热心地帮助文友们在创作上不断提高。同样在我的文学写作中给予了很多的支持和鼓励，他为《青衣》题序一篇，更让我感念到我之散文集《青衣》的意义所在。

在散文集的设计排版和校对中，非常感谢图书馆长马培银先生的帮助，他一边忙于工作，一边热心于书籍的设计制作，对于文学爱好者来说，是非常幸运的事情。感谢他在百忙中对书中图片不辞繁复地筛选设计，从不同的角度找到契合点，更是对《青衣》形象的一个鼓励认可。谢谢了！还要感谢小帅哥楼锷挺，在最后的设计中一再地细化，让整体插页设计呈现出了一个新面貌。同时感谢所有给予我文学创作帮助的老师文友们！文学创作是一条寂寞孤苦的道路，成长的路上也是坎坷艰辛，同时也享受着这种孤独，因为这样的孤独里有文字的七彩光华，这光华，有青衣水袖翩然间西皮二黄优雅的亮相，伴随我一路文字前行、一路京韵悠扬！

提到青衣两个字，有说不完的话题，我之散文集《青衣》实则注入了自己人生历程的章节片段，这些精心梳理的文字，无一不是喜怒哀乐的折射，无一不是岁月蹉跎的见证。每个女人都会从花旦变作青衣，那是人生一个个阶段的呓语，女人青衣舞台上下一生风景的站立，都是自古以来烁烁而华的人间风流，是一首首不亢不卑的女人诗歌。

　　看那青衣女子莲步款款地上台了，端庄妩丽水袖轻扬，欣欣然地唱到"这才是人生难预料，不想团圆在今朝。回首繁华如梦渺，残生一线付惊涛。柳暗花明休啼笑，善果心花可自豪。种富得富如此报，愧我当初赠木桃"。七彩扮相的青衣，美丽优雅，她唱着恩情大义，轻扬水袖，端端正正地伫立在人生大舞台。

陈　莹

2021 年 3 月 8 日